¡AY, CARMELA!

EL LECTOR POR HORAS

AUSTRAL TEATRO

JOSÉ SANCHIS SINISTERRA

¡AY, CARMELA!

EL LECTOR POR HORAS

EDICIÓN Y GUÍA DE LECTURA
EDUARDO PÉREZ-RASILLA

AUSTRAL TEATRO

Primera edición: 31-V-2000
Cuarta edición: 26-XI-2007

Diseño de cubierta: Joaquín Gallego
Preimpresión: MT, S. L.

Depósito legal: B. 54.155—2007
ISBN 978—84—670—2326—8

Impreso en España/Printed in Spain
Impresión: Book Print Digital, S. A.

Editorial Espasa Calpe, S. A.
Vía de las Dos Castillas, 33. Complejo Ática - Edificio 4
28224 Pozuelo de Alarcón (Madrid)

ÍNDICE

¡AY, CARMELA!

INTRODUCCIÓN

BREVE SEMBLANZA BIOGRÁFICA

José Sanchis Sinisterra[1] nace en Valencia el 28 de junio de 1940. Desde los catorce o quince años comienza a interesarse seriamente por el teatro y a escribir sus primeros esbozos. Estudia Filosofía y Letras y obtiene la licenciatura en 1962. Desde 1957 dirige grupos de teatro independiente y universitario: en 1957 es director del TEU de Filosofía y Letras de la Universidad de Valencia y, en 1958, director del TEU de distrito de la misma Universidad. Poco después se desvincula del SEU. En 1960 crea el Aula de Teatro de la Universidad de Valencia, y en 1961 el Seminario de Teatro: ambos funcionarán

---

[1] Alguna información sobre la biografía de Sanchis Sinisterra puede verse en AA.VV., *15 años de la ADE* (1982-1997), Madrid, ADE, 1997, págs. 531-532; Manuel Aznar Soler, Introducción a *Ñaque y ¡Ay, Carmela!*, Madrid, Cátedra, 1993 [2], págs. 11-39; Santiago Fondevila, «El teatro no es un círculo cerrado» (entrevista a Sanchis Sinisterra), en *El Público*, núm. 67, abril 1989, págs. 42-44; *Primer Acto*, núm. 186, 1980, pág. 92; José Sanchis Sinisterra, *Valeria y los pájaros. Bienvenidas*, Madrid, Asociación de directores de escena, 1995, págs. 121-123. Creo conveniente llamar la atención sobre un aspecto: pese a la intensidad de la dedicación al teatro por parte del autor en casi todas sus facetas (autor, director, profesor, gestor, etc.) y pese al amplio magisterio que ejerce Sanchis, nos encontramos ante una biografía que cabría calificar de discreta, pues el autor vive y ha vivido siempre alejado de los círculos de la notoriedad o del éxito fácil o escandaloso. Tal vez por ello la información sobre su biografía es rigurosa, pero siempre sobria.

hasta 1966. Durante cinco años ejerce como profesor ayudante de Literatura en la Facultad de Filosofía y Letras de Valencia.

Hacia 1960 realiza un viaje a París, becado por el Instituto Francés de Valencia. Este acontecimiento, considerado por el futuro dramaturgo como una especie de viaje iniciático, le permite descubrir a algunos de los grandes teóricos del teatro que influirán decisivamente en su carrera profesional: Jean Louis Barrault, Louis Jouvet, Antonin Artaud, Jean Vilar y sobre todo Brecht. París vive entonces un momento de ebullición cultural y escénica que contrasta con la atonía dominante en la España franquista[2]. Sanchis ha contado en diversas ocasiones cómo gastó pronto el dinero de la beca en libros y se vio obligado a tocar la guitarra y a cantar en público con el fin de obtener los recursos necesarios para su subsistencia[3].

Durante los años sesenta participa de forma muy activa en el fecundo movimiento que se genera en torno al teatro universitario y al teatro independiente. Dirige espectáculos, escribe artículos sobre la materia, prepara ponencias y comunicaciones para los congresos, etc. En esta época es corresponsal en Valencia de la revista *Primer Acto,* entonces en los primeros años de su larga andadura, indispensable en la historia del teatro español posterior a la guerra civil. Desde esos años y hasta nuestros días ha colaborado habitualmente en diversas publicaciones dedicadas al teatro y la cultura, como *Cuadernos para el Diálogo, Estudios Escénicos, Cuadernos de Pedagogía, Pipirijaina, El Público, Pausa, ADE-Teatro,* etc.

En 1970 formará parte del jurado del Festival de Teatro Independiente celebrado en San Sebastián. Y desde hacía algunos años componía textos dramáticos. En 1962 escribe *Tú, no importa quién,* que obtendría en 1968 el premio Carlos Arniches, otorgado por la Diputación de Alicante y cuyo jurado estuvo constituido por Enrique Llovet, José Monleón y Ricard

---

[2] Sobre este viaje véase Santiago Fondevila, *op. cit.*

[3] Estos recuerdos aparecen en la entrevista de Fondevila, pero el autor lo ha contado también oralmente en algunas de sus intervenciones públicas.

Salvat. Durante esos años escribe también *Demasiado frío* (1965), pieza en la que se advierte la influencia del neorrealismo social imperante, pero también el deseo de experimentar los procedimientos brechtianos; *Algo así como Hamlet* (1970) y, poco después, *Tendenciosa manipulación del texto de La Celestina de Fernando de Rojas* (1974), en la que se apunta ya una de las que constituirán las líneas dominantes de su escritura: la sublevación de los marginados por la sociedad y por la Historia.

Desde 1966 ejerce como catedrático de Literatura española en diversos institutos de bachillerato. En 1967 se traslada a Teruel para tomar posesión de esta cátedra, y en esta ciudad aragonesa vivirá y trabajará durante cuatro años. El teatro no está ausente en esos años de Teruel. En 1971 desempeñará su profesión docente en el Instituto Pau Vila de Sabadell. Desde 1971 hasta nuestros días ejerce, también como profesor, en el Instituto de Teatro de Barcelona. Dirige a lo largo de su carrera profesional numerosos espectáculos teatrales tanto de autores clásicos (Cervantes, Lope de Vega, Lope de Rueda, Timoneda, Molière, Racine, Shakespeare, etc.) como contemporáneos (Pirandello, Chejov, Cocteau, Strindberg, Anouilh, Brecht, Saroyan, O'Neill, Rodríguez Méndez, Dragún, Beckett, Brossa, etc.). Ha dirigido también algunos de sus propios textos.

El ensayo y el teatro son sus dedicaciones preferentes en el campo de la escritura, pero ocasionalmente cultiva otros géneros, y así, en 1975 obtiene el premio *Camp de l'Arpa* con un poema titulado *La paulatina ciénaga.*

En 1977 funda y dirige el Teatro Fronterizo, que se ha encargado de poner en escena algunos de sus textos. En ese marco escribe y estrena diferentes piezas, sobre todo, adaptaciones teatrales de textos narrativos, entre los que destacan *La leyenda de Gilgamesh* (1978), *La noche de Molly Bloom* (1979) sobre el último capítulo del *Ulises,* de Joyce; *El gran teatro natural de Oklahoma* (1982), basado en textos de Kafka; *Informe sobre ciegos* (1982), de Ernesto Sábato (capítulo incluido en su novela *Sobre héroes y tumbas); Moby Dick* (1983), sobre la novela homónima de Melville; *Primer amor* (1985), sobre el relato homónimo de Beckett; *Carta de la maga a Bebé Rocamadour* (1987), sobre un pasaje de *Rayuela,* de Cortázar, o *Bartleby el escribiente* (1989), de nuevo sobre un relato de Melville. Ha realizado además otras adaptaciones de textos narrativos que aún permanecen inéditas y sin estrenar. A estos títulos habría que añadir *Historias de tiempos revueltos* (1979), basada en dos piezas teatrales brechtianas: *El círculo de tiza caucasiano* y *La excepción y la regla,* y *Terror y miseria en el primer franquismo* (1979), en cuyo título se advierten ya los ecos brechtianos de *Terror y miseria en el tercer Reich.*

Además realiza adaptaciones de textos dramáticos clásicos, firmados por dramaturgos españoles y extranjeros, como *La vida es sueño* (estrenada en 1981 por José Luis Gómez y, una segunda versión, por la Compañía Nacional de Teatro Clásico, en el Festival de Almagro de 1996, bajo la dirección de Ariel García Valdés) y *Los cabellos de Absalón* (estrenada en el Teatro Español de Madrid, bajo la dirección de José Luis Gómez, en 1983), de Calderón de la Barca. Más adelante continuará esa labor con textos como *La estirpe de Layo* (1989), sobre *Edipo rey,* de Sófocles, que permanece inédita, y *Cuento de invierno,* de Shakespeare (1985), también inédita.

En 1980 escribe, estrena y publica su primera obra emblemática: *Ñaque o de piojos y actores*[4], que participa tanto de las características de la adaptación de textos, pues es muy perceptible la presencia de *El viaje entretenido,* de Agustín de Rojas Villandrando, como de la influencia beckettiana, que se consolidará en los textos siguientes.

En 1981 promueve y preside la Asociación Escena Alternativa, hasta 1984. Entre 1984 y 1989 es además profesor de Teoría e Historia de la representación teatral en el departamento de Filología Hispánica en la Facultad de Letras en la Universidad

[4] Se han publicado diversas ediciones, en libros y en revistas de este texto. La edición más recomendable es la ya citada de Manuel Aznar Soler.

Autónoma de Barcelona. Desde 1988 es director de la Sala Beckett, que se convierte en la sede del Teatro Fronterizo y también en una referencia obligada para todo el movimiento del teatro alternativo, que comienza una nueva etapa en Barcelona y Madrid, y después, en otras ciudades españolas. La Sala Beckett ha desarrollado una rigurosa programación de espectáculos y ha creado además un ámbito adecuado para la investigación teatral a través de cursos y talleres. Muchos de los jóvenes dramaturgos catalanes que después se han consolidado en el territorio de la escritura escénica han pasado por los talleres de la Sala Beckett o por los cursos dirigidos por Sanchis Sinisterra, por ejemplo, Sergi Belbel, Josep Pere Peyró, Lluisa Cunillé, Manel Dueso, Beth Escudé, Mercé Sarrias y muchos otros, entre los que se encuentran algunos escritores con una mayor madurez y con una trayectoria profesional consolidada, como Joan Casas.

En 1990 obtiene el Premio Nacional de Teatro, compartido con el director y profesor de interpretación José Estruch, y en 1991 obtiene el premio Lorca. En 1993 es nombrado director del Festival de Teatro Iberoamericano de Cádiz, cargo que ocupará durante la edición correspondiente a ese año. En 1997 Sanchis se traslada a Madrid, aunque mantiene parte de sus actividades barcelonesas. En Madrid ha dirigido cursos de escritura teatral en la Escuela de Letras, en la Real Escuela Superior de Arte Dramático o en la Sala Mirador, y se han acercado a su círculo escritores teatrales jóvenes de opciones estéticas muy diversas, como Juan Mayorga, Yolanda Dorado, Yolanda Pallín, Luis Araujo, Itziar Pascual, etc.

Además, continúa su prolífica actividad docente en diversos países latinoamericanos, donde coordina también cursos y talleres, pronuncia conferencias en distintos lugares e instituciones[5], participa en jurados de premios teatrales y alienta a numerosos jóvenes dramaturgos que acuden a su magisterio.

---

[5] Una relación de lugares en los que ha dirigido cursos y seminarios puede verse en la citada Nota biográfica que figura como apéndice a la edición de *Valeria y los pájaros*, pág. 122.

Como autor inquieto y de amplia cultura, continúa interesándose por fenómenos intelectuales muy diversos, sobre los que lee, reflexiona y escribe continuamente. Durante los últimos años, y tal como ha explicado en diversas ocasiones, sus lecturas se orientan preferentemente por los territorios de la física cuántica, la teoría del caos, la teoría general de sistemas, la narratología, la lingüística pragmática, la Estética de la Recepción, etc. La influencia de estas lecturas sobre su obra dramática es creciente y revela al escritor en continuo proceso de renovación personal.

Pero, sobre todo, y a lo largo de estos últimos años, ha continuado escribiendo[6]: *El retablo de Eldorado* (1984)[7], *Crímenes y locuras del traidor Lope de Aguirre* (1986), *Pervertimento y otros Gestos para nada* (1986), ¡AY, CARMELA! (1986), *El canto de la rana* (1987), *Los figurantes* (1988), *Perdida en los Apalaches* (1990), *Naufragios de Álvar Nuñez* (1991), *Mísero Próspero* (1992), *Valeria y los pájaros* (1992), *Bienvenidas* (1993), *El cerco de Leningrado* (1993), *Dos tristes tigres* (1993), *Marsal Marsal* (1994), EL LECTOR POR HORAS (1996), *El año pasado en Toulouse* (1998)[8], *La raya del pelo de William Holden* (1999), aún inédita y sin estrenar. En 1999 obtuvo el premio Max de las Artes Escénicas al mejor autor, por la reposición de ¡AY, CARMELA!, y recibió el mismo premio la Sala Beckett en la modalidad de Teatro Alternativo. Ha coordinado el trabajo colectivo titulado *La cruzada de los niños de la calle*, que se estrenó el 14 de enero del año 2000 en el Centro Dramático Nacional (Teatro María Guerrero, Madrid).

---

[6] Una relación exhaustiva de la bibliografía de y sobre Sanchis Sinisterra, así como de sus estrenos, puede verse en Virtudes Serrano, Introducción a José Sanchis Sinisterra, *Trilogía americana*, Madrid, Cátedra, 1996, págs. 79-90.

[7] El año que figura junto a los textos es el año de su escritura.

[8] Publicada en *ART TEATRAL*, núm. 11, 1998, págs. 73-75. La afinidad de esta breve pieza (subtitulada modestamente *Ejercicio*) con *El lector por horas* es notable.

¿UNA NUEVA PROMOCIÓN DE DRAMATURGOS?

En torno al año 1975 se incorpora a la escritura teatral española una nueva promoción de dramaturgos. Uno de sus componentes, Ignacio Amestoy, se ha referido a ella como generación de 1982[9], tomando como referencia la primera victoria del PSOE en las elecciones generales, pero estos dramaturgos vienen escribiendo desde mediados de los setenta. Casi siempre es discutible la existencia de una generación de escritores y este caso no constituye una excepción. Pero, independientemente de que pueda aplicárseles o no una etiqueta común, lo cierto es que el comienzo de la transición democrática coincide con la irrupción en la escena de varios dramaturgos con una serie de notas semejantes, aunque las diferencias entre ellos sean también evidentes[10]. Sin ánimo de agotar la lista puede recordarse a dramaturgos como José Sanchis Sinisterra (1940), José Luis Alonso de Santos (1942), Miguel Medina (1946), Ignacio Amestoy (1947), Fermín Cabal (1948) y Rodolf Sirera (1948).

Podrían añadirse también otros nombres, como Albert Boadella (1943), Juan Antonio Hormigón (1943) o los de dramaturgos que, aun habiendo nacido en las fechas en las que situamos a esta generación, habían comenzado a escribir para el teatro algunos años antes pero su evolución estética ha sido más o menos convergente con la de algunos de los autores citados: son Josep María Benet i Jornet (1940) y tal vez Jerónimo López Mozo (1942). E incluso cabría hablar de creadores vinculados a otros géneros (narrativa, ensayo, cine, etc.) que, más o menos ocasionalmente, han escrito para el teatro,

---

[9] Véase, por ejemplo, su Introducción a Miguel Medina Vicario, *Prometeo equivocado*, Murcia, Universidad de Murcia, págs. 10 y sigs.

[10] Véanse más trabajos: «Veinticinco años de escritura teatral en España (1972-1996)», en *ADE-Teatro*, núms. 54-55, diciembre 1996, págs. 149-166; «El teatro español durante los últimos veinte años», *RESEÑA*, núm. 270, marzo 1996, págs. 2-4; «La escritura teatral hoy», en *Ínsula*, núms. 601-602, enero-febrero 1997, págs. 33-36.

por ejemplo, Álvaro del Amo (1942) o Javier Maqua (1945), aunque la nómina es mucho más amplia.

Pero, en estas líneas, me referiré fundamentalmente a los dramaturgos enumerados en primer lugar. Ciertamente, estos autores no forman un grupo de características previamente definidas ni obedecen a un programa establecido. Incluso se pueden advertir diferencias profundas entre ellos en las que el tiempo parece haber ido ahondando. Sin embargo, la lectura de sus textos y la consideración de sus trayectorias escénicas permiten establecer algunas notas comunes. Un recorrido por ellas podrá contribuir a señalar las relaciones y las diferencias de Sanchis con su grupo generacional. Estas notas podrían formularse de la manera siguiente:

Formación escénica y universitaria

Se trata de una promoción que, cosa inusual en el teatro español, aúna la formación intelectual rigurosa, casi siempre universitaria, con un amplio conocimiento del medio y de la profesión teatral, consecuencia del paso de casi todos ellos por el teatro independiente o por el universitario, en el que desempeñaron diversas funciones, antes incluso de dedicarse a la autoría teatral propiamente dicha. Estos conocimientos se revelan en una construcción teatral singularmente eficaz, fruto de su experiencia escénica, que constituye la expresión de unos contenidos con pretensiones intelectuales.

Su teatro, más allá de ciertas apariencias festivas o hasta populares, puede catalogarse de culto, si entendemos este adjetivo como la expresión de la categoría contrapuesta al teatro comercial, que pretende exclusivamente divertir. No por ello, sin embargo, renuncian a un público relativamente amplio. Estos dramaturgos, por lo general, no quieren hacer un teatro de minorías. Se sitúan, por tanto, en un equilibrio entre los extremos del teatro de consumo y un teatro plenamente vanguardista. Es curioso comprobar cómo en la obra de Sanchis hay piezas que han obtenido un éxito resonante de público —¡AY, CARMELA! o *¡Ñaque!*, por ejemplo— pero en su producción se advierte también una notable proclividad hacia el teatro alternativo o incluso hacia el teatro de cámara.

Esta combinación de lo escénico y lo académico se manifiesta también en el magisterio que practican estos autores: talleres, seminarios, cursos o conferencias son actividades habituales en su trayectoria profesional, a las que hay que sumar en el caso de dos de los dramaturgos más representativos del grupo —Alonso de Santos y Sanchis Sinisterra— la plasmación por escrito de sus reflexiones acerca del fenómeno teatral[11]. Por lo demás, casi todos ellos han ejercido como profesores en la enseñanza académica reglada.

Renovación formal

Su innegable búsqueda de un teatro novedoso en sus aspectos ideológicos no implica necesariamente, como ya advertía el propio Sanchis, el cultivo de un teatro de vanguardia, propiamente dicho. Buena parte de la obra de estos dramaturgos está enraizada en una tradición más o menos canónica, y sus piezas suelen huir del hermetismo. Los textos de estos autores, incluso los que presentan una mayor complejidad, admiten al menos una primera lectura sencilla. Sin embargo, en todos los dramaturgos citados se advierte un empeño por indagar en diferentes posibilidades de construcción del texto dramático.

Un punto de partida habitual suele encontrarse en los materiales que proporcionan la comedia, la farsa, el drama y la tragicomedia clásicos, sin desdeñar tampoco los elementos apro-

---

[11] Véase Alonso de Santos, *La escritura dramática*, Madrid, Castalia, 1998, un amplio y riguroso estudio sobre la materia. La bibliografía de Sanchis sobre el particular es también abundante y tendremos ocasión de referirnos a ella a lo largo de las páginas de esta Introducción.

vechables de los tradicionalmente denominados géneros menores, como el sainete o hasta el vodevil. Pero lo realmente definitorio ha de buscarse casi siempre en el humor, que se convierte en agudo instrumento crítico, pero también en un elemento que permite atenuar situaciones y evitar que se tomen con demasiada solemnidad apreciaciones y juicios. En consecuencia, casi todos suelen inclinarse hacia las formas próximas a la tragicomedia, pero las posibilidades del género en manos de estos autores son muy diversas. Destaca entre ellas el supuesto remedo del sainete *(La estanquera de Vallecas* o *Bajarse al moro,* de Alonso de Santos) o de los géneros ínfimos (¡AY, CARMELA!, de Sanchis Sinisterra). Pero basta una lectura mínimamente atenta para descubrir, tras esta recuperación de los géneros populares, que los modelos de referencia están superados mediante la ironía y poco queda de ellos si prescindimos de algunos rasgos ambientales. La insistencia de algunos en hablar de neosainete puede confundir en lo que atañe a las verdaderas intenciones de estas piezas e incluso respecto al tratamiento formal de los modelos empleados.

Otra fórmula frecuente es la adopción del viaje —viaje iniciático— como metáfora del proceso de formación, determinado por elementos autobiográficos —casi impúdicamente autobiográficos a veces— en los que es patente la influencia de un creador de vanguardia como es Tadeusz Kantor. Así sucede con *El álbum familiar* (1982), de Alonso de Santos, texto emparentado con *¿Fuiste a ver a la abuela?* (1979), de Cabal, otro ejemplo claro de la revisión de la propia infancia como origen de tantas lacras o conflictos personales. Se percibe en estos textos la necesidad de un ajuste de cuentas de los autores con su propia biografía, con sus propios antecedentes familiares y educacionales; la urgencia de liberarse de un lastre que se entiende como empobrecedor e incluso como castrante, aunque no falten en ellos ni la simpatía ni la ternura —actitud recurrente en estos dramaturgos— respecto a algunos de los seres que configuraron su infancia y su adolescencia. Sin que puedan emparentarse directamente con estos textos, en la obra de Amestoy se dan también piezas de indagación biográfica, si no personal sí generacional, por ejemplo, *Betizu, toro rojo,* donde el motivo del viaje —físico y metafórico— vertebra la historia.

No encontramos esta manera de abordar el viaje iniciático en el teatro de Sanchis, sin embargo, en su obra abundan los tratamientos libres y renovadores de las fórmulas dramáticas del viaje, sobre las que más adelante tendremos ocasión de hablar. De hecho, buena parte de su teatro puede comprenderse precisamente desde el viaje, tantas veces errático, equivocado o frustrado, que realizan sus personajes.

Es significativo también, en algunos de estos dramaturgos, el uso de formas de composición que parten de un concepto relativista de la fábula. Así, la composición caleidoscópica en los textos últimos de Benet i Jornet *(E. R., Deseo, El perro del teniente);* el uso de las variaciones sobre el mismo tema, a que tan aficionado se muestra Rodolf Sirera *(El veneno del teatro, Indian summer, Maror);* el empleo de tramas deliberadamente incompletas en la obra de Sanchis Sinisterra (él ha hablado en algún momento de «escritura del hueco»), o de estructuras fragmentarias, como ocurre con algunas piezas de Fermín Cabal *(Ello dispara, Castillos en el aire),* tendencias que se han acentuado en las generaciones posteriores, y son frecuentes en dramaturgos como Sergi Belbel, Luisa Cunillé, Josep Pere Peyró, etc.

Contrasta esta percepción incierta y cambiante de la realidad —en la que cabría advertir tal vez una estética de ribetes neobarrocos— con la contundencia inequívoca que definía a los textos de las promociones anteriores, tanto en lo ideológico como en lo formal. El relativismo ha sustituido a la visión absolutista de la verdad única. Una de las consecuencias de este relativismo se percibe en la construcción de los personajes. Frente a tratamientos maniqueos propios de otras estéticas teatrales, en las que unos personajes están adornados de todas las virtudes y otras encarnan los aspectos negativos que el dramaturgo quiere censurar, en la mayoría de los textos de este grupo de autores, los personajes son tratados con una notable dosis de escepticismo, de ironía y sobre todo de ternura, incluso aquellos que son vistos críticamente o que representan los antivalores en la visión del mundo que ofrecen estos dramaturgos. Sanchis ha explicado esa profunda escisión que en ocasiones se produce entre el autor y sus personajes: «Yo no hablo a través de mis personajes, sino que ellos hablan y se comportan con su lógica, aunque a mí me resulte extraña, contradictoria, insoportable» [12].

Este breve elenco no apura las notas que caracterizan formalmente a la promoción. Podría hablarse además de la huella brechtiana y la huella beckettiana en muchos de ellos (nos referiremos a estos asuntos en los epígrafes siguientes), y, sobre todo, de la tendencia al uso de la elipsis, al adelgazamiento de la historia o al papel creciente que se confiere a la situación dramática, etc.

Intertextualidad y culturalismo

En todos estos autores es perceptible una acentuada tendencia al culturalismo. El gusto por la intertextualidad, por la cita implícita o explícita, es una nota común a todo el grupo que se convierte en una inequívoca característica generacional. Un ejemplo puede ilustrar esta afición a la intertextualidad. En la edición de *Mañana aquí a la misma hora* (1979), un texto breve de Ignacio Amestoy, el autor explica en cuarenta y dos notas algunas de las referencias empleadas. Otro ejemplo significativo, como sugiere ya el propio título, es EL LECTOR POR HORAS, de Sanchis Sinisterra, que se edita en este volumen.

La literatura dramática española posterior a 1975 no sólo se caracteriza así por un indiscutible eclecticismo, en lo literario y en lo propiamente escénico, sino que en muchas ocasiones se convierte en una escritura «segunda», sobre otro (u otros textos) dramáticos o no, reales o ficticios (y aquí es claramente

[12] Véase Fondevila, *op. cit.*, pág. 44.

visible la estructura de muñecas rusas o cajas chinas). Por ejemplo, la citada *Mañana aquí a la misma hora* está constituida básicamente por un ensayo de *Historia de una escalera* de Buero Vallejo; *El cerco de Leningrado,* de Sanchis Sinisterra, por el intento de recuperar un texto escrito tiempo atrás por el director de la compañía, marido y amante respectivamente de las dos actrices del teatro que buscan ese texto supuesto en el que se vaticinaba el futuro del comunismo; *El veneno del teatro,* de Sirera, constituye un reflexión irónica sobre *La paradoja del comediante,* de Diderot; *La sombra del Tenorio,* de Alonso de Santos, propone una meditación sobre la muerte a partir de una recolección de anécdotas sobre representaciones del *Don Juan Tenorio,* de Zorrilla, etc.

En este contexto, la metateatralidad se convierte en un elemento recurrente para los dramaturgos de esta promoción. Son muy numerosas las piezas que tratan sobre teatro en el teatro. Además de algunos de los textos citados, cuyos títulos remiten por sí solos a este fenómeno de la metateatralidad, pueden recordarse entre otros: *Viva el duque, nuestro dueño,* de Alonso de Santos; *Ñaque o de piojos y actores,* ¡AY, CARMELA! o *Los figurantes,* de Sanchis Sinisterra; *Yo fui actor cuando Franco,* de Ignacio Amestoy; *El veneno del teatro,* de Sirera, etc.

La cuestión del realismo

La adscripción —ética y estética— a un cierto realismo, entendido sobre todo como compromiso crítico con la sociedad en la que viven, y que se expresa estéticamente mediante un lenguaje cotidiano y unos personajes situados en un medio reconocible, habitualmente urbano, es otra de las notas que caracteriza a algunos de estos dramaturgos. Abundan los ejemplos de este realismo naturalista en los autores de esta generación, sobre todo en la obra de Alonso de Santos y de Cabal, los más proclives —en algunas etapas de su producción dramática— al naturalismo. *Bajarse al moro* o *La estan-*

quera de Vallecas, de Alonso de Santos, o *Caballito del diablo,* de Cabal, son algunos de los títulos más representativos de esta orientación ética y estética.

En este sentido, la escritura de este grupo parecería constituir una cierta prolongación del teatro social o político de las generaciones anteriores, pero su enfoque es radicalmente distinto. Por un lado, lo alejan de aquél el uso del humor y una acentuada tendencia al relativismo; por otro, es importante observar cómo estos nuevos textos se escriben en una realidad distinta. El realismo de esta promoción de dramaturgos es compatible con lo farsesco, con lo poético, con lo alucinado o con lo fantástico, precisamente porque no pretende ser un realismo estricto o fotográfico.

Este aspecto requiere algunas precisiones en lo que respecta a la obra de Sanchis. El compromiso social y hasta político es innegable en textos como ¡AY, CARMELA!, *El cerco de Leningrado, Los figurantes, Marsal Marsal* o incluso *Ñaque,* por citar algunos títulos significativos, pero el tratamiento estético de estas cuestiones parece diferente del que se emplea, por ejemplo, en los textos arriba citados. En efecto, el dramaturgo se muestra versátil, cambiante, deseoso de probar nuevas fórmulas, de investigar tratamientos distintos del espacio y del tiempo, etc., que no responden estrictamente a los cánones naturalistas y que no proporcionan una visión directa e inmediata del tiempo contemporáneo y el espacio habitado por el destinatario inmediato. Sin embargo, no faltan en la obra de Sanchis los rasgos naturalistas, a veces muy acentuados, sobre todo en textos como ¡AY, CARMELA! y *Ñaque,* donde tiene cabida no ya lo cotidiano, sino incluso lo grosero o hasta lo escatológico.

Una subversión de valores

Las convicciones éticas de estos dramaturgos apuntan hacia una subversión de valores respecto a la ética tradicional, tanto la que se expresaba en un teatro de carácter moralizante, como podía ser el de Benavente o el de Arniches, por citar referentes españoles de este siglo, como, en ciertos aspectos, la que sustentaba los textos de los autores comprometidos más inmediatos, Buero o Sastre, por ejemplo. Valores como la autenticidad o la solidaridad son respetados, pero adquieren una dimensión diferente de la que mostraban en períodos anteriores. Se ataca ferozmente cualquier forma de oportunismo o de espíritu acomodaticio, pero los referentes de estas actitudes son ya otros.

La sensación de que se invierten criterios morales o hasta culturales es posiblemente la consecuencia de un deseo de ruptura con lo anterior, de expresión de ese cambio del que se ha hablado recurrentemente durante estas últimas décadas. El texto emblemático de la producción teatral de este período, *Bajarse al moro* (1985), de Alonso de Santos, es quizás el más significativo de esta tendencia. A través del humor y hasta de la provocación se proponen allí nuevas maneras de enfocar moralmente cuestiones muy distintas: desde la virginidad a la droga, desde la corrupción a la militancia política, toda una larga serie de usos morales es cuestionada en una pieza que tal vez deba parte de su extraordinario éxito a esa «irreverencia» frente a unos motivos sacralizados por la sociedad y por el teatro mismo en períodos anteriores. No faltan tampoco en la obra de Sanchis, aunque quizás de una forma más atenuada, esas revisiones irónicas de los modelos éticos que se proponen como válidos. *El cerco de Leningrado* constituye un ejemplo representativo.

El elogio de la marginación

Una de las consecuencias del cambio en el sistema de valores mostrado por este teatro puede encontrarse en la ética del perdedor que inspira buena parte de sus textos. Virtudes Serrano [13] ha hablado de un desplazamiento del interés por el

---

[13] Virtudes Serrano, Introducción a Paloma Pedrero, *Juego de noches. Nueve obras en un acto*, Madrid, Cátedra, 1999, pág. 24.

perdedor hacia el interés por el marginado que se opera desde la dramaturgia de los ochenta a la de los noventa. No es sencillo trazar con precisión los límites entre estos tipos de personajes, pero la presencia de perdedores y marginales, de seres no integrados, resulta rotunda en el teatro de las dos últimas décadas, tanto en los autores pertenecientes a la promoción a la que nos referimos como en la obra de sus continuadores. La tipología de estos personajes en el teatro español contemporáneo es amplia: desde los pequeños delincuentes a los inadaptados por razones políticas, desde los enfermos de sida a los fracasados en su vida profesional, sentimental o social.

El grupo más sugestivo teatralmente hablando está constituido, quizás, por aquellos personajes relacionados con la pequeña delincuencia, que frecuentemente está ligada a la drogadicción: *Yonquis y yanquis, Bajarse al moro, La estanquera de Vallecas* (1981), *Salvajes* (1998) de Alonso de Santos; *Caballito del diablo,* de Fermín Cabal; *Coches abandonados* (1992), de Javier Maqua, etc. Esos seres son vistos siempre con ternura, y casi siempre con simpatía; al menos nunca falta la comprensión y, desde luego, no se recurre a la censura ni a la actitud moralizante en el tratamiento de estos personajes.

El grupo más amplio, aunque a la vez más indeterminado, de seres que significan la no integración, son los perdedores: aquellos seres que fracasan en sus empeños profesionales y vitales, aquellos que no obtienen el reconocimiento de la sociedad. En este ciclo de obras abundan los personajes poco reflexivos, que se guían por sus impulsos o por sus ilusiones —casi siempre fracasadas— y casi nunca por sus planteamientos intelectuales. Sobre estos seres vuelcan especialmente su ternura los dramaturgos de este grupo e incluso parecen recrearse en ellos, ahora sí, con compasión y hasta con un cierto deleite. Esos seres protagonizan casi todo el teatro de Alonso de Santos, buena parte de las piezas breves de Sanchis Sinisterra, y algunas de sus obras extensas, como ¡AY, CARMELA! o *Valeria y los pájaros.* También aparecen personajes de este tipo en la obra de Cabal (*Caballito del diablo, Esta noche gran velada,* etc.). Los inadaptados a la nueva situación política son los protagonistas de *Tú estás loco, Briones,* de Cabal, o *Trampa para pájaros,* de Alonso de Santos; un enfermo de sida cuenta su historia en *Yo fui actor cuando Franco* (1990), un monólogo de Ignacio Amestoy, etc. No encontramos tampoco en estos textos lecciones morales, pero no faltan ni la solidaridad ni la simpatía, impregnadas siempre por el humor e incluso por un cierto tono irónico.

El desencanto generacional

Los dramaturgos de esta promoción han expresado con frecuencia su desencanto generacional, su fracaso, tanto en lo que atañe al ámbito de lo público (la destrucción de las utopías, el incumplimiento de las ilusiones colectivas, el desengaño respecto a personas, instituciones y valores en que se confiaba), como en lo que respecta al terreno de lo privado (fracaso profesional, afectivo, de las relaciones de pareja, etc.). Las piezas de estos dramaturgos están llenas de parejas rotas o en crisis: *Pares y Nines,* de Alonso de Santos; *Travesía,* de Cabal, etc.; de deterioros o hundimientos personales: *Vis a vis en Hawai,* de Alonso de Santos; de degradaciones morales: *Prometeo equivocado* y *La cola del difunto (Auto premonitorio y algo sacramental)* (1992), de Miguel Medina; etc. En el terreno del desencanto político puede situarse *Fuera de quicio* (1987), una pieza de Alonso de Santos, que fracasó en el momento de su estreno, y que cuestionaba la euforia que inicialmente suscitó la democracia. El fracaso de ideales políticos radicales se analiza en *Betizu. El toro rojo,* en *Doña Elvira imagínate Euskadi* y en otras piezas de Ignacio Amestoy.

El cerco de Leningrado, de Sanchis Sinisterra, constituye una reflexión metafórica sobre la caída del muro de Berlín y sus consecuencias políticas, pero también una amarga e irónica meditación sobre el fracaso y el derrumbe de todo un mundo de ilusiones y de principios.

Tal vez estas coincidencias no sean suficientes para hablar de una generación de dramaturgos según la acepción que se da en literatura a este término, pero no pueden obviarse las relaciones existentes entre los autores mencionados, aunque todos ellos posean perfiles propios y un teatro con personalidad definida. Sanchis comparte casi todas estas notas a las que nos hemos referido y, como los demás, aporta su visión singular de la escritura dramática. Sin ánimo de establecer clasificaciones precipitadas o demasiado tajantes, quizás pueda apuntarse después de este rápido espigueo de la promoción, la existencia de una mayor proclividad hacia el naturalismo en algunos de estos escritores, singularmente en Alonso de Santos y también en Cabal, sobre todo en sus primeras piezas, y una mayor afición a la ruptura con el psicologismo en otros, entre los que se encontraría Sanchis. Tampoco es, desde luego, un criterio determinante. Sirva únicamente como hipótesis de trabajo.

Las fronteras en el teatro de Sanchis Sinisterra

Sanchis ha abordado el hecho teatral desde un concepto de la disidencia que él mismo ha asociado a lo fronterizo. Lo fronterizo sugiere la marginalidad respecto al sistema, que se verifica en aspectos muy diversos, como el tratamiento de los personajes o de los géneros, la elección de los materiales de la fábula, la disposición de los elementos lingüísticos y formales o la fractura de las convenciones respecto al espacio y al tiempo. Pero, ante todo, lo fronterizo significa una actitud[14], una elección

[14] El autor ha compuesto varios manifiestos sobre las intenciones y el alcance del Teatro Fronterizo. El primero de ellos, escrito en 1977, se titula «Teatro Fronterizo. Manifiesto (latente)» y fue publicado por la revista *Primer Acto*, núm. 186, 1980, págs. 88-89. Después fue recogido en la edición de *¡Ay, Carmela!*, Madrid, *El público*, 1989, págs. 21-23, y por Manuel Aznar Soler, *op. cit.*,

consciente de ámbitos alejados del poder político y estético, y, en consecuencia, una voluntad decidida de alterar los hábitos de percepción. De este modo su obra teatral se sitúa en:

> Una cultura centrífuga, aspirante a la marginalidad —aunque no a la marginación, que es a veces su consecuencia indeseable— y a la exploración de los límites, de los fecundos confines.
>
> Sus obras llevan siempre el estigma del mestizaje, de esa ambigua identidad que les confiere un origen a menudo bastardo [15].

Sin embargo, términos como frontera, periferia o marginalidad pueden inducir a confusión a quien los relacione con la modestia o la pobreza estética o intelectual. Sanchis se ha aventurado en ámbitos como la física contemporánea, la mejor narrativa universal, el cine, la historia, la política o el teatro mismo, y ha experimentado en sus piezas las conclusiones a que le han conducido sus aventuras. Esa continua búsqueda en los aledaños de la teatralidad no es consecuencia de un deseo de llamar la atención o de criterios superficiales más o menos episódicos, sino un desarrollo coherente de una posición ideológica y estética radical. Por este motivo, Sanchis precisará:

> Para crear una verdadera alternativa a este «teatro burgués» no basta con llevarlo ante los públicos populares ni tampoco con modificar el contenido ideológico de las obras

---

págs. 267-269. El segundo, «El teatro fronterizo. Planteamientos», se escribió también en 1977 y se publicó en el mismo número de *Primer Acto* (pág. 96) y lo recoge también Aznar Soler (págs. 270-271), aunque no figura en la versión de *¡Ay, Carmela!* editada por *El público*. Un tercer documento, escrito en 1977, se titula «Teatro fronterizo. Diez años, Crónica de un fracaso». Fue publicado en *Primer Acto*, núm. 222, 1988, págs. 24-25 y reproducido por Aznar Soler, *op. cit.*, págs. 292-294, quien incluye también una «Postdata: un año después», redactada en 1988 (págs. 294-295). A los manifiestos mencionados habría que añadir diversos escritos, como notas incluidas en los programas de mano de algunos espectáculos, que tienen también un carácter programático.

[15] «El Teatro Fronterizo. Manifiesto (latente)», III, *op. cit.*

> representadas. La ideología se infiltra y se mantiene en los códigos mismos de la representación, en los lenguajes y convencionalismos estéticos que, desde el texto hasta la organización espacial, configuran la producción y la percepción del espectáculo. El contenido está en la forma. Sólo desde una transformación de la teatralidad misma puede el teatro incidir en las transformaciones que engendra el dinamismo histórico. Una mera modificación del repertorio, manteniendo invariables los códigos específicos que se articulan en el hecho teatral, no hace sino contribuir al mantenimiento de «lo mismo» bajo la apariencia de «lo nuevo», y reduce la práctica productiva artística a un quehacer de reproducción, de repetición.
>
> Se hace preciso, pues, revisar, y cuestionar a través de la práctica los componentes de la teatralidad, investigar sus manifestaciones en dominios distintos al Teatro, en tradiciones ajenas al discurso estético de la ideología dominante, en zonas fronterizas del arte y de la cultura [16].

La cita es larga, pero merecía la pena, porque constituye una lúcida declaración de intenciones, y también un ambicioso programa que cabría calificar de revolucionario en sentido estricto, si no fuese porque el adjetivo nos resulta ya agotado semánticamente. Y la ambición de la propuesta permite anticipar ese fracaso —relativo solamente— a que se referirá el autor diez años más tarde, si bien aquel tercer manifiesto ha de leerse desde la amarga ironía crítica que lo impregna. Justamente ese permanente carácter fronterizo hace imposible un triunfo clamoroso y continuado en el medio teatral, político y social en el que inevitablemente se desarrolla, como muy bien sabe su autor.

Pero vayamos por partes. Sanchis escribe estas líneas en un momento —al que ya hemos tenido ocasión de referirnos por extenso— en el que una generación joven puede irrumpir por fin en el ámbito de un teatro público (no uso este adjetivo en su acepción de teatro vinculado a las instituciones, sino en su

---

[16] «El Teatro Fronterizo. Planteamientos», *op. cit.*

significado génerico, es decir, como teatro de un amplio alcance), después de años de itinerancia, que lo fueron también de formación y de búsqueda de nuevas fórmulas y de nuevos espectadores. Me refiero, por supuesto, a los años del teatro independiente, sobre el que carecemos tal vez de un sólido estudio de conjunto, aunque no faltan interesantes trabajos parciales [17]. No es éste el momento de insistir acerca de la importancia que el fenómeno ha tenido en la historia del teatro español reciente, pero no es posible tampoco entender la trayectoria de Sanchis y de tantos creadores dramáticos contemporáneos sin una referencia a este movimiento que desbordó los límites de lo escénico. El «teatro burgués», el teatro al uso que representaba en salas a la italiana textos escritos y montados de una manera convencional, es denostado por una generación que considera tales espectáculos como anquilosados en lo estético y evasivos o incluso reaccionarios en lo político y en lo social. Estos jóvenes creadores postulan un teatro que llegue a los públicos populares —al que Sanchis se refiere en su escrito— y que, consecuentemente, esté orientado por criterios políticos y estéticos progresistas. La influencia brechtiana, sobre todo, aunque no exclusivamente, inspira estas tentativas.

Sanchis no es ajeno a toda esta concepción escénica, pero sus propuestas van más allá: el nuevo teatro debe explorar las fronteras sociales y políticas de lo que en ese momento se entiende en España por teatro, pero debe plantearse retos más ambiciosos, basados en la necesidad de ampliar el propio concepto de la teatralidad y de su percepción por parte del espectador. Sanchis elige como punto de partida la posibilidad de enriquecer o de fecundar el lenguaje teatral con elementos procedentes de ámbitos contiguos a la escena: la preocupación, casi obsesión, por llevar a las tablas textos narrativos constituye un ejemplo de esa búsqueda de una nueva teatrali-

---

[17] Merece recordarse por la variedad y la amplitud de los trabajos incluidos en él: AA.VV., *Documentos sobre el Teatro independiente español* (coordinado por Alberto Fernández Torres), Madrid, CNNTE, 1987.

dad. Sin embargo, y paradójicamente, esta manifestación fronteriza constituye una constante en la historia del teatro universal, como explicaba el propio Sanchis en 1984:

> Una parte importante del repertorio dramático universal de todos los tiempos está constituido por adaptaciones más o menos libres, más o menos literales, de materiales literarios originariamente narrativos [...] Parecería como si el arte dramático, en la constitución de su dimensión literaria —esa franja del espectro teatral que llamamos texto— fuera sumamente proclive al expolio de los géneros narrativos; y como si un amplio sector de fabricantes del mencionado texto dramático sucumbiera irresistiblemente a la tentación de practicar el arte de la chapuza.
>
> Estancados en la tradición literaria del «gran» teatro burgués, hay quienes no prestan oídos a las palabras de Artaud: «Para mí nadie tiene derecho a llamarse autor, es decir, creador, salvo aquel en quien recae la manipulación directa de la escena». El nuevo dramaturgo, en efecto, el chapucero que desmonta un texto narrativo más o menos ilustre y lo recompone como obra teatral, es frecuentemente un mal llamado director de escena o, cuando no, alguien estrechamente vinculado a un proyecto escénico, desde el cual se efectúa la adecuada manipulación [18].

Ciertamente esa actitud de prevención frente al autor dramático tradicional, o al menos de implícita restricción de sus funciones, experimentará una profunda evolución en la obra de Sanchis, hasta el punto de convertirse él mismo en uno de los dramaturgos más representativos y representados de nuestro tiempo [19]. El proceso de enriquecimiento a que ha some-

---

[18] José Sanchis Sinisterra, «El arte de la chapuza», en *El Público*, núms. 10-11, julio-agosto, 1984, pág. 53.

[19] Una opinión crítica e irónica, aunque admirativa, sobre la consolidación de Sanchis Sinisterra como dramaturgo puede verse en Fermín Cabal, «Mecanismos de la teatralidad», en José Sanchis Sinisterra, *Valeria y los pájaros*, *op. cit.*, págs. 5-11. En este breve, pero sustancioso, prólogo Cabal elogia lo que él considera un cambio radical de Sanchis desde una actitud que parecía despreciar al autor en el sentido tradicional hasta su conversión en uno de ellos. Recojo parte del texto en la Guía de lectura del presente volumen.

tido el concepto de autoría constituye un continuo camino desde una periferia que nunca se abandona del todo.

El punto de inflexión respecto al concepto de autoría que el dramaturgo maneja tal vez pueda encontrarse, y de nuevo nos situamos en el territorio de la paradoja, en el supuesto o real abuso de medios empleados en los montajes escénicos a lo largo de la década que podríamos situar entre las significativas fechas de 1982 y 1992. El desembarco de las autoridades democráticas en el teatro, y singularmente de las socialistas, trajo consecuencias positivas, sin duda, pero la tendencia a la fastuosidad de los espectáculos que se exhibían, y se exhiben todavía hoy, en los teatros públicos (que parecía mucho más acentuada si se comparaba el teatro de los ochenta con el de las décadas precedentes) generó abundantes críticas, formuladas desde sectores culturales y políticos muy distintos, aunque no siempre fueron desinteresadas. Sanchis tomó posición también entre los críticos, pero sus razones, por discutibles que puedan ser, obedecían a la coherencia de su pensamiento sobre el teatro. En una entrevista que le hacía Joan Casas para *Primer Acto,* que cita también Aznar Soler, Sanchis analizaba la situación de la escena española en los primeros años de la democracia y concluía:

> Para mí uno de los problemas fundamentales del teatro actual es la inflación de lo espectacular gracias a los apoyos institucionales, con montajes muy caros, unos medios técnicos y un acabado de los productos realmente extraordinario, pero sin sustancia interna, sin experimentación, sin motivación, ni necesidad real de hacerlos. Se hacen simplemente por la coyuntura de unos millones. En esta situación la tendencia a la desnudez escénica, la búsqueda de los límites de la teatralidad, es una opción estética, y también ideológica[20].

---

[20] Joan Casas, «Diálogo alrededor de un pastel bajo la mirada silenciosa de Beckett», (Entrevista a José Sanchis Sinisterra), en *Primer Acto,* núm. 222, 1988, pág. 36.

La actitud beligerante que mantiene el dramaturgo no responde a una rebaja de los presupuestos estéticos, sino a la voluntad crítica de su teatro, incompatible con el gusto creciente por espectáculos inocuos, respaldados por la belleza plástica y por la perfección de sus recursos técnicos. También aquí ha de buscarse ese espíritu fronterizo —disidente— que propugna el autor. Con frecuencia se ha denominado político a su teatro —él mismo lo ha calificado así también— y en muchas de sus piezas es evidente la oportunidad de este adjetivo, que tantas veces parece anacrónico en la actual escena española, aunque no falten otros cultivadores ilustres de un teatro de este tipo. Él mismo ha calificado de teatro político algunas de sus piezas, entre las que destacan *Los figurantes, El cerco de Leningrado* y *Marsal Marsal,* piezas a las que se refiere como *Trilogía de la utopía;* pero el término de político sería extensible a otros textos, como ¡AY, CARMELA!, *Ñaque o de piojos y actores, Trilogía americana,* e incluso EL LECTOR POR HORAS, entre otros títulos que podrían citarse.

Tampoco es exclusiva de Sanchis, aunque a mi modo de ver revela de manera rotunda el espíritu fronterizo de su teatro, una elección y un tratamiento de los personajes que, ahora sí, opta decididamente por la marginalidad. Los protagonistas de *Ñaque,* de *Los figurantes* o de ¡AY, CARMELA! ofrecen ejemplos inequívocos de ello, pero no es la marginalidad social la única fuente de inspiración empleada por el dramaturgo. Marginales son también los personajes de EL LECTOR POR HORAS, los de la *Trilogía americana* o, de otra manera, los que ocupan las piezas cortas de *Pervertimento y otros gestos para nada* o *Mísero Próspero* y *otras breverías* o el protagonista de *Marsal Marsal.* Todos ellos son seres fronterizos, seres borrosos, aunque frecuentemente su existencia como personajes teatrales sea brillante y sugestiva.

Estos puntos, con ser reveladores y definitorios del teatro de Sanchis, no terminan de dibujar el mapa de las fronteras por las que deambula el dramaturgo. Su ambición es aún mayor: alterar la percepción del teatro y, a través de él, la realidad misma. En una entrevista que publicaba la revista *Primer Acto* en 1980, Sanchis explicaba:

> Consideramos que contenidos históricamente progresistas, cuestionadores de cosas de las que todos disentimos, pueden fracasar en la medida en que los espectadores los perciben a través de unos esquemas idénticos a los que se aplican a contenidos de otro tipo. En este sentido recuerdo una frase de Peter Brook en la que decía que la tarea más importante del teatro sería la de modificar nuestra percepción de la realidad[21].

Ya Brecht, a cuya influencia se refiere Sanchis en la misma entrevista (habla en ella de las *raíces brechtianas de las que no siento los menores deseos de renegar*[22]), se propuso modificar la percepción del espectador, y no es ésta la menor huella del autor alemán en la obra de Sanchis. Pero, si el punto de partida de esta nueva manera de percibir entronca con el teatro brechtiano, serán el descubrimiento de Beckett, de Pinter y de la Estética de la Recepción las fuentes principales de esta investigación que llega hasta el momento presente. En todas las obras de Sanchis encontramos, como es lógico, aspectos en los que se investiga sobre esta nueva manera de percibir el espectáculo, pero los textos más representativos de esta voluntad renovadora son las piezas cortas incluidas en *Pervertimento y otros gestos para nada* y *Mísero Próspero y otras breverías*, *Marsal Marsal* y, sobre todo, EL LECTOR POR HORAS, como tendremos ocasión de ver.

DE BRECHT A LA ESTÉTICA DE LA RECEPCIÓN[23]

Desde sus tempranos inicios en el teatro, fueron los maestros franceses (Jouvet, Vilar, Barrault, etc.) y las propuestas

---

[21] Véase *Primer Acto*, núm. 186, 1980, pág. 95.

[22] *Ibídem*, pág. 94.

[23] El proceso estético y teatral de Sanchis aparece magníficamente sintetizado en la entrevista de Juan Manuel Joya, «Treinta años de experimentación teatral. Juan Manuel Joya entrevista a José Sanchis Sinisterra» en *Nueva Revista*, núm. 66, diciembre 1999, págs. 142-155. A ella tendremos ocasión de referirnos en numerosas ocasiones.

brechtianas las referencias de Sanchis en el terreno de la teoría teatral, y esas influencias han permanecido vivas en su quehacer escénico a lo largo de los años, aunque posteriormente se hayan sumado a aquellas nuevas influencias teatrales, literarias y críticas. Beckett, Kafka y Pinter son los principales entre los creadores, y la teoría de la Estética de la recepción es la corriente crítica que ha configurado la dramaturgia última del autor.

Brecht constituye una cita obligada para quienes, en torno a los años sesenta y setenta, e incluso antes, a finales de los cincuenta, pretenden hacer un teatro de carácter crítico. Muchas gentes de teatro de la generación a la que pertenece Sanchis se forman escénicamente y adquieren su conciencia política en el teatro de Brecht, aunque ya las generaciones anteriores acusaban un fuerte influjo brechtiano. Si bien no se trata sólo de un fenómeno español, pues lo brechtiano adquiere una difusión universal en aquellas décadas, la situación política de la dictadura hace urgente un teatro político militante que en algunas ocasiones llevó a una interpretación demasiado simplista de Brecht, ceñida exclusivamente a lo didáctico y a lo inmediato, y dejó al margen aquellos aspectos formales e intelectuales que constituyen posiblemente la aportación más interesante del dramaturgo, teórico y director alemán [24].

La influencia de Brecht en el teatro de Sanchis reviste diversas formas. Advertimos su presencia inmediata, por ejemplo, en la dramaturgia realizada sobre dos piezas del autor alemán: *El círculo de tiza caucasiano* y *La excepción y la regla*, reunidas en el espectáculo *Historias de tiempos revueltos*, que estrenó en el Teatro Fronterizo bajo la dirección del propio Sanchis en abril de 1979, o en *Escenas de Terror y miseria en el primer franquismo*, paráfrasis del célebre título

[24] Sobre esta cuestión veánse: Juan Antonio Hormigón, «Brecht en España. Una aventura de Indiana Jones», y Juan Manuel Joya, «Las huellas europeas de la escritura dramática de Bertolt Brecht», ambos en *ADE-Teatro*, núms. 70-71, octubre 1998, págs. 208-221 y 222-235.

brechtiano *Terror y miseria en el tercer Reich*. No es ajeno a la herencia brechtiana el interés constante de Sanchis por un teatro de carácter político. Pero la preocupación política va diluyendo el didactismo en formas teatrales orientadas por el humor —inteligente e incisivo— y por el cuidado de los aspectos técnicos, lo cual origina un teatro personal y maduro, muy distinto del mero mimetismo en el que cayeron tantos autores y directores deslumbrados por las posibilidades de lo brechtiano.

Sanchis toma del autor alemán no sólo la concienciación política, sino también su insistencia en crear un teatro formalmente revolucionario, que divirtiese al espectador y que alterase su tradicional actitud ante el espectáculo. Esta asimilación propia de Brecht puede apreciarse sobre todo en ¡AY, CARMELA!, como tendremos ocasión de comprobar, pero también en otros textos, como la *Trilogía americana, Los figurantes* o *El cerco de Leningrado*. El dramaturgo valenciano ha hablado de su condición de brechtiano heterodoxo [25], a quien interesan algunas facetas de Brecht y rechaza, sin embargo, otras, posiblemente las más tópicas o tal vez las que se consideran más ideológicas.

No es Brecht el primero en llevar textos narrativos a la escena, desde luego, pero el dramaturgo alemán convierte en algo natural la práctica de operar con materiales no escénicos y descubre múltiples procedimientos para teatralizarlos. Es ésta una de las vetas más fecundamente exploradas por Sanchis en sus abundantes dramaturgias de textos narrativos, pero también en piezas como *Ñaque o de piojos y actores*. Los relatos orales, el mundo de los charlatanes, los vendedores callejeros, el cabaré, la canción o las fórmulas de los espectáculos populares o hasta ínfimos, las bromas de taberna, los trucos de feria, etc., son algunas de las fuentes del teatro brechtiano, al que Sanchis recurre con frecuencia, por ejemplo en las ya cita-

---

[25] «Treinta años...», *op. cit.*, pág. 144.

das *Ñaque* o ¡AY, CARMELA! y también en alguna de las piezas de la *Trilogía americana*, en *Los figurantes*, en *El cerco de Leningrado* y hasta en textos de signo muy distinto como *Valeria y los pájaros* y *Perdida en los Apalaches.*

Indudablemente, existe un Brecht didáctico y proclive a un cierto maniqueísmo, pero resulta más interesante el descubrimiento de la contradicción en el hombre y en las relaciones humanas. El tantas veces citado, y tan a menudo simplificado, efecto de extrañamiento proporciona una perspectiva diferente, de manera que el espectador pueda percibir, desde el asombro de esa novedad, aspectos inéditos de la realidad histórica en la que vive o de la que procede. Los procesos de alienación o de disolución de la personalidad son los que preocupan esencialmente a Brecht, y esa preocupación se percibe a lo largo de todo el teatro de Sanchis Sinisterra.

La tendencia a la fragmentación y la ruptura con las estructuras escénicas convencionales practicadas por Brecht no constituyen un capricho estético, sino que son una consecuencia de ese interés por la disolución de la personalidad y de una reflexión sobre ausencia de una naturaleza humana inmutable: lo psicológico deja paso a lo histórico y a lo social [26]. También aquí han de buscarse las raíces del teatro que escribe Sanchis Sinisterra.

Beckett constituye el siguiente jalón en la obra de Sanchis. El autor lo sitúa en los años que van de 1979 a 1982 y lo atribuye a la lectura, o a la relectura, de Kafka cuando preparaba la dramaturgia de *El gran teatro natural de Oklahoma:*

> Por esta época, lo que no me servía del brechtismo era la transmisión inequívoca de contenidos, esa semiosis unívoca en la que el teatro afirma determinados esquemas de comportamiento social y niega otros. Era un teatro asertivo, mientras

---

[26] Me he referido a este asunto en «Brecht y el sentido del extrañamiento: Una nueva forma de hacer teatro», *ADE-Teatro*, núms. 70-71, *op. cit.*, págs. 131-137. Para una mejor comprensión del teatro brechtiano me permito recomendar el conjunto de los trabajos publicados en dicho número de *ADE-Teatro*.

> que el arte más interesante del siglo XX era un arte dubitativo. Al buscar en la escritura kafkiana una teatralidad —una teatralidad del discurso, no de la historia—, empecé a darme cuenta de que lo que estaba leyendo en Kafka no se parecía nada a lo que yo había leído en Kafka veinte años antes. Comprendí que esa escritura era un espacio de indeterminación sobre el cual el lector proyectaba sus propias obsesiones, sus incertidumbres, sus preguntas [...] Descubrí que, quizá, una de las funciones del teatro podía ser crear estructuras indeterminadas de contenido que el espectador tuviera que completar con su participación [27].

y explica a continuación que no se trata de una participación física a la manera artaudiana, sino que tiene carácter receptivo. Es evidente que en este programa se encuentra ya la última etapa —por el momento— del teatro de Sanchis, dominada por esa reflexión acerca del proceso receptivo y que, partiendo de Beckett, pasa por Pinter y por la Estética de la Recepción.

Sin embargo, el acercamiento a Beckett procede también de otro trabajo sobre el autor irlandés afincado en Francia. La propuesta que la actriz catalana Rosa Novell hizo a Sanchis para que la dirigiera en *Días felices,* de Beckett, le condujo al estudio de la obra beckettiana en su conjunto, lo cual operó sobre él «una especie de revelación» y le llevó a concluir lo siguiente:

> Yo, que también andaba buscando el despojamiento, el desnudamiento, el desguace de la teatralidad para detectar cada uno de sus componentes —ahora hablaríamos de deconstrucción, entonces no habíamos leído a Derrida— descubrí que Beckett había llegado al límite de este proceso [28].

Beckett condujo a Sanchis hacia Pinter a finales de los años ochenta, y lo que le fascinó del autor inglés fue su «concep-

---

[27] «Treinta años...», *op. cit.,* pág. 146

[28] «Treinta años...», *op. cit.,* pág. 147

ción de la realidad humana como algo inverificable»[29]. Como ha explicado en un trabajo sobre Pinter, que aún permanece inédito y reproduzco parcialmente en el apéndice:

> Acostumbrados a un teatro logocéntrico, hábilmente construido sobre la convención de que el lenguaje puede expresar sin fisuras el discurso de la razón o de la pasión, la *revolución* pinteriana se confundió con el absurdo y —otra etiqueta cómoda— la incomunicación, concepto de moda en el cine, la novela y el teatro de fines de los 50 y principios de los 60. Pero, muy al contrario, la interacción dialogal que sustenta su teatro no refleja un déficit o una incapacidad de sus personajes para comunicarse, sino «intentos desesperados» para evitar los riesgos que la comunicación comporta. Precisamente por comunicar «demasiado bien», sienten al *otro* como una amenaza y se enmascaran con las estrategias de la palabra, se camuflan tras los tópicos y estereotipos del lenguaje, se defienden de las fracturas de la lógica conversacional y huyen o atacan mediante el silencio[30].

Tanto en la entrevista mencionada, como en el trabajo sobre Pinter, Sanchis cita ese texto de Ronald Laing que dice que los seres humanos somos invisibles los unos para los otros y la experiencia del otro es inexperimentable para mí, lo cual está en consonancia con la visión del mundo que ofrece el triángulo Kafka-Beckett-Pinter, que marca el territorio en el que se inscribe buena parte de la producción última de Sanchis. Esta tríada de autores constituye, como ya hemos visto, el camino natural hacia la estética de la recepción.

La cuestión del receptor implícito ha ocupado el pensamiento teórico último de Sanchis. Se refiere pormenorizadamente a ello en la entrevista con Joya[31] y en una ponencia pre-

---

[29] «Treinta años...», *op. cit.*, pág. 151

[30] José Sanchis Sinisterra, «Pinter y el teatro de verdad». Las cursivas y los entrecomillados son del autor.

[31] «Treinta años...», *op. cit.*, págs. 147-152.

sentada en el VI Congreso de la Asociación de Directores de Escena, celebrado en Cádiz en 1994, titulada «Por una dramaturgia de la recepción»[32], que transcribo parcialmente en la Guía de lectura. Eco e Iser son los referentes teóricos de este trabajo —aunque posteriormente ha tendido a apoyarse más en la obra de Iser—, que desarrolla el concepto del receptor implícito y su creación por parte del autor (y del director):

> El receptor implícito o lector modelo es una figura intratextual, un componente de la estructura dramatúrgica presente y actuante como destinatario potencial de todos y cada uno de los efectos diseñados en el tejido discursivo de la obra. Podría incluso ser definido como personaje cómplice imaginado por el autor al otro lado del proceso comunicativo que su texto pretende instaurar. Ocurre a menudo que confundimos ese público ideal [...] con el espectador real, que es un ente o una instancia de la cual de hecho no sabemos absolutamente nada, ni siquiera si existirá[33].

En las páginas citadas de la entrevista, Sanchis habla de una estructura en sus escritos configurada por un proceso que consta de tres fases: *despegue, cooperación y mutación.* A partir de ellas imagina la escritura como *una guía de viajes,* es decir, como un texto plagado de enigmas, de zonas desconocidas que el receptor deberá explorar por su cuenta. El texto es su referencia, pero, así como una guía no sustituye al viaje, tampoco el texto agota un significado que habrá de ser completado por el receptor que transita por sus páginas.

Si la influencia beckettiana era ya patente en *Ñaque,* la huella de estos tres autores y el consecuente encuentro con la Estética de la Recepción se percibe, por ejemplo, en algunas de las piezas cortas de carácter humorístico, con las que parece

---

[32] Véase *ADE-Teatro,* núms. 41-42, enero 1995, págs. 64-69. (Transcripción de Alberto Fernández Torres).

[33] «Por una dramaturgia de la recepción», *op. cit.,* pág. 67.

que Sanchis ensaya algunos de los procedimientos a los que antes nos hemos referido. Son representativos textos como *De tigres*, *La calle del Remolino*, *Transacción* o *Casi todas locas*, que configuran el título *Dos tristes tigres*, incluido en el volumen *Mísero Próspero y otras breverías* [34]. Más evidente aún es su huella en *Marsal Marsal*, y en algunos aspectos de *El cerco de Leningrado*. Pero es singularmente en EL LECTOR POR HORAS donde indaga en los enigmas que plantean estos autores y la teoría de la estética de la recepción y, a la vez, desvela en cierto modo las claves de su propuesta dramatúrgica. Esta investigación y desvelamiento se prolongan en la obra hasta ahora inédita y sin estrenar *La raya del pelo de William Holden*.

¡AY, CARMELA!, ELEGÍA DE UNA GUERRA CIVIL EN DOS ACTOS Y UN EPÍLOGO [35]

¡AY, CARMELA! fue estrenada el 5 de noviembre de 1987 por el Teatro de la Plaza en el Teatro Principal de Zaragoza [36]. La función se trasladó después al Teatro Fígaro de Madrid, donde obtuvo un éxito resonante [37]. La función se vio en numerosas ciudades españolas, pero también —en gira o con compañías propias— en ciudades europeas y americanas, tan

---

[34] José Sanchis Sinisterra, *Mísero Próspero y otras breverías*, Madrid, La Avispa, 1995, págs. 19-45. Los textos se compusieron entre 1990 a 1993.

[35] Aparte de la edición ya citada de Manuel Aznar Soler, que incluye una amplia información bibliográfica y una imprescindible introducción, *¡Ay, Carmela!* está editada también en Madrid, *El Público*, 1989, con un interesante trabajo de Joan Casas titulado «La insignificancia y la desmesura» y materiales bibliográficos.

[36] Con el siguiente reparto: Carmela (Verónica Forqué), Paulino (José Luis Gómez). La ficha técnica quedaba completada así: Dirección: José Luis Gómez; Escenografía: Mario Bernedo; Vestuario: Pepe Rubio; Música y arreglos musicales: Pablo Sorozábal Serrano.

[37] José Luis Gómez y Verónica Forqué se alternaron en el reparto con Manuel Galiana y Kitty Manver, y después Natalia Dicenta.

distintas y tan distantes como París[38], Berlín[39], Caracas[40] Bogotá[41] o Lima[42], por no citar sino algunos ejemplos. ¡AY, CARMELA! sigue representándose con frecuencia hasta nuestros días y constituye una de las piezas más recordadas de la década de 1980 y, en general, del teatro posterior a 1975.

El 16 de marzo de1990[43], y como resultado de una coproducción hispanoitaliana, se estrenó una versión cinematográfica de ¡AY, CARMELA!. Fue dirigida por Carlos Saura, a partir de una adaptación del texto de Sanchis realizada por el propio Saura y por Rafael Azcona[44].

¡Ay, Carmela! y *El lector por horas*

Puede sorprender la inclusión en un mismo volumen de dos títulos tan dispares como los que figuran en el presente libro.

---

38 Puede consultarse la crónica del Festival Iberal de París, en el que se vio *¡Ay, Carmela!*, en *ABC*, 4-XI-90.

39 Véase la reseña «Estreno alemán de *¡Ay, Carmela!*, por el Berliner Ensemble», en *ABC*, 3-X-91, o también Esther Andradi, «Alemania: Carmelo y Paulino en la casa de Brecht», en *El Público*, núm. 88, enero-febrero 1992, págs. 106-107.

40 Véase «*¡Ay, Carmela!* en Caracas y Bogotá», *ABC*, 4-IV-98, pág. 73.

41 Véase *ABC*, 28-III-88, pág.73.

42 Véase Hugo Salazar, «Las variedades de Carmela viajan de Belchite a Lima», en *El Público*, núm. 77, marzo-abril 1990, pág. 126.

43 Sobre lo relativo a la película pueden verse, por ejemplo, *ABC*, 15-III-90, pág.153; *ABC*, 16-III-90; *ABC*, 2-XII-90, pág.119; *ABC*, 3-XII-90, pág. 107, y también Miguel Ángel Auladell Pérez, «*¡Ay, Carmela!* antítesis del teatro filmado», en *Teatro. Revista de Estudios Teatrales*, núms. 6-7, diciembre 1994, págs. 249-257.

44 Andrés Vicente Gómez fue el productor. En el reparto figuraban en esta ocasión Carmen Maura (Carmela), Andrés Pajares (Paulino) y Gabino Diego (Gustavete, personaje latente en la pieza teatral y presente en la película). Se pretendió exhibir la película en Festival de Cannes, pero la dirección del Festival no la admitió, porque había sido estrenada hacía algunos meses, lo cual originó una notable polémica al respecto. La cinta obtuvo también un notable éxito de taquilla y optó a la mejor película del año en los Premios Europeos del Cine. Carmen Maura fue elegida por segunda vez Mejor Actriz Europea, a raíz de su trabajo en *¡Ay, Carmela!*

Pero, además de las razones editoriales, ha de pensarse que se trata de los dos títulos que marcan las etapas de la escritura de Sanchis. Si EL LECTOR POR HORAS constituye hasta el momento la obra culminante de sus investigaciones sobre el teatro de Beckett y Pinter y sobre la Estética de la Recepción, ¡AY, CARMELA! cierra la larga etapa inicial de la producción del autor, ese prolongado y fecundo aprendizaje combinado con la experimentación formal. Desde ¡AY, CARMELA! todo es distinto para Sanchis, quien se consolida definitivamente como uno de los dramaturgos de referencia en el panorama del teatro español del último período del siglo. En ¡AY, CARMELA! cristaliza un largo periplo marcado por reflexiones, experimentación, lecturas e influencias. La pieza tiene mucho de ajuste de cuentas con la historia, con la época en la que se escribe, con el teatro español y con la propia trayectoria personal en la escena. A partir de esta obra, nada será ya igual, aunque el dramaturgo pertenezca ejemplarmente fiel a sí mismo.

Por otro lado, y pese a que las diferencias entre los dos textos editados en el volumen no requieren mayor explicación, pueden verse algunas concomitancias entre ellos, y no sólo aquellas notas generales del autor, como las influencias de Brecht o de Beckett; los intentos de renovación formal, sobre todo en lo que atañe al tratamiento del tiempo; el compromiso ético y político; el carácter crítico y reflexivo de su teatro o el continuo espíritu *fronterizo* que lo anima, que parecen también evidentes. Los rasgos comunes podemos buscarlos en el motivo del viaje y en el recurso a la intertextualidad mediante el abundante uso de textos ajenos. A esto habría que añadir, desde luego, la vulnerabilidad de los personajes y la presencia del humor, más grueso en ¡AY, CARMELA! y mucho más sutil en EL LECTOR POR HORAS, pero capaz siempre de ofrecer el verdadero relieve de las situaciones dramáticas.

El motivo del viaje, tratado de manera real o metafórica, es recurrente en la obra de Sanchis, quien, como ha quedado dicho, imagina además su escritura precisamente como una guía de viajes. Más tarde hablaremos del viaje simbólico a que se ve abocado Ismael en EL LECTOR POR HORAS. Carmela y Paulino por su parte realizan en los momentos anteriores al comienzo de la acción de esta pieza un modesto viaje truncado o, al menos, transtornado por las circunstancias. Después Carmela llevará a cabo el gran viaje, el viaje definitivo. Sobre ello tendremos ocasión de hablar en las próximas líneas.

Si la lectura de textos de otros autores ocupa las páginas de EL LECTOR POR HORAS, ¡AY, CARMELA! desarrolla durante la función —sobre todo el acto segundo— la fórmula del teatro dentro del teatro, en la que se combinan materiales libremente urdidos por el dramaturgo a partir de creaciones ajenas, con referencias explícitas a autores, poemas y canciones.

Y con no poca prudencia propongo considerar otra similitud entre ambas piezas. Pese a la distancia que separa a los personajes de Celso y de Paulino —en cierto modo resultan antitéticos: el triunfador y poderoso Celso; el perdedor y débil Paulino— coinciden en el orgullo que sienten por algo que es superior a ellos: el arte en Paulino y la literatura en Celso. En el primer caso es evidente la ironía: resulta impropio, incluso risible, hablar de dignidad artística desde la posición de un cómico menor, como es Paulino [45], y si el motivo por el que surge el comentario es su negativa a tirarse pedos como medio para obtener el favor o la hilaridad del público, la conversación raya en el disparate. Pero no puede negarse un sentimiento de autenticidad en Paulino, un deseo de elevarse sobre su propia condición [46] y sobre las situaciones en que le ha tocado vivir. Con el comentario de Celso sucede algo semejante, aunque visto desde la perspectiva opuesta. Él es un hombre culto, que tiene derecho a enorgullecerse de su biblioteca y, desde ella, a enorgullecerse de la creación literaria que ha llevado a cabo la

---

[45] También esta condición merece matizarse. Paulino es un hombre de cierta cultura. Algunas de las explicaciones que proporciona a Carmela son notablemente precisas y, en alguna ocasión, por ejemplo al hablar de Lorca, demuestra que él es también un lector de textos de calidad.

[46] Véase Manuel Aznar Soler, Introducción, *op. cit.*, págs. 77-79.

humanidad. Pero, a estas alturas de la función, el espectador se pregunta cómo es posible que ese Celso, lector infatigable y sagaz, cuente —presumiblemente— con un lado oscuro dominado por la brutalidad y la violencia. En pocos dramaturgos se da como en Sanchis una distancia tan grande entre el autor y sus personajes, pero nada se opone a que los espectadores percibamos ese orgullo del autor ante la creación artística, aunque ésta aparezca tantas veces rodeada por limitaciones o inmersa en mezquindades.

Un viaje hacia la muerte

El viaje de Carmela y Paulino no es precisamente heroico ni tiene inicialmente resonancias mitológicas: van a comprar morcillas al pueblo vecino, e inadvertidamente —la niebla y el avance imprevisto de las tropas franquistas alteran bruscamente los límites de sus andanzas— pasan al territorio que ocupa el otro bando. Su situación es cómica y trágica a la vez —en consonancia con el tono general de la función y, como ya hemos visto, de buena parte del teatro de la época—, y se convierte, de manera involuntaria, en incidente desencadenante de la historia que van a representar y a vivir, y en la que uno de ellos va a morir físicamente y el otro va a experimentar una especie de muerte civil.

Es tal su situación de marginalidad que han pasado la línea del frente durante la batalla de Belchite sin que nadie se haya molestado en detenerlos. Las simpatías de Carmela y Paulino parecen inclinarse más bien hacia el bando republicano, dada su extracción popular, o, al menos, la causa nacionalista, con su altisonante y hueca retórica, no les resulta demasiado atractiva. Sin embargo, carecen de convicciones políticas profundas («Pero ¿desde cuándo te importa a ti un rábano la bandera de la República? ¿Qué más te da a ti burlarte de ella o de los calzoncillos de Alfonso XIII?») y se esforzarán por ganar la voluntad de los jerarcas nacionalistas, por eso aceptan ofrecer esa grotesca Velada Artística Patriótica y Recreativa, transformando, si hace falta, el sentido de sus modestos números hasta que un impulso tan generoso como poco racional lleva a Carmela a un acto de solidaridad con los vencidos que han sido condenados a muerte —prisioneros pertenecientes a las Brigadas Internacionales—, acto que le costará la vida, pero que redimirá la grosera trayectoria de una labor profesional anodina y vulgar.

La actitud temerosa y acomodaticia de Paulino, consolida, por el contrario, su vida mediocre y lo vemos en las escenas finales vestido con una camisa azul y barriendo denodadamente el espacio que las autoridades nacionalistas le han señalado, todo ello bajo la atenta vigilancia de Gustavete, el muchacho que antes ayudaba a los dos artistas, y que era considerado como un ser inútil para casi todo. El desenlace resulta así paradójico: Carmela, quien aparentemente ha fracasado, da un sentido a su vida y a su muerte, mientras que la prudencia, que le sirve a Paulino para conservar su vida, lo encasilla para siempre en el más amargo de los fracasos. El desenlace no es muy diferente del que eligen los personajes de *Bajarse al moro*, por ejemplo. Las simpatías de los dramaturgos se inclinan por los personajes que fracasan «oficialmente», pero son fieles a algo, por modesto que ese algo pueda ser. La autenticidad se vincula así a alguna forma de vida marginal, frente al conformismo de la adscripción a la vida delimitada por las convenciones o los intereses.

El final de un periplo, el viaje errático o equivocado significa el principio de otro viaje: aquel en el que los viajeros son probados. El miedo que sienten antes de que comience el espectáculo, porque imaginan que aquello pueda ser una trampa que los nacionalistas les tienden, responde en definitiva a una verdad profunda, aunque, como suele ser habitual en el teatro, se equivoquen respecto a la literalidad del enunciado. En esa prueba uno de los dos ha resultado vencedor y el otro derrotado. Y cada uno debe emprender a su vez un tercer viaje, ahora ya definitivamente (?) por separado. Paulino inicia el viaje que lo aleja de aquel resto de dignidad que percibíamos en él, por eso dejará de ser artista —ni siquiera artista de variedades— para convertirse en conserje —al menos eso es lo que desea—, es decir, para integrarse plenamente en el sistema, en ese orden establecido que segó brutalmente la vida de su compañera. Es el viaje del servilismo y de la humillación: ha de vestirse el uniforme de los vencedores, aunque parezca «una beata en Semana Santa», es decir, ha de «hacer penitencia» para ser digno de las nuevas autoridades; debe adular a Gustavete, quien antes servía a la pareja y a quien trataban con despego.

El viaje de Carmela es un viaje liberador, casi de perfección. Después de su muerte Carmela vuelve tres veces a ver a Paulino. La primera visita la hace desde la proximidad a su compañero y desde la extrañeza que le produce ese nuevo mundo que para ella es la muerte. La segunda visita la hace ya desde un cierto afincamiento en la muerte: ha conocido a algunos muertos —entre ellos a Lorca— distingue a los muertos por su antigüedad, establece distancias con el mundo de los vivos, va perdiendo la capacidad de gozar de lo que antes disfrutaba, etc. En su tercera visita es ya una extraña. Se ha arraigado en la muerte [47] y se siente plenamente solidaria con quienes pertenecen a su mundo (las Montses, con las que pretende formar una especie de club de la memoria; los brigadistas, etc.). La relación fraternal con los brigadistas que reproduce sublimado el gesto que le costó la vida constituye la plenitud de este «camino de perfección», el término de su viaje último.

[47] Debo esta interpretación de las visitas de Carmela a un comentario del propio autor en una conversación privada que pude mantener con él. Me permito llamar la atención sobre el número «tres», uno de los números que indican plenitud o perfeccción y que suele ser frecuentemente el número correspondiente a las pruebas del héroe.

Una elegía de la guerra civil

El título de la pieza es el estribillo de una conocida canción republicana alusiva a la batalla del Ebro[48]. La pieza lleva como subtítulo: *Elegía de una guerra civil en dos actos y un epílogo*. El *DRAE* define elegía como «composición poética del género lírico, en que se lamenta la muerte de una persona o cualquier otro caso o acontecimiento privado o público digno de ser llorado». La definición es sumamente precisa y apropiada al caso; incluso ese lirismo preceptivo del género parece impregnar este trabajo dramático que es ¡AY, CARMELA! Pero hay un sutil juego de planos: el plano de la ficción y el plano de la realidad que se prolonga en otros aspectos de la construcción de la pieza. El plano de la ficción viene determinado por unos personajes imaginarios (Carmela, Paulino, Gustavete), por una fábula inventada y por una serie de elementos distanciadores que aparecen en los enunciados: «la acción *no* ocurrió en Belchite en 1938» o «Elegía de *una* guerra civil» (las cursivas son mías). Respecto al primero de los enunciados, es claro que los hechos son imaginarios, pero no lo son las referencias históricas que los enmarcan; respecto al segundo, ya Aznar Soler había escrito:

> Está claro el tono elegíaco de esta composición dramática, de este Llanto por la muerte de Carmela, como también que su contexto no es, diga lo que diga el dramaturgo, el de «una» guerra civil, sino el de la guerra civil, nuestra guerra civil española de 1936-1939[49].

Esa expresión, «nuestra guerra civil», que tanto se ha citado como ejemplo de lo hondo que ha calado en el sentimiento de los españoles que la llevaron a cabo y la padecieron, es, sin

---

[48] Véase Andrés García Madrid, *Cantos revolucionarios*, Madrid, Ed. Mayoría, 1977.

[49] Manuel Aznar Soler, Introducción, *op. cit.*, pág. 65.

duda, el objetivo de Sanchis. A través de este distanciamiento irónico que encierran los dos enunciados a que se ha hecho referencia, el dramaturgo pretende un ejercicio de memoria, una recuperación de lo que supuso esa guerra civil a la que las gentes se habían referido siempre como *nuestra guerra*, y, en el momento en el que se escribe la pieza, al filo de su cincuentenario, parecía querer olvidarse en beneficio de esa paz social que se desprendía del proceso iniciado tras la muerte del dictador. A nadie se le escapa que ¡AY, CARMELA! es una obra sobre *la* guerra civil, una reivindicación de la memoria histórica, una lucha desaforada contra el olvido adormecedor y letal. La acumulación de símbolos en las escenas finales de la función así lo subrayan: Carmela, vestida con la bandera republicana, es tratada de manera degradante en el desafortunado número cómico que cierra el espectáculo hasta que se desase violentamente de Paulino «y se une al canto de los milicianos, al tiempo que abre y despliega la bandera alrededor de su cuerpo desnudo, cubierto sólo por unas grandes bragas negras. Su imagen no puede dejar de evocar la patética caricatura de una alegoría plebeya de la República», dice la acotación. El signo se refuerza con la imagen de la bandera quemada, que encuentra Paulino, e incluso con otros elementos que adquieren valor simbólico en este contexto, por ejemplo, el trigo que come Carmela en su tercera vuelta a Belchite, y que contrasta con ese «trigo limpio» que dice ser Paulino, según la expresión coloquial que profiere ante Gustavete en sus ansias de lograr el puesto de conserje. El trigo de Carmela sí resulta ser puro y a través de él establece una suerte de comunión laica con los muertos, pero también con los vencidos, con los desheredados. La elegía no es tanto por Carmela, sino por ese mundo de pureza perdido, ese trigo que pudo ser limpio y quedó manchado por la brutalidad, la sangre, la ambición y la mezquindad. «Porque los vivos no escarmentáis ni a tiros», dirá Carmela convertida también en portavoz de esa memoria histórica, que, como su figura, va desdibujándose rápidamente entre las generaciones posteriores. ¡AY, CARMELA! constituye una voz de alarma, un grito desesperado, una verdadera y honda elegía.

Paulino representa sólo parcialmente la antítesis de lo que significa Carmela. Paulino no es un vencedor, es también un vencido que ha de tratar de integrarse en el mundo de los vencedores, un hombre dominado por el miedo y por la necesidad de la componenda, pero no por la maldad. Paulino tiene más de víctima que de verdugo, aunque no sabemos hasta dónde llegará en su espíritu acomodaticio, hasta dónde le llevará su afán de supervivencia. Es, en su desgarradora contradicción, un claro ejemplo de personaje en el que se advierten las raíces brechtianas. Desde esta concepción de los personajes entiende Aznar Soler el inequívoco carácter político y brechtiano de este texto:

> *¡Ay, Carmela!* es sin duda, aquí y ahora, una obra de teatro político, un concepto que en Sanchis Sinisterra nada tiene que ver con el sectarismo político ni con el panfletarismo ideológico, sino con el estímulo brechtiano de mostrar, a través de la vulgaridad de Paulino y Carmela, la complejidad de la condición humana, capaz en situaciones límite tanto del heroísmo como de la abyección. Y este rasgo brechtiano de mostrar para después reflexionar es el que confiere sentido al epílogo, el momento de la reflexión sentimental, es decir, de pensar con el corazón y sentir con la cabeza, entre dramaturgo y espectador [50].

Y respecto a este concepto de teatro político no puede faltar, en esta sucinta introducción a la pieza, una referencia a los personajes latentes. Los dos personajes presentes en la obra son en realidad dos extraños, dos intrusos que temen, con razón, haber llegado a un lugar hostil en el peor momento. Los seres integrados o acomodados son los «otros», los que no aparecen en escena. Sólo los conocemos a través de la palabra

---

50 Manuel Aznar Soler, Introducción, *op. cit.*, págs. 93-94.

y el gesto de Paulino y Carmela; ellos representan el poder a que Carmela y Paulino han de someterse. También en este signo dramático de la ausencia puede percibirse el profundo sentido político del teatro de Sanchis.

Dos de esos personajes ausentes son nombrados explícitamente en varias ocasiones: el teniente Ripamonte y Gustavete. El primero desempeña el papel de un grotesco pero terrible *deus ex machina:* él ha hecho la adaptación del funesto diálogo arrevistado que llevará a la muerte a Carmela; él entra y sale arbitrariamente del teatro; él dirige la función; él dispone de las luces, es decir, del poder de hacer visible o invisible la realidad escénica. Su sordera constituye otro símbolo caracterizador de este Godot ridículo y siniestro, incapaz de escuchar, encerrado en su mudez. El teniente Ripamonte significa, en suma, dominio tiránico y muerte.

La figura de Gustavete es igualmente estremecedora. Ese muchacho, de muy dudosa valía, se convierte, por obra y gracia del paso de las líneas, en un sujeto que asiste a las reuniones importantes, en un ser que puede decidir sobre las vidas ajenas. Cuando las tropas se van, él ocupa el lugar del teniente italiano y su conducta se rige por la misma arbitrariedad y la misma prepotencia. Él va a ver al alcalde, de quien Gustavete constituye una especie de prolongación, él entra y sale a voluntad, sin necesidad de dar explicaciones a nadie. A la sordera de Ripamonte sigue el silencio de Gustavete.

También están presentes las tropas del ejército vencedor, colectivamente, casi anónimas, con la excepción de la referencia personal a Franco, que las simboliza, y la referencia global a los moros que integran la mayor parte de aquella tropa, lo que hace una vez más que Carmela y Paulino se sientan «extranjeros». Paradójicamente, Carmela advertirá que nace en ella un sentimiento de fraternidad hacia los otros personajes latentes, aquellos que han sido llevados allí contra su voluntad, tal vez como ella misma.

Aparecen referencias a otros personajes, algunas de ellas episódicas, como es el caso de Benavente, pero otras representan significativos homenajes a las figuras de Lorca o de Pedro Rojas [51]. Este estudiado equilibrio de la presencia y la ausencia, el juego de alusiones y las referencias personales proporciona otra de las claves de interpretación de la pieza en lo que se refiere a las relaciones de poder y a su significado político.

Teatro dentro del teatro

Ya hemos comentado la frecuencia con la que durante estos años aparece en la escena la fórmula del teatro dentro del teatro. ¡AY, CARMELA! es uno de los ejemplos más significativos. Ciertamente el recurso al metateatro no es nuevo y cuenta con ilustres antecedentes, al menos desde el Siglo de Oro o el teatro isabelino, a cuyos dramaturgos les es especialmente atractiva la metáfora del mundo como teatro. Sanchis no es ajena a ella. Joan Casas lo ha explicado así:

> Teatro dentro del teatro, pues, pero no por el dudoso placer formal de enfrentar un espejo a otro espejo y sumergirse en el pozo sin fondo de las imágenes, sino para proponer el teatro como metáfora del mundo —calderonianos que se ponen estos valencianos, ¿qué le vamos a hacer?—, un mundo que es, como el teatro, intercambio de gestos, y en donde, como en el teatro, nadie puede ser tan vanidoso de creer que conoce el alcance de su propia gesticulación [52].

Lo cual parece conducir a un Calderón pasado por Beckett, que ya se entreveía en *Ñaque*. Pero habría que considerar además la huella brechtiana. Brecht potencia las posibilidades del teatro dentro del teatro y hace acopio de materiales de desecho para la escena. Es éste un procedimiento muy grato a Sanchis

[51] Sobre todo ello pueden verse las notas correspondientes en el texto.
[52] Joan Casas, «La insignificancia y la desmesura», *op. cit.*, pág. 10.

y que también se ensayaba en *Ñaque,* pero en ¡AY, CARMELA! el dramaturgo juega no sólo con la interpretación teatral propiamente, sino con los materiales que proporcionan la canción, la danza, la magia, la parodia, las variedades en suma, (o al menos los sucedáneos de estos géneros), a los que habría que añadir el uso del humor grueso y, con frecuencia, de un lenguaje cómico, pero deliberadamente procaz [53], tratados todos estos elementos desde la ironía, porque se quiere reflejar con sarcasmo una imagen de España que la dictadura va a convertir en verdadero esperpento, y acaso también parodiar esa acentuada tendencia a lo estridente y a lo populista tan común en los ochenta. El dramaturgo ha hablado alguna vez de repensar la epicidad brechtiana, de trasladar al creador alemán a las categorías latinas. ¡AY, CARMELA! constituye un indudable logro de esta pretensión.

En efecto, en esta pieza parece llevarse al límite la presencia de la marginalidad, de la insignificancia, al menos en su aspecto material. El espectador percibe esta miseria física, imagen de un miseria moral que la circunda, y contra la que Carmela se eleva con orgullo a pesar de sus carencias. Como ha escrito expresivamente Casas: «cómicos son Paulino y Carmela, cómicos de mucho camino andado, mucho camerino con cucaracha, meada en la pared y bombilla con cagajonazo de mosca» [54]. Tal vez por esta desproporción nos impresiona más el arranque de dignidad moral que le cuesta la vida a Carmela. La simpatía de Sanchis hacia los seres marginales, la libre adaptación mediterránea de algunos procedimientos brechtianos y la elegía por la República que busca un hueco en la memoria histórica colectiva, se reúnen en la canción coreada por Carmela en lo que constituirá el último momento de su vida. Este final no desmiente la —relativa— filiación brechtiana de la pieza. Si bien el dramaturgo alemán había dicho en *Galileo Galilei* que «desdichado el pueblo que necesita

[53] Véase Manuel Aznar Soler, Introducción, *op. cit.*, págs. 84-93.
[54] Joan Casas, «La insignificancia y la desmesura», *op. cit.*, págs. 9-10.

héroes», Carmela no actúa propiamente en nombre del heroísmo, lo que desentonaría con lo que ha sido su conducta a lo largo de la pieza. Carmela es algo más que una heroína, es una mujer solidaria, que establece una relación de fraternidad con quienes están sufriendo. Lo demás, en efecto, no le importa.

La metateatralidad de la pieza presenta todavía otro aspecto que merece nuestra consideración y es el juego con los planos temporales. La acción comienza un tiempo después de la muerte de la protagonista, sin embargo, ante los ojos del espectador todo volverá a transcurrir como en el día fatídico en el que las tropas nacionalistas asesinaron a Carmela. Pero no se trata de un mero *flashback,* de un recurso técnico más o menos hábil, sino una exigencia del desarrollo dramático de la pieza. Paulino, después de varios sustos y desconciertos, es consciente de que las apariciones de Carmela son extraordinarias, que se producen sólo en el teatro y que adquiere ese carácter de magia teatral (la pieza tiene mucho de homenaje al teatro y a las artes escénicas en su conjunto). Es entonces Carmela quien revive los acontecimientos para el espectador, que es el destinatario de esta recuperación de la memoria histórica.

EL LECTOR POR HORAS

EL LECTOR POR HORAS se estrenó en el Teatre Nacional de Catalunya, en Barcelona[55]. El montaje se realizó como coproducción entre el Teatre Nacional de Catalunya y el Centro Dramático Nacional. El 9 de abril de 1999 se estrenó en el Teatro María Guerrero de Madrid, sede del Centro Dramático Nacional, con el mismo reparto.

---

[55] Con el siguiente reparto: Celso, padre (Jordi Dauder), Lorena, hija (Clara Sanchis) e Ismael, lector (Juan Diego). La ficha técnica quedaba completada así: Dirección: José Luis García Sánchez; Escenografía: Quim Roy; Iluminación: Quico Gutiérrez; Sonido: José A. Gutiérrez; Vestuario: Ramón Ivars; Ayudante de dirección: Lluís Miguel Climent; Asistente a la dirección: Ángela Hernández.

La recepción literaria

EL LECTOR POR HORAS[56] es una pieza de denso contenido intelectual y literario, y, como parece advertir el título, regida por el concepto de la intertextualidad. El aparentemente simple eje comunicativo entre los personajes —alguien lee y otro escucha— desencadena, sin embargo, una serie de consecuencias que alteran irreversiblemente la vida de los personajes. La Estética de la Recepción y los puntos de vista de Wolfang Iser[57] parecen conformar el sustento teórico de una anécdota menos inocente de lo que pudiera pensarse. El crítico alemán opina que el texto literario es un texto abierto, en cuanto que no se corresponde exactamente con la realidad que representa. Y esa indeterminación concluye con el acto de la lectura. El proceso de lectura y recepción de los textos que se vierte en EL LECTOR POR HORAS no es ajeno tampoco al concepto de *horizonte de expectativas* (Jauss y Mandelkow, a partir de Popper y Mannheim) o de *código cultural* (Lotman). La pieza explora las posibilidades de este proceso. El eje texto-lector-receptor se extiende hasta el espectador que se convierte en receptor de la secuencia, que se prolonga como si se tratara de un juego de cajas chinas. De este modo, las zonas de incertidumbre aumentan y el texto se convierte en algo estimulante, pero complejo y plagado de huecos, enigmas, esbozos y sospechas, más rico en dudas

---

[56] Son interesantes las interpretaciones del texto expuestas por Battle i Jordá, Carles: Prólogo a José Sanchis Sinisterra, *El lector por horas*, Barcelona, Teatre Nacional de Catalunya, 1999, págs. 169-182, y por Juan Mayorga, «El espectador como autor», en *Primer Acto*, núm. 278, 199, pág. 122. Reproduzco parcialmente este último trabajo en la Guía de lectura.

[57] Una precisa exposición sobre esta teoría puede verse en el volumen de D. W. Fokkema y Elrud Ibsch: *Teorías de la literatura del siglo* XX, Madrid, Cátedra, 1988, págs. 165-196. Son interesantes también el citado trabajo de Batlle, sobre todo en lo que atañe a la cuestión del receptor implícito, y, por supuesto, los escritos de Sanchis acerca de la cuestión.

que en certezas. A este planteamiento corresponde un discurso que se fractura con frecuencia y un diálogo lleno de silencios o de contestaciones no pedidas, en el que abundan las elipsis, y las alusiones. Como ha sintetizado brillantemente Juan Mayorga:

> Como en la vida, el espectador de *El lector por horas* presencia acciones fracturadas, escucha retazos de diálogos. El espectador ha de convertir esos jirones en piezas de un relato. Es el espectador quien concluye la escritura, quien convierte en obra el fragmento al completar con su propia experiencia los muñones que le ofrece la escena. En *El lector por horas,* como en la vida, es el observador quien crea el sentido [58].

La obligación que se impone a Ismael, leer con entonación neutra los libros que Celso selecciona, no resulta una precaución suficiente: el lector despierta en Lorena, la mujer ciega, una cascada de imágenes, falsas o reales, eso queda al criterio de cada cual, que se convierten en herramienta para la interpretación de la realidad. Sus miedos y sus obsesiones sexuales se muestran a través de un complejo sistema de proyecciones, de mentiras, de sospechas, o también del valor simbólico que adquieren algunos elementos contiguos al acto de la lectura: la agitación que Lorena cree percibir en el lector cuando éste habla de fluidos (escena 10) se corresponde con la continua ingestión de líquidos (el té, el alcohol que consume Celso) durante el tiempo dedicado a la lectura, por ejemplo. Las referencias al teléfono —objeto que desempeña un importante papel en la función— y al hombre que dice a Lorena obscenidades a través de él, constituyen, probablemente, una alusión a Ismael, a su supuesto pasado turbio y a su ocupación actual como lector, es decir, como transformador de otras voces. Por su parte, Ismael se compara con la bala de la que se hablaba en

---

[58] Juan Mayorga, *op. cit.*, pág. 122.

un intenso pasaje de corte faulkneriano [59], perteneciente a su propia novela, y esa metáfora supera el guiño literario —uno más— para expresar su capacidad de penetración en un ámbito que terminará por hacer estallar. Y eso nos lleva a la penetración de la palabra, a la capacidad que tiene de configurar nuestras vidas, como explica el propio Ismael —que designa a la intertextualidad con el término *penetraciones*— a través de las imágenes del escritor en períodos de sequía que se ve obligado a leer compulsivamente, y esas palabras terminan por invadirlo, por hacerse suyas o por hacerse él esclavo de ellas.

Leer para otros

El título de la pieza, EL LECTOR POR HORAS, nos sugiere ya algunos elementos informativos y dramáticos que operan inevitablemente sobre el espectador en la recepción de la pieza. Una primera acepción del término nos sugiere una ocupación eventual, no demasiado común, aunque tampoco extraña ni mucho menos ilógica. Algunos estereotipos, no siempre precisos, de la modernidad distorsionan nuestra percepción de las cosas. La lectura en voz alta sigue siendo una práctica frecuente en nuestros días.

Existe una larga tradición de leer para otros que, si bien ha estado más extendida en otros períodos históricos, en modo alguno ha desaparecido. El que sabía leer lo hacía para quienes no podían comprender la lengua escrita, en tiempos no tan lejanos en los que el analfabetismo era un fenómeno generalizado. Y en épocas muy anteriores, previas a la invención de la imprenta, la lectura en voz alta era obligada, en tanto que el li-

[59] Carles Batlle, en su estudio citado, se ha referido a la característica narratológica empleada en el pasaje: el tiempo de la narración es superior al tiempo de la historia, como propia de la novela de Faulkner, lo cual podría justificar la relación que el librero amigo de Celso establece entre la obra de Ismael y la del novelista americano. *Op. cit.*, pág. 178.

bro era un bien escaso y caro, que no se encontraba al alcance de los particulares. La universidad medieval y renacentista se basa en la lectura comentada, por parte del profesor, de los textos clásicos. La extensión de la lectura en privado y de las bibliotecas privadas no elimina la lectura en voz alta. Y no sólo en el caso de personas mayores o discapacitadas, sino también en ámbitos de amplia recepción, como las escuelas o algunos medios de comunicación —la radio, por ejemplo— u otros eventos espectaculares o festivos: alguien lee y los demás escuchan. En el territorio de lo privado es frecuente leer en voz alta para los niños y quienes los cuidan desempeñan esta tarea como una parte integrante de su oficio. Los ejemplos podrían multiplicarse.

La práctica de este ejercicio es, por tanto, algo común, si bien lo es menos la contratación de una persona para que realice específicamente esa tarea, como sucede en la historia ante la que nos encontramos. Esta figura cuenta también con algunos antecedentes literarios, como una novela francesa titulada precisamente *La lectora,* llevada más tarde al cine, o el sugerente relato de Ana María Moix titulado *Las virtudes peligrosas*[60], que nos permitimos recomendar. El autor ha manifestado en alguna ocasión no conocer ninguna de las dos obras y, en efecto, no se desprende de la lectura de estos textos una relación de dependencia, aunque exista una afinidad literaria entre ellos.

En cualquier caso, esta lectura en voz alta se convierte en atractivo terreno de creación literaria. El lector es un ser interpuesto entre la obra literaria y su recepción, un intérprete, un descodificador de signos, un traductor de un lenguaje escrito a un lenguaje oral, mucho más complejo y heteróclito de lo que pudiera parecer, como bien advierte Celso ya en su primera entrevista con Ismael. Su figura reviste así caracteres propios de un sirviente —luego tendremos ocasión de hablar con más

---

[60] Puede verse en AA.VV., *Doce relatos de mujeres,* Madrid, Alianza, 1982 (Ymelda Navajo, ed.), págs. 39-66.

detalle acerca de esta cuestión—, pero también adquiere los rasgos del chamán, de quien puede acceder a la comprensión de los signos a los que otros no alcanzan. Es entonces un ser paradójico, necesitado y necesario, y como tal es tratado y explorado en la obra de Sanchis y en el cuento de Ana María Moix, por ejemplo.

El sintagma *por horas* adquiere un valor adjetivo y precisa el alcance de su tarea como lector. Lo es de manera temporal, limitada, es decir, de una forma semejante a aquella en la que se realizan muchos otros oficios, casi todos. Pero, en este contexto, *por horas* sugiere también una contratación efímera, perentoria, lo cual subraya una relación de dominio sobre el contratado y la inestabilidad de su empleo. Todos estos elementos funcionan dramáticamente en EL LECTOR POR HORAS. Por otro lado, la expresión de la temporalidad remite también a una tensión dramática creada justamente por esas horas que exigen ser cumplidas y, a la vez, limitan el alcance de la tarea y la presencia del lector, como bien ha explicado Batlle[61]. Abundan en la pieza las referencias a la hora («Venga mañana a las cuatro»; «Mañana, a la misma hora»; «Ya es la hora»; «Son más de las siete», etc.), a las que se apela siempre en nombre del contrato establecido, aunque, paradójicamente, se haya pedido al lector la máxima disponibilidad de horario. Pero esta petición que se le hace a Ismael forma parte de un conjunto de exigencias dotadas de un sentido específico. Veamos cuál puede ser.

La prueba del héroe

Un hombre, Ismael, llega a un espacio ajeno. Esta situación constituye una constante en la literatura, y singularmente en el teatro universal. El contraste entre lo propio y lo ajeno representa ya una fuente de dramaticidad. El espacio no es neutro.

---

[61] Carles Batlle, *op. cit.*, pág. 179.

Se trata de una biblioteca delimitada por «altas estanterías repletas de libros». En ellas figura «todo lo que merece la pena», es decir, la literatura canónica universal, un compendio del imaginario colectivo culto. El espacio se convierte así en un ámbito real y mítico a la vez. Estas características quedan reforzadas en la escenografía de Quim Roy, quien crea un espacio amplio que reconstruye la biblioteca indicada por la acotación, pero también sugiere un espacio laberíntico e incluso el interior de una ballena, en consonancia con la cita bíblica sobre la permanencia de Jonás en el vientre del cetáceo que figura al frente del texto. El laberinto tiene que ver con la poderosa huella de la literatura de Kafka que se percibe en EL LECTOR POR HORAS. El laberinto y también la biblioteca universal recuerdan a Borges (y a través del él al mundo clásico: a Teseo y al Minotauro), la ballena remite al relato bíblico sobre Jonás y a *Moby Dick*, la novela de Melville, sobre la que el autor ya había realizado una dramaturgia y a la que tal vez debe, al menos parcialmente, el nombre del protagonista de la pieza. Ismael se llama el narrador y viajero de *Moby Dick*, otro personaje aventurero, pero, sobre todo, testigo de las aventuras de otros. El nombre de Melville aparecerá citado explícitamente en la escena 14.

Ismael ha acudido presumiblemente convocado por un anuncio, en busca de ese empleo de lector por horas. Celso[62] lo atrae a este territorio y le proporciona las primeras instrucciones para que pueda guiarse en él. No faltan en las indicaciones que Ismael recibe por parte de Celso ni la arbitrariedad ni la prepotencia humillante. Estas actitudes, que han de entenderse también desde el humor y la flexibilidad que la escritura permiten, y no sólo en su sentido literal e inmediato, tienen que ver con uno de los ejes de la historia: las relaciones de

---

[62] Es importante observar que el espectador nunca oye el nombre de Celso, porque éste jamás se pronuncia en la escena. Es decir, se presenta como un personaje innominado, lo cual aumenta su misterio y su inaccesibilidad.

poder entre los personajes. A Ismael, como al héroe clásico, se le confiere una misión para la cual ha de superar una prueba previa. La prueba consiste, como tantas veces, en descifrar un enigma, el enigma que contienen los libros que se apilan sobre los anaqueles. El hallazgo de esa neutralidad en la lectura proporciona la primera clave del misterio que ha de desentrañarse. Para obtener esa verdad, el héroe debe despojarse plenamente de sí mismo: se abstendrá de sus preferencias literarias, evitará imprimir al texto su lectura propia, no tendrá limitaciones de horario ni compromisos personales que puedan enturbiar su misión, y, desde luego, jamás establecerá con los habitantes de la casa ningún tipo de relación personal distinta de aquella para la que ha sido llamado.

No pueden pasar inadvertidas algunas características de este tratamiento, como la ironía latente en esta «prueba del héroe» o el planteamiento fuertemente intelectualizado de la situación dramática. El dramaturgo convierte en materia narrativa una interesante disquisición sobre la lectura de un texto literario y su recepción, pero también puede ayudarnos a leer este texto el andamiaje de la épica y la narrativa clásicas. Podemos apurar el paralelismo de Ismael con el héroe tradicional, siempre, desde luego, desde la ironía y el rebajamiento que parece requerir una concepción moderna del personaje. Todo héroe lleva consigo el misterio de su origen, porque representa al ser que irrumpe inopinadamente en el mundo con el deseo o con el encargo de transformarlo o de solucionar un problema extremo que nadie puede resolver. Su sabiduría innata le permite adivinar el secreto, o la fórmula, que hasta el momento permanecía oscuro para todos. Ismael supera la prueba que no han pasado otros aspirantes a ese puesto, aunque muchos estaban excelentemente preparados, justamente porque no han sido capaces de entender esta verdad profunda de la lectura o, lo que es semejante, porque no han sido capaces de renunciar a su propia biografía, a su genealogía. El heroísmo requiere misterio, despojamiento de lo cotidiano.

El modelo semiótico de análisis de los personajes desde su función en el relato nos ha proporcionado la figura del emisor o dador, Celso, que es quien confiere la misión, y la del sujeto o héroe, Ismael, que es quien debe llevarla a cabo. El tercer personaje, Lorena, está ligado primariamente a la función del objeto. La empresa de Ismael consiste, como la de tantos caballeros, en liberar a una dama, Lorena. El binomio caballero misterioso-dama desvalida parece prometer una historia de amor, siguiendo el modelo literario habitual, pero ésta será una de las muchas pistas falsas, expectativas frustradas o callejones sin salida que tanto abundan en EL LECTOR POR HORAS. No puede perderse de vista, y me permito insistir de nuevo en ello, el tratamiento irónico de la materia narrada y el carácter de investigación y de juego presente en los procedimientos teatrales empleados. De ahí el gusto por truncar caminos previsibles o por crear situaciones deliberadamente equívocas. En este sentido, el espectador puede preguntarse por qué Lorena insiste en que sea un lector y no una lectora quien facilite su acceso a la literatura. Podría pensarse en un deseo erótico de Lorena más o menos encubierto, o, por el contrario, en una voluntad de evitar cualquier relación amistosa o cómplice a que podría haber conducido la presencia de otra mujer en la casa.

En cualquier caso, Ismael ha de enfrentarse a esta situación. La lectura será su recurso, su arma, y la ceguera será su enemigo, tal vez una circunstancia que equivale a la función de oponente o antihéroe, que completa el esquema habitual en cuanto a las funciones de los personajes se refiere. La ayuda al menesteroso era una de las obligaciones de los caballeros medievales. Lorena es un ser desvalido que necesita ayuda, pero su ceguera requiere algunas observaciones.

Por una parte esta ceguera se inscribe en un universo sígnico operante en el texto y tal vez más aún en el espectáculo. Aunque existe un ventanal, la oscuridad domina en la sala de lectura —único espacio visible a los ojos del espectador, y ámbito de la acción dramática— y, sobre todo, domina el plano metafórico a que ese espacio remite: el vientre de la ballena, el laberinto, el lenguaje cifrado, etc. Pero la oscuridad domina también, al menos metafóricamente, a los personajes: son opacas las biografías de todos ellos, incluidos los numerosos personajes latentes de la pieza (la madre de Lorena, la madre de Ismael, los criados, el secretario, Elisa, los expertos y los asesores que trabajan para Celso, etc.); son arbitrarias —ciegas— muchas de las decisiones de Celso o de la propia Lorena; etc. Cabría añadir la presencia frecuente del sueño en que cae Celso y, por supuesto, la muerte que ronda aquella casa: las dos madres, el sentimiento de la vejez por parte de Celso, la presencia de la muerte en muchos de los pasajes leídos, etc. Y todavía cabría hablar de esa relación ciega —enigmática y producto de la convención— entre la escritura y la lectura, entre el texto y el destinatario. No es, por tanto, Lorena el único elemento que remite a la ceguera en esta pieza. Ahora bien, su falta de visión presenta también algunos sugerentes problemas. Como sucede con Tiresias, por ejemplo, Lorena puede ver más allá de las imágenes que ofrecen a los ojos. Su sentido del oído se ha aguzado y a través de la lectura de Ismael, es capaz de adivinar los secretos que el lector oculta. Su pronunciación, neutra, transparente, deja ver a la sensible Lorena el fondo oculto de su biografía. Ciertamente nunca sabremos si lo que la ciega piensa sobre Ismael es verdad o se trata de una manifestación de su locura, o, tal vez, de una provocación, pero todo ello no hace sino acrecentar este universo semántico de la ceguera en el texto.

Sin embargo, no es éste el único enigma que presenta Lorena. Su ceguera reviste extraños caracteres. Ella no es una ciega de nacimiento, sino que perdió la visión por un raro accidente del que nada sabemos tampoco. ¿Se trata de una ceguera psíquica, producida como consecuencia de la marcha o de la muerte de su madre, o como reacción frente a los malos tratos que aquella recibía por parte de Celso? Si tomamos esta hipótesis, tal vez entonces adquiera un mayor sentido la misión de Ismael. No sólo libera, momentánea y parcialmente, a Lorena de los efectos de la ceguera a través de la lectura, sino que mediante un complejo proceso —laberíntico— puede ayudar a ésta a recuperar la visión. Ella misma se lo sugerirá en algún momento. Además, hay indicios de que la ceguera de Lorena tal vez no sea absoluta: utiliza un espejo, visita una exposición, etc., lo cual crea una nueva zona de penumbra respecto a la trama, situación que proporcionará al lector-héroe un espacio de libertad, tal vez al margen de las férreas instrucciones dictadas por Celso. Es precisamente el ámbito de la aventura.

Las relaciones de poder

En efecto, la historia puede leerse también como un juego de relaciones de poder. En los epígrafes anteriores hemos hablado del interés de Sanchis por el teatro político [63] que, de una manera o de otra, aparece a lo largo de toda su producción. No se trata, claro es, de un teatro propagandístico o panfletario; ni siquiera se llevan siempre a la escena de manera inmediata las cuestiones específicamente políticas, sino que con frecuencia se prefieren la alusión, la metáfora o hasta la parábola, que aparecen además impregnadas de una ironía distanciadora. Pero esto, como ya se ha dicho, no significa una renuncia al teatro político. Por el contrario, Sanchis vuelve una y otra vez sobre las relaciones de poder, sobre los seres marginados del entramado social y sobre los fronterizos, es decir, sobre los individuos que deambulan por las lindes de los territorios felices que habitan las gentes acomodadas. Su compromiso político y social se ha convertido no sólo en una militancia, sino en una segunda naturaleza para el autor de EL LECTOR POR HORAS.

---

[63] Véase «Treinta años...», *op. cit.*, págs. 152-155.

Así, Sanchis sitúa precisamente la dimensión política de su teatro en esta aventura del hombre en un ámbito incierto:

> Mi teatro, cada vez más, intenta colocar al espectador ante la evidencia de que la realidad está llena de sombras, repleta de enigmas, y que la actividad del ser humano es una permanente interpretación. Para mí ésa es una de las funciones políticas del teatro. La política intenta reducir la ambigüedad traduciéndola en términos de blanco-negro, bueno-malo, positivo-negativo. La política es una enfermiza obsesión por negar la interpretación subjetiva del individuo, y el teatro debe devolver al individuo [...] la capacidad interpretativa, deductiva, analítica, sensitiva y emocional [64].

Ismael es un hombre culto, que aparentemente no se correspondería con el estereotipo del personaje marginal, pero hay en él una serie de elementos que lo configuran como ese ser fronterizo que puebla las obras de Sanchis. Su propio nombre proviene también [65] de Ismael, el personaje bíblico hijo de Abraham y la esclava Agar [66], quien, después de que Sara, la legítima mujer de Abraham, concibiera a Isaac, se ve obligado a huir con su madre.

Pero, si nos ceñimos al ámbito de la historia, hemos de considerar que, sea cierto o no lo que Lorena cree adivinar de la biografía de Ismael, estos datos operan sobre el espectador, al menos emocionalmente, y nos dibujan la imagen de un apestado social, que se incrementa con el descubrimiento por parte de Celso de su condición de novelista fracasado y supuestamente plagiario. Pero, además, Ismael se relaciona con Celso y Lorena por necesidad, tal como proclama de manera explícita al término del primer acto. Esta necesidad le lleva a una

---

64 Treinta años..., *op. cit.*, pág. 150.

65 Es patente el recuerdo de *Moby Dick*, de Melville, al dar nombre a Ismael, como ha quedado dicho, pero esta referencia no agota sus posibilidades de sugerencia.

66 Véase Génesis, caps. XVI y sigs.

relación de dependencia, a veces degradante, respecto a quienes le pagan. La concepción marxista de las relaciones sociales late bajo esta situación de naturaleza inequívocamente dramática, por otro lado. Ismael es un emplea-do de Celso y Lorena, que recibe un trato equívoco basado en tres modelos de relación que se alternan caprichosamente: la distancia, la camaradería y la humillación. Respecto al primer modelo, se ha hablado ya en líneas anteriores; el segundo se percibe en esas conversaciones sobre Literatura en las que Celso bebe y habla incesantemente. Es el propio Celso el que utiliza la expresión «charla agradable entre amigos» para referirse a esas conversaciones. En cuanto al tercer modelo, las humillaciones son frecuentes. Más sutiles, aunque más terribles, desde la poderosa posición de Celso, más explícitas y brutales desde Lorena, quien recuerda indignada a su lector que él es menos que un criado en aquella casa. Ismael, a su vez, es capaz de rebajarse él mismo y tratarse como un perro. Pero esta situación de poder no es estable, sino que evolucionará a lo largo de la trama, como tendremos ocasión de comprobar.

Sanchis se ha referido con frecuencia a la influencia que Harold Pinter ha ejercido sobre el teatro contemporáneo y sobre su obra en particular. Su huella es especialmente palpable en EL LECTOR POR HORAS. La hostilidad de las relaciones entre los personajes, la tendencia a los cambios bruscos en ellas, la violencia aludida o más o menos contenida, una cierta arbitrariedad en el trato y en el diálogo (si contemplamos esas relaciones desde la convención, puesto que cabría decir que la vida es arbitraria e imprevisible), etc., son notas de inequívoca raigambre pinteriana. Pero me interesa subrayar sobre todo la situación dramática de Ismael, ese personaje que llegó a la casa de Celso con timidez, con una actitud próxima a lo servil, y que termina por enrarecer más aún las relaciones entre Lorena y su padre, y sobre todo, se convierte en un habitante más de la casa, a pesar de que sus moradores habituales lo desprecien o incluso lo expulsen. Y ésta sí que es una situación recurrente en el teatro de Pinter (*El portero* es el caso más significativo, pero también *Retorno al hogar* e incluso de alguna forma *El amante,* por no citar sino los títulos más conocidos) hasta el punto de que se ha convertido en una de sus señas de identidad. Su teatro está plagado de esos raros advenedizos, de esos cuerpos extraños que parecen aferrarse a cualquier recurso o a cualquier excusa para permanecer en el espacio al que han llegado inopinadamente, aunque tantas veces el espacio se les muestre adverso o desagradable.

La lectura es el arma que Ismael emplea para permanecer en la casa primero y después para alterar el equilibrio entre las fuerzas en pugna. Sin embargo, la lectura es un arma de múltiples filos. («Hay muchas maneras de leer...»). La lectura de Ismael perturba, pero él mismo es afectado por la percepción de las palabras que lee, como han explicado Batlle y Mayorga:

> Lorena siempre le interpreta, como si quisiera adivinar qué pretende darle a entender, como si el texto le pudiera proporcionar toda la información que necesita sobre su lector particular [67].

> La respiración del lector, la intensidad con que pronuncia una palabra, las fallas en que se rompe su voz, son para esa mujer cifras de un ser en el mundo. Pero esas cifras no son el texto. El texto es lo que, desde ellas, teje esa mujer [68].

Esta percepción trastorna las relaciones entre los personajes. Ya Batlle ha advertido agudamente cómo «Lorena empieza a perder el poder cuando no puede resistir la debilidad de conocer algo sobre su lector particular» [69]. Pero puede formularse también la duda de si era posible mantenerse impermeable respecto a la lectura, lo que equivaldría, como pretendía Celso, a pensar en la neutralidad inocua de quien la

---

67 Carles Batlle, *op. cit.*, pág.174.
68 Juan Mayorga, *op. cit.*, pág. 122.
69 Carles Batlle, *op. cit.*, págs. 178-179.

profiere e incluso de los textos mismos. Los resultados desmienten esa pretensión.

Los textos leídos

Celso delimita taxativamente los libros que habrán de leerse. Se escogerán entre los que figuran en su inmensa biblioteca[70] («Me atrevería a decir que lo tengo todo») y será la propia Lorena quien se encargue de elegir los libros. Sin embargo, es dudoso que esto se cumpla. Celso se reprocha a sí mismo el descuido que ha supuesto leer *El corazón de las tinieblas,* lo cual quiere decir que él ha participado en su elección o, al menos, que ha estado vigilando las lecturas seleccionadas. La decisión de leer *Madame Bovary* es explícitamente suya, y, cuando Ismael lee *Relato soñado,* de Schnitzler, Lorena no acaba de creer que haya sido su padre quien lo ha elegido, pero, en cualquier caso, lo que es seguro es que no lo ha elegido ella. Evidentemente, la elección de los libros constituye una manifestación de la pugna por el poder. Pero, además, los textos se convierten en elemento de intercambio y alteran sustancialmente las relaciones entre los personajes, es decir, adquieren un sentido dramático a partir de su valor literario y su uso en una situación dada. Y no puede olvidarse, como ha anotado Batlle[71], que se produce una fractura entre la recepción de la lectura por parte de Lorena, que siempre sabe el libro que se está leyendo, y la recepción del espectador, que sólo lo sabe en algunas ocasiones y escucha además

---

[70] El autor ha explicado que escogió los textos por libre asociación, sin un plan premeditado. Aun así, el resultado llena de sentido a la elección. Es curioso observar cómo todos los libros leídos pertenecen a la novela contemporánea (siglos XIX y XX) y cómo ninguno de ellos pertenece a la literatura española. Sólo *Pedro Páramo,* del mexicano Juan Rulfo, está escrito originariamente en castellano. Son interesantes los comentarios que, acerca de las novelas escogidas, realiza Batlle en su estudio. A él remito al lector interesado.

[71] Carles Batlle, *op. cit.,* pág. 176.

sólo algunos fragmentos de la novela escogida. Nos encontramos —no hace falta insistir sobre ello— con otra de las fracturas que componen EL LECTOR POR HORAS.

El libro con el que el lector inicia su tarea es *Justine,* primera novela de *El cuarteto de Alejandría,* de Durrell. La elección de este texto ilumina algunos aspectos de la pieza. En efecto, la novela de Durrell no sólo se adentra en el enigma de Justine y los extraños motivos de su conducta amatoria, sino que trabaja las posibilidades de una narración abierta, plagada de misterios, sospechas, perspectivas y versiones. El narrador, y en esto se anticipa Durrell a uno de los procedimientos frecuentes en la novela contemporánea, es uno de los personajes más desdibujados de la historia, testigo imperfecto, aunque ubicuo, de sus numerosos vericuetos. El hecho de que las demás novelas de la tetralogía desmientan, maticen o completen la primera versión de la fábula nos sitúa ya ante la relatividad de toda narración, ante su carácter incierto y fragmentario.

El segundo libro es *El Gatopardo,* de Lampedusa, que nos sitúa ante un mundo en inevitable decadencia, aspecto que no es ajeno a la historia de EL LECTOR POR HORAS: el progresivo declive del poderoso y seguro Celso hasta su derrumbamiento final constituye una de las líneas de fuerza de la historia. El personaje que inicialmente se mostraba blindado, impertérrito, omnisciente, va manifestando en diversas ocasiones su deterioro: «no se puede estar en todo, estoy envejeciendo, las cosas no son tan fáciles como antes, algo no marcha como debiera, las cosas se me van de las manos, ya no soy joven, me canso», etc. En la escena 10 ha hablado, ante la indignación de Lorena, de la literatura como destrucción y de la necesidad de protegerse de ella, y, en esa misma escena, termina dormido como consecuencia de la bebida, pero también como anticipo de esa decadencia última, de ese fin del dominio que pretende ejercer sobre Lorena e Ismael y que antes ejerció, o quiso ejercer, sobre su esposa.

Pero además, el pasaje que se escucha habla de dos aspectos que se repetirán obsesivamente a lo largo de la pieza: el laberinto (de pasillos, habitaciones, estancias y recovecos en la novela, como metáfora de ese dédalo de imágenes, sensaciones e ideas que se desprenden de las lecturas y su influencia sobre el estado de ánimo de Lorena) y la sensualidad. En efecto, Ismael, arrastra, sin saberlo, a Lorena, como Tancredi a Angélica, «hacia el centro escondido del ciclón sensual», aunque posiblemente se trate en este caso de una sensualidad pervertida y equívoca.

El libro siguiente es *El corazón de las tinieblas,* de Conrad [72]. El título, cuya elección habrá de reconocer Celso como un error, constituye una nueva alusión a la ceguera, pero también una referencia a la aventura del héroe, que va penetrando hacia ese lugar escondido y oscuro para el que fue llamado. El texto provoca una fuerte impresión e incluso un rechazo en Lorena; pese a ello, el libro se lee hasta el final. Sin embargo, esa paradoja posibilita el primer conato de trato personal. La aséptica relación vicaria deja paso a la conversación, a pesar de que las explicaciones de Ismael resulten torpes o inoportunas. Esa primera ruptura del hielo se extiende al eje Celso-Ismael, pero las cosas no son fáciles y la conversación se llena de silencios, malentendidos, equívocos, olvidos o mala voluntad por parte de Ismael. De nuevo es patente aquí el empeño del dramaturgo por desarrollar una investigación formal sobre la construcción del diálogo, asumiendo quizás las lecciones de Beckett y de Pinter.

Cabría entender también el suceso en torno a *El corazón de las tinieblas* como un relativo fracaso de la experiencia, pero la crisis se resuelve con un aumento del tiempo dedicado a la lectura. La elección de *Madame Bovary* por parte de Celso, sin consultar con Lorena, suscita, con razón, leves reticencias en Ismael, pero serán desestimadas por el padre.

---

[72] Sin ánimo de apurar en exceso el valor de las referencias, cabe recordar el carácter «fronterizo», en el sentido que Sanchis da al término, que tiene Conrad, autor polaco de vida aventurera y errática, que sólo muy tardíamente comienza a escribir en inglés.

La siguiente escena rompe por primera vez la disposición habitual de los acontecimientos. Ya no es Ismael quien lee y Lorena quien escucha, sino que es la muchacha la que cuenta una hilarante y desvergonzada anécdota personal. Lorena disfruta contándola, Ismael ríe por compromiso y el espectador no puede formarse una idea precisa del suceso, pues éste se le presenta de una manera incompleta. Pero el relato presenta signos inequívocos —ingenuos y perversos a la vez— de erotismo: las referencias a la erótica del simbolismo, al escote de Lorena o a la turbación del profesor —y a la represión de los profesores en general— y al desconcierto de todos apuntan en esa dirección. ¿Pretende Lorena, a través de la anécdota, indagar en la vida de Ismael? ¿O incluso atacarlo o hasta provocarlo? En cualquier caso, es perceptible una tensión entre ellos, que llega casi a la violencia, aunque esa tensión se deshaga una vez más mediante la paradoja del significativo acercamiento, ahora mediante la caballeresca actitud no consumada por Ismael, de arropar a Lorena con la manta.

Madame Bovary, la novela de Flaubert, ocupa las escenas siguientes. Como es bien sabido su protagonista es Emma Bovary, una mujer casada y madre de una hija, insatisfecha consigo misma y con su entorno, que sueña el mundo a través de los libros, combate su tedio con aventuras amorosas clandestinas, y termina suicidándose. Es la lectura que más comentarios suscita en los tres personajes. Las discusiones se centran fundamentalmente en torno a dos motivos: el peligro de la literatura y la maternidad de Emma.

La literatura, en opinión de Celso, vuelve insoportable la realidad, posiblemente porque con su creación de un mundo diferente excita un deseo que no podrá saciarse. Don Quijote y Emma Bovary serían ejemplos representativos de esta frustración. Pero no muy distinta es la situación de Lorena, cuya ceguera simboliza esa imposibilidad de lograr los deseos que, paradójicamente, sacia mediante esa realidad virtual que es la literatura. Y si el hecho de tener una hija pudo haber ayudado a Emma a encontrar un sentido para su vida, Lorena se encargará de negar esa maternidad, como si quisiera ahondar en su más profunda herida. Su propia madre se presenta a lo largo de la pieza como una imagen borrosa. Tomando los escasos datos desperdigados a lo largo del texto, podemos concluir que era una persona miedosa, poco aficionada a la lectura, a diferencia de su marido y de su hija, que Celso la maltrataba físicamente, y que en algún momento debió de abandonar a su marido y a su hija, y que murió tempranamente un tiempo después. Se habla poco de ella en la casa, constituye una especie de tabú y se recurre con frecuencia al eufemismo para tratar sobre tan espinosas cuestiones, lo que hace difícil al espectador conocer con precisión lo que ocurrió.

Posiblemente, la conjunción de todos estos elementos hacen sentirse a Lorena como huérfana, como carente de raíces y, consecuentemente, desposee a su propia madre de la condición de la maternidad. El resultado de este desarraigo antinatural sería tal vez la ceguera, lo cual entronca de nuevo con la tragedia y la mitología griegas, pero también con la exploración de extraños vericuetos psicológicos que han inspirado muchas piezas del teatro contemporáneo[73]. La escena 10, quizás la más intensa del drama, se cierra con un desesperado intento de Lorena por acorralar a Ismael, posiblemente con la intención de huir de sí misma o de descargar la creciente agresividad que excitan en ella las lecturas y las circunstancias que evocan. Ismael apela a la necesidad del trabajo para defenderse, lo cual puede entenderse como una confesión de su turbio pasado o, simplemente, como una expresión de rebajamiento, porque, efectivamente, necesita de ese salario para afrontar sus gastos. En cualquier caso significa una forma de claudicación, en cuanto que supone un desahogo personal, una contaminación de los asuntos propios y los profesionales, pese

[73] Sin duda podrían sacarse a colación muchos ejemplos, pero parece inevitable recordar a Beckett, sobre todo en lo que respecta a la ceguera de Pozzo en *Esperando a Godot*. En el teatro español, Buero ha explorado también estos territorios en piezas como *Hoy es fiesta* o *Llegada de los dioses*, entre otras.

a que esa frontera le estaba absolutamente vedada. Pero aún puede entenderse este final de escena y de acto de otra manera: la lectura debe continuar y la necesitan tanto Ismael como Lorena.

A continuación escuchamos la lectura de *Relato soñado,* de Arthur Schnitzler, en concreto el pasaje, situado cerca ya del desenlace de esta novela corta, en el que el protagonista acude al depósito de cadáveres para reconocer a una mujer que ha tenido una muerte violenta y comprobar si se trata de la misma que lo fascinó la noche anterior. A pesar de lo que Ismael explica, todo conduce a pensar que ha sido él quien ha escogido el texto, y así lo sospecha Lorena. ¿Por qué se ha elegido este texto? Y, en cualquier caso, ¿por qué alguien miente? Se trata, desde luego, de un pasaje que impresiona por su precisión, por su contundencia y su crudeza, y Lorena entiende que alguien ha pretendido provocar en ella una especie de experiencia límite, al enfrentarla con la imagen de una mujer que ha experimentado una muerte violenta, como si se tratara de recordar la muerte de su madre... ¿y quizás curarla por este procedimiento del trauma psíquico sufrido? Pero no puede olvidarse que este relato cuenta una historia de infidelidades matrimoniales, que no llegan a consumarse, pero cuyo final aparentemente feliz no borra el indeleble rastro que el deseo grabó en el corazón de los esposos. La infidelidad matrimonial era uno de los motivos dominantes en *Madame Bovary,* como lo era en *Justine,* el primer libro que oímos leer, y, en cierto modo, es un motivo presente también en *Pedro Páramo,* de Juan Rulfo, aunque tratado de una manera distinta. ¿Sospechó Celso infidelidades en su esposa? ¿Fueron reales, o imaginadas por los celos del marido? Es otro de los huecos que abre el texto y que no se resuelve de manera explícita.

Si la infidelidad es un asunto recurrente en las lecturas escogidas, el motivo que domina en todos los textos que se leen es la muerte. Y la muerte se va ciñendo a los personajes a medida que avanza la historia. Si por un lado se evita prudentemente hablar de la muerte de la madre, por otro aumentan sus imágenes de manera obsesiva a través de los relatos e incluso de las conversaciones y recuerdos. *Pedro Páramo* es un libro de muertos y, significativamente, su lectura rompe el modelo de audición habitual, que se sustituye por un juego de repeticiones, a través del cual Lorena empieza ya a leer por su cuenta, al menos de alguna forma. Como alguien que ha sufrido un accidente y comienza, después de un período de convalecencia, a andar por sí mismo, pero con la ayuda de unas muletas, Lorena pronuncia ya ella los textos, los reinterpreta, e incluso, también por vez primera, pregunta alguna cuestión relacionada con el vocabulario del texto. Y ahora es Ismael quien de manera tajante pone fin a la lectura, como si se hubiera hecho dueño de la situación y del tiempo que parece regirla. Las relaciones de poder han dado un nuevo vuelco, aunque no será el último.

La última lectura es la de una de las supuestas novelas escritas por Ismael. Se trata en realidad de una novela inédita escrita por el propio Sanchis. La acusación de plagio constituye un guiño irónico, pero también una ocasión sutil para relacionar el plagio con la intertextualidad y, a su vez, con el propio acto de la lectura. Ismael, novelista plagiario o intertextual —tanto da— lo sería ya desde su condición de lector, un ser que reescribe los textos previamente redactados por otros.

El pasaje leído es de nuevo el relato de una muerte: una bala está a punto de atravesar a un hombre, y éste, mientras la bala llega, piensa en su asesino y en la ya imposible hipótesis de que alguien, él mismo tal vez, hubiera matado al hombre que ahora tiene enfrente. Asoma a través de este pensamiento la figura de los niños de la calle latinoamericanos, que inspiran quizás el retrato de este asesino. Pero sobre todo el pasaje causa una profunda impresión en el espectador. Esta poderosa imagen de la bala se relaciona con la muerte, sí, pero también con la lectura, con la palabra que penetra. La superposición de estas dos significaciones, excluida ya la posible interpretación erótica, nos aproxima no al desenlace, pero sí al fin de una etapa, al término de un ciclo.

La acción se interrumpe

No hay en EL LECTOR POR HORAS un desenlace propiamente dicho, al menos no hay un desenlace de tipo tradicional, sino una acción interrumpida, que recuerda de nuevo a Beckett o a Pinter, pero también a Kafka, autor al que se había citado en la escena 13. Nada termina, ni siquiera con la muerte: «lo malo de la muerte es que no es el final de nada», dirá Ismael en las últimas réplicas de la escena 16. Y, no obstante, muchas cosas van terminando en estas últimas escenas, tal como presagiaba esa bala que estaba llegando al rostro del personaje de *Perdóname el futuro*. La madre de Ismael muere y termina así su presumiblemente largo, penoso y caro proceso de diálisis, que simboliza también el proceso interior que ha vivido Lorena durante este tiempo dedicado a la lectura a través de la voz de Ismael. Éste, habiendo muerto su madre, no necesita ya un trabajo cuya remuneración invertía probablemente en su tratamiento. Independientemente de ello, termina también el contrato de Ismael, tan arbitrariamente como empezó, si lo consideramos desde la lógica de los hechos, pero de una manera previsible desde los signos literarios y escénicos que el espectador ha oído y ha visto. La diálisis cobra especial importancia en esta escena, incluso se establece con precisión filológica el significado originario de este término técnico de origen griego: «separar», «soltar», lo que en este contexto convierte al término en signo de muerte, de fin de un proceso, aunque también en imagen sugerente de un principio. Aquello que durante meses se ha ido leyendo y acumulando en la memoria de Lorena puede ahora ir desprendiéndose, precipitándose en su ánimo. En seguida volveremos sobre ello.

La escena 16 viene precedida de una larga expectación. Por primera vez Ismael se retrasa y Lorena, e incluso Celso, lo esperan con desasosiego y hasta con temor. La atmósfera se irá adensando progresivamente y contribuyen a ello las inquietantes suposiciones de Lorena que imagina no ya a un criado que viene a cumplir una tarea, sino a un enemigo que invade un espacio lentamente atravesado y causa así pavor a sus habitantes. Tal vez por ello hayan decidido prescindir de él. Sin embargo, la actitud de Ismael es tranquilizadora, tanto que Lorena le pregunta, ahora explícitamente, si podrá devolverle la vista.

Así cobra pleno sentido esta superposición de imágenes sobre la muerte a que antes hacíamos referencia. Ismael, consciente o inconscientemente, lleva a Lorena hacia la mujer muerta en ese viaje al revés, hacia el útero materno o, lo que en este contexto es semejante, hacia la madre muerta. Si logra que Lorena se enfrente a su propio recuerdo, quizás consiga entonces superar su ceguera. El «Yo sólo soy la bala» puede sugerir algo así como yo sólo soy el medio, has de ser tú quien libres tu propia batalla. Éste es el efecto que la diálisis debe operar sobre Lorena. Tal vez por esto vemos a Lorena en el epílogo que constituye la escena 17 subida a la estantería y palpando los libros que pronto podrá leer por sí sola, aunque esta imagen es de nuevo equívoca y se presta a diversas lecturas.

La escena 17, el extraño y mudo epílogo que cierra —o mejor interrumpe— la pieza, ha adoptado diferentes versiones. En una primera redacción, el dramaturgo situaba a Ismael en lo alto de la estantería y a Lorena fumando de pie. En la versión que se representó en el estreno (que se recogía en la primera edición del texto y también en la presente) era Lorena quien estaba subida en la estantería y palpaba los libros que no podía leer (al menos por el momento) e Ismael, de pie, fumaba junto al ventanal. En las representaciones que se realizan en el momento en el que se escriben estas líneas, todos permanecen en la misma posición, pero Ismael ya no fuma. En todas las versiones Celso aparece derrumbado y dormido en la butaca.

El epílogo, en cualquiera de sus versiones, recuerda a las situaciones de Pinter, aunque las imágenes que lo configuran remiten también a Beckett. Ismael, a quien dábamos por desaparecido del espacio que ocupó provisionalmente, ha vuelto o nunca se ha ido de él. La vida continúa, pero algunas cosas han cambiado. Celso ha perdido su poder. Ismael ya no lee en voz alta. O bien ojea los libros como si fuera el dueño de la biblioteca, o bien preside el espacio que ocupa, fumando tranquilamente, o, de manera más discreta, espera tal vez a que Lorena pueda valerse por sí misma. Si Lorena fuma, como en la primera versión, puede sugerir indiferencia o espera, si escudriña la biblioteca, esa imagen nos sugiere el ansia de ver, pero también su imposibilidad. Hasta el final nos encontramos con la desasosegante y sugestiva ambigüedad de los signos.

EDUARDO PÉREZ-RASILLA

BIBLIOGRAFÍA

PRINCIPALES TEXTOS TEATRALES DE SANCHIS SINISTERRA

El gran teatro natural de Oklahoma, en *Primer Acto,* núm. 222, 1988, págs. 42-71.

Ñaque y *¡Ay, Carmela!,* Madrid, Cátedra, 1991 (edición de Manuel Aznar Soler).

Pervertimento y otros Gestos para nada, Sant Cugat de Vallés, Cop d'Idees, 1991, y Madrid, Visor, 1997.

Perdida en los Apalaches (Juguete cuántico), Madrid, Centro Nacional de Nuevas Tendencias Escénicas, 1991.

Los figurantes, Madrid, SGAE, 1993.

Valeria y los pájaros y *Bienvenidas,* Madrid, ADE, 1995.

Mísero Próspero y otras breverías (Diálogos y monólogos), Madrid, La avispa, 1995.

Tres dramaturgias (La noche de Molly Bloom; Bartleby, el escribiente; Carta de la Maga a Bebé Rocamadour), Madrid, Fundamentos, 1996.

Trilogía americana (Naufragios de Álvar Nuñez o *La herida del otro; Lope de Aguirre, traidor; El retablo de Eldorado),* Madrid, Cátedra, 1996 (edición de Virtudes Serrano).

El cerco de Leningrado y *Marsal Marsal,* Madrid, Fundamentos, 1996.

El año pasado en Toulouse, en *ART TEATRAL,* núm. 11, 1998, págs. 73-75.

Marsal Marsal y *Perdida en los Apalaches,* Madrid, SGAE, 1999.

El lector por horas, Barcelona, Proa, Teatre Nacional de Catalunya, 1999.

ESTUDIOS SOBRE SANCHIS SINISTERRA

AA.VV., «Así fue el encuentro de los dramaturgos», en *El Público,* núm. 10-11, julio-agosto, 1984, págs. 44-61.

AZNAR SOLER, Manuel, Introducción a Sanchis Sinisterra, José: *Ñaque. ¡Ay, Carmela!,* Madrid, Cátedra, 1993.

—, «La dramaturgia de José Sanchis Sinisterra», en *Estreno,* vol. XXIV, núm. 1, 1998, págs. 30-33

BATLLÉ I JORDÁ, Carles, «Apuntes para una valoración de la dramaturgia catalana actual: realismo y perplejidad», en *ALEC* 21, núm. 3, 1996, pags. 253-270.

—, Prólogo a Sanchis Sinisterra, José: *El lector por horas,* Barcelona, Teatre Nacional de Catalunya, 1999, págs. 169-182.

CASAS, Joan, «La insignificancia y la desmesura», prólogo a *¡Ay, Carmela!,* Madrid, El público, 1989, págs. 8-15.

FONDEVILA, Santiago, «Lo que dicen los papeles», en Sanchis Sinisterra: *El lector por horas, op. cit.,* págs. 166-169.

—, «Sanchis Sinisterra: el teatro no es un círculo cerrado», *El Público,* núm. 67, abril 1989, págs. 42-44.

JOYA, Juan Manuel, «Treinta años de experimentación teatral. Conversaciones con José Sanchis Sinisterra», en *Nueva Revista,* núm. 66, diciembre 1999, págs. 142-145.

LÓPEZ MOZO, Jerónimo, «*¡Ay, Carmela!* La dignidad de los cómicos», en *RESEÑA,* núm. 189, noviembre 1988, págs. 14-15.

MONLEÓN, José, «Entrevista con Sanchis», en *Primer Acto,* núm. 86, octubre-noviembre 1980, págs. 93-95.

PACO, Mariano de, «Sanchis Sinisterra: la fascinación del teatro», en *Monteagudo,* núm. 10, febrero 1922, págs. 42-44.

PASCUAL, Itziar, «Algunas premisas sobre la creación de José Sanchis Sinisterra», en *Acotaciones*, núm. 2, junio 1999, págs. 53-77.

PÉREZ COTERILLO, Moisés, «La tardía revelación de un autor», en *Anuario teatral 1988*, Madrid, Centro de Documentación Teatral, 1989, págs. 10-12.

PÉREZ-RASILLA, Eduardo: *«El lector por horas»,* en *Acotaciones,* núm. 3, 2000, págs. 133-136.

—, «*El lector por horas.* El enigma del texto», en *RESEÑA*, núm. 304, mayo 1999, pág. 33.

—, «Sanchis Sinisterra, José: *Valeria y los pájaros. Bienvenidas*», en *ADE-Teatro*, núm. 47, noviembre 1995, pág. 119.

PUCHADES, Xavier, «El último lugar posible para guardar secretos», en *ART TEATRAL,* núm. 11, 1998, págs. 112-117.

RAGUÉ ARIAS, María José: *El teatro de fin de milenio en España (De 1975 hasta hoy),* Barcelona, Ariel, 1996, págs. 169-173.

SANCHIS SINISTERRA, José, «La pasión por la escritura», en *El Público,* núm. 82, enero-febrero 1991, págs. 58-65.

—, «Por una dramaturgia de la recepción», en *ADE-Teatro,* núms. 41-42, enero 1995, págs. 64-69.

«El retorno del texto dramático», *Boletín Informativo de la Fundación Juan March,* núm. 259, 1996.

SERRANO, Virtudes, Introducción a *Trilogía americana,* Madrid, Cátedra, 1996.

ZATLIN BORING, Phyllis, Sanchis Sinisterra: «A tale of two cities», en *Estreno,* XXIV, núm. 1, 1998, pág. 6.

ESTA EDICIÓN

Para la presente edición hemos utilizado los textos que el propio autor ha facilitado después de una revisión cuidadosa.

Salvo una excepción significativa, no hemos considerado conveniente que las notas a pie de página hagan referencia a las escasas variantes textuales respecto a las ediciones anteriores. Se ha procurado, sin embargo, localizar con la mayor precisión posible las abundantes referencias literarias que ambos textos contienen.

¡AY, CARMELA!

ELEGÍA DE UNA GUERRA CIVIL EN DOS ACTOS Y UN EPÍLOGO

A mi padre

PERSONAJES

PAULINO
CARMELA

La acción no ocurrió en Belchite
en marzo de 1938 [1]

[1] Tras casi un año de tranquilidad en el frente de Aragón, el 24 de agosto de 1937 el ejército republicano inició una ofensiva que le llevó a la conquista de Quinto y de Belchite, que fue tomada el 6 de septiembre tras diez días de asedio. El 15 de diciembre, y aprovechando que los nacionalistas se aprestaban a atacar Madrid, el ejército republicano inició una ofensiva contra Teruel, que conquistaron con facilidad. Desde finales de diciembre los nacionalistas iniciaron la reconquista de los territorios ocupados y recuperaron Teruel el 22 de febrero de 1938. Las operaciones continuaron y el 10 de marzo tomaron Quinto y Belchite. El contingente empleado por cada uno de los ejércitos rondaba los cien mil hombres, casi todos españoles en el caso del ejército republicano. Las tropas nacionalistas estaban compuestas por soldados españoles y marroquíes, pero también italianos y alemanes, lo que explica algunas de las referencias y comentarios que aparecen en el texto.

PRIMER ACTO

Escenario vacío, sumido en la oscuridad. Con un sonoro «clic» se enciende una triste lámpara de ensayos y, al poco, entra PAULINO: *ropas descuidadas, vacilante, con una garrafa de vino en la mano. Mira el escenario. Bebe un trago. Vuelve a mirar. Cruza la escena desabrochándose la bragueta y desaparece por el lateral opuesto. Pausa. Vuelve a entrar, abrochándose. Mira de nuevo. Ve al fondo, en el suelo, una vieja gramola. Va junto a ella y trata de ponerla en marcha. No funciona. Toma el disco que hay en ella, lo mira y tiene el impulso de romperlo, pero se contiene y lo vuelve a poner en la gramola. Siempre en cuclillas y de espaldas al público, bebe otro trago. Su mirada descubre en el suelo, en otra zona del fondo, una tela. Va junto a ella y la levanta, sujetando una punta con los dedos: es una bandera republicana medio quemada.*

PAULINO.—*(Canturrea.)*

... pero nada pueden bombas,
rumba, la rumba, la rumba, va
donde sobra corazón,
ay Carmela, ay Carmela...[2],

---

[2] Se trata de una popular canción de guerra republicana, que constituye una referencia obligada de la pieza aquí editada.

(Vuelve junto a la gramola y va a cubrirla con la bandera. Al encorvarse para hacerlo, se le escapa un sonoro pedo. Se interrumpe un momento, pero concluye la operación. Una vez incorporado, hace sonar, ahora deliberadamente, varias ventosidades que evocan un toque de trompeta. Se ríe quedamente. Gira sobre sí y mira hacia la sala. Avanza hacia el proscenio, se cuadra y saluda militarmente. Nuevo pedo. Levanta el brazo derecho, en saludo fascista, y declama.)

En el Cerro de los Ángeles,
que los ángeles guardaban
¡han fusilado a Jesús!
¡Y las piedras se desangran!
¡Pero no te asustes, Madre!
¡Toda Castilla está en armas!
Madrid se ve ya muy cerca.
¿No oyes? ¡Franco! ¡Arriba España!
La hidra roja se muere
de bayonetas cercada.
Tiene las carnes abiertas
y las fauces desgarradas.
Y el Cid, con camisa azul,
por el cielo cabalgaba... [3]

(Nuevo pedo. Ríe quedamente. De pronto, cree oír un ruido a sus espaldas y se sobresalta. Tiene un reflejo de huida, pero se contiene. Por un lateral del fondo entra una luz blanquecina, como si se hubiera abierto una puerta. PAULINO *aguarda, temeroso.)*

[3] Son versos del «Romance de Castilla en armas», de Federico de Urrutia, que figura en el volumen titulado *Poemas de la Falange,* firmado por este autor y publicado en Santander en 1938. Algunos versos aparecen con variantes en algún otro momento de la pieza.

PAULINO.—¿Quién está ahí?

(Entra CARMELA, *vestida con un discreto traje de calle.)*

CARMELA.—Hola, Paulino.

PAULINO.—*(Aliviado.)* Hola, Car... *(Se sobresalta.)* ¡Carmela! ¿Qué haces aquí?

CARMELA.—Ya ves.

PAULINO.—No es posible... *(Por la garrafa.)* Si no he bebido casi...

CARMELA.—No, no es por el vino. Soy yo, de verdad.

PAULINO.—Carmela...

CARMELA.—Sí, Carmela.

PAULINO.—No puede ser... *(Mira la garrafa.)*

CARMELA.—Sí que puede ser. Es que, de pronto, me he acordado de ti.

PAULINO.—¿Y ya está?

CARMELA.—Ya está, sí. Me he acordado de ti, y aquí estoy.

PAULINO.—¿Te han dejado venir por las buenas?

CARMELA.—Ya ves.

PAULINO.—¿Así de fácil?

CARMELA.—Bueno, no ha sido tan fácil. Me ha costado bastante encontrar esto.

PAULINO.—Pero, ¿has venido así, andando, como si tal cosa?

CARMELA.—Caray, chico: cuántas preguntas. Cualquiera diría que no te alegras de verme.

PAULINO.—¿Que no me alegro? Pues claro que sí: muchísimo, me alegro. Pero, compréndelo... ¿Cómo iba yo a imaginar...?

CARMELA.—No, si ya comprendo que te extrañe... También a mí me resulta un poco raro.

PAULINO.—Yo creía que... después de aquello... ya todo...

CARMELA.—Se ve que todo no..., que algo queda...

PAULINO.—Qué curioso.

CARMELA.—Dímelo a mí.

PAULINO.—Pero, entonces, allí... ¿qué es lo que hay?
CARMELA.—Nada.
PAULINO.—¿Nada?
CARMELA.—Bueno: casi nada.
PAULINO.—Pero, ¿qué?
CARMELA.—¿Qué qué?
PAULINO.—¿Qué es eso, ese «casi nada» que hay allí?
CARMELA.—No sé... Poca cosa.
PAULINO.—¿Qué poca cosa?
CARMELA.—Mucho secano.
PAULINO.—¿Secano?
CARMELA.—O algo así.
PAULINO.—¿Quieres decir que es como esto?
CARMELA.—¿Cómo qué?
PAULINO.—Como esto..., como estas tierras...
CARMELA.—Algo así.
PAULINO.—Secano...
CARMELA.—Sí: mucho secano, poca cosa.
PAULINO.—¿Con árboles?
CARMELA.—Alguno hay, sí: mustio.
PAULINO.—¿Y ríos?
CARMELA.—Pero secos.
PAULINO.—¿Y casas? ¿Pueblos?
CARMELA.—¿Casas?
PAULINO.—Sí: casas, gente...
CARMELA.—No sé.
PAULINO.—¿No sabes? ¿Qué quieres decir?
CARMELA.—Que no sé.
PAULINO.—Pero, ¿has visto, sí o no?
CARMELA.—Si he visto, ¿qué?
PAULINO.—Gente, personas...
CARMELA.—¿Personas?
PAULINO.—Sí personas: hombres y mujeres, como yo y como tú.
CARMELA.—Alguno he visto, sí...
PAULINO.—¿Y qué?

CARMELA.—¿Qué qué?
PAULINO.—¿Qué hacen? ¿Qué dicen?
CARMELA.—Nada.
PAULINO.—¿No hacen nada?
CARMELA.—Casi nada.
PAULINO.—¿Como qué?
CARMELA.—No sé: andan, se paran... vuelven a andar...
PAULINO.—¿Nada más?
CARMELA.—Se rascan.
PAULINO.—¿Qué se rascan?
CARMELA.—La tiña.
PAULINO.—¿La tiña? ¿Tienen tiña también?
CARMELA.—Eso parece.
PAULINO.—Pues vaya... Pocos y tiñosos...
CARMELA.—Ten en cuenta que aquello es muy grande.
PAULINO.—Ya, pero... ¿Y qué dicen?
CARMELA.—¿Decir?
PAULINO.—Sí, decir. ¿Te dicen algo?
CARMELA.—¿A mí?
PAULINO.—Sí, a ti. ¿Te hablan?
CARMELA.—Muy poco... Casi nada.
PAULINO.—¿Como qué?
CARMELA.—No sé... Por ejemplo: «Mal año»...
PAULINO.—Mal año... ¿Y qué más?
CARMELA.—Pues... «Vaya con Dios»...
PAULINO.—¿Y qué más?
CARMELA.—Pues... «Menudo culo»...
PAULINO.—¿Cómo?
CARMELA.—Menudo culo.
PAULINO.—¿Eso te dicen?
CARMELA.—Bueno, me lo ha dicho uno.
PAULINO.—¿Quién?
CARMELA.—No sé. Aún no conozco a nadie.
PAULINO.—«Menudo culo»... ¿Será posible?
CARMELA.—Era uno así, grandote, moreno, socarrón, con la cabeza abierta, apoyado en un margen...

PAULINO.—¡Cómo está el mundo!

CARMELA.—Bueno, el mundo...

PAULINO.—O lo que sea... ¿Y tú que has hecho?

CARMELA.—¿Yo?

PAULINO.—Sí, tú. Seguro que te ha hecho gracia...

CARMELA.—Hombre, gracia... Pero no se le notaba mala intención.

PAULINO.—Faltaría más: con la cabeza abierta...

CARMELA.—Pues no te creas, que, así y todo, resultaba buen mozo...

PAULINO.—Ya: buen mozo... Tú, por lo que veo, no cambiarás ni...

CARMELA.—Anda, tonto... ¿Que no ves que lo digo para ponerte celoso? Ni le he mirado siquiera. Buena estoy yo para andar coqueteando. Si ni me lo siento, el cuerpo...

PAULINO.—¿Te duele?

CARMELA.—¿Qué?

PAULINO.—Eso... las... ahí donde...

CARMELA.—No, doler, no. No me noto casi nada. Es como si... ¿Cómo te lo diría? Por ejemplo: cuando se te duerme una pierna, ¿verdad?, sí, la notas, pero como si no fuera tuya...

PAULINO.—Ya, ya... Y, por ejemplo, si te toco así... *(Le toca la cara.)*, ¿qué notas?

CARMELA.—Pues que me tocas.

PAULINO.—Ah, ¿sí?

CARMELA.—Sí. Un poco amortecido, pero lo noto.

PAULINO.—Qué curioso... Yo también te noto, pero... no sé cómo decirlo...

CARMELA.—Retraída.

PAULINO.—Eso es: retraída. Qué curioso... Y... ¿darte un beso, puedo?

CARMELA.—No: darme un beso, no.

PAULINO.—¿Por qué no?

CARMELA.—Porque no. Porque estoy muerta, y a los muertos no se les da besos.

PAULINO.—Ya, pero...

CARMELA.—Ni pero, ni nada.

PAULINO.—Bueno, bueno: no te pongas así...

CARMELA.—Es que tú, también...

PAULINO.—Como no me pude ni despedir...

CARMELA.—Pues ahora, ya, te aguantas.

PAULINO.—Claro.

CARMELA.—Yo también me aguanto, no te creas.

PAULINO.—¿Sí?

CARMELA.—Me supo muy mal.

PAULINO.—¿Sí?

CARMELA.—Muy mal, sí.

PAULINO.—¿Y no... no me guardas rencor?

CARMELA.—¿Rencor? ¿Por qué?

PAULINO.—Mujer, por aquello..., porque yo no...

CARMELA.—Mira, Paulino: cada uno es cada uno.

PAULINO.—Eso es verdad.

CARMELA.—Y tú, no te lo tomes a mal, pero siempre has sido un cagón.

PAULINO.—Carmela, por Dios, yo...

CARMELA.—Un cagón, Paulino. Las cosas son como son. En la escena, un ángel; en la cama, un demonio... Pero, en todo lo demás, un cagón. ¿O no?

PAULINO.—Mujer, yo...

CARMELA.—Acuérdate en Oviedo, sin ir más lejos, con el fulano aquel de la sala de fiestas... ¿Cómo se llamaba?

PAULINO.—Don Saturnino.

CARMELA.—Eso: don Saturnino.

PAULINO.—¡Menudo pájaro! ¡No me lo recuerdes! Misa diaria, concejal, ocho hijos..., uno de ellos mongólico y otro canónigo de la catedral..., y él, por las noches, gerente del peor tugurio del norte de España... No me lo recuerdes.

CARMELA.—Te lo recuerdo sólo para que recuerdes lo valiente que eres.

PAULINO.—¿Yo?

CARMELA.—Sí, tú. Que ahora, mucho despotricar contra él, pero entonces casi me lo metes en la cama.

PAULINO.—¿Cómo puedes decir eso, Carmela?

CARMELA.—Pues, ya ves: lo digo.

PAULINO.—Eres injusta conmigo. Yo sólo te pedía que le pusieras buena cara para que no nos despidiera. Porque yo, con mi afonía, estaba en muy baja forma.

CARMELA.—¿Y por eso no abrías la boca cuando te gritaba y te insultaba delante de todo el mundo?

PAULINO.—Ya sabes que estaba afónico y casi no podía ni hablar.

CARMELA.—Afónico, sí... Eso es lo que te pasa: que te quedas afónico en cuanto hay que pelear por algo.

PAULINO.—Yo soy un artista, no un boxeador... Y además que, cuando hace falta, también saco lo que hay que sacar...

CARMELA.—¿Qué sacas tú?

PAULINO.—Lo que hay que sacar. En Albacete, el año pasado, por ejemplo... ¿Ya no te acuerdas?

CARMELA.—¿En Albacete?

PAULINO.—Sí, en Albacete. ¿Quién les plantó cara a aquellos milicianos que nos querían requisar todo el equipo?

CARMELA.—No me acuerdo.

PAULINO.—Ah, no te acuerdas... ¿No te acuerdas de las agallas con que fui a buscar al sargento, me planté delante de él y le dije: «Señor sargento: sus hombres...»?

CARMELA.—Era un cabo.

PAULINO.—¿Cómo?

CARMELA.—Que era un cabo, no un sargento, ya me acuerdo..., y estaban todos medio borrachos, de broma.

PAULINO.—¿De broma? ¿Estás segura?

CARMELA.—Como que había cuatro de Huelva y acabamos cantando fandangos, ¿no te acuerdas?

PAULINO.—Eso fue al final, después de que yo les planté cara y puse las cosas en su sitio.

CARMELA.—Ya...

PAULINO.—Por cierto, ¿los has visto?

CARMELA.—¿A quién?

PAULINO.—A los de la otra noche...

CARMELA.—¿A quién de la otra noche?

PAULINO.—A los milicianos de la otra noche... *(Señala un lado de la sala.)* Los que estaban aquí, presos...

CARMELA.—¿Presos?

PAULINO.—Sí, los prisioneros... ¿No te acuerdas? Los que iban a...

CARMELA.—¿Qué noche?

PAULINO.—La otra noche, aquí, cuando hicimos la función.

CARMELA.—¿Qué función?

PAULINO.—La función de... ¿Es posible que no te acuerdes?

CARMELA.—De muchas cosas no me acuerdo, a veces... Se me van, me vienen...

PAULINO.—Claro, es natural, pero...

CARMELA.—Ahora mismo, por ejemplo, me acabo de acordar de que tengo que irme...

PAULINO.—¿Qué te tienes que ir? ¿Adónde?

CARMELA.—No sé... Me va por la cabeza que he de acudir a un sitio...

PAULINO.—¿A qué sitio?

CARMELA.—No sé, pero tengo que ir...

PAULINO.—¿Para qué?

CARMELA.—No me acuerdo... Alguien dijo que teníamos que acudir a no sé dónde, para no sé qué...

PAULINO.—Pero, volverás, ¿no?

CARMELA.—Sí..., supongo que sí...

PAULINO.—Prométeme que volverás, Carmela. No me puedes dejar así.

CARMELA.—¿Así? ¿Cómo?

PAULINO.—Pues así, con este..., con esta... Bueno: tú ya me entiendes.

CARMELA.—Sí, te entiendo. Haré todo lo posible por volver... *(Va a salir.)*

PAULINO.—Diles que te dejen..., diles que yo, que tú...

CARMELA.—¿A quién se lo digo?

PAULINO.—No sé, tú sabrás... A los que manden...

CARMELA.—Allí no manda nadie... creo.

PAULINO.—Pues entonces vuelve, ¿eh? Te espero.

CARMELA.—Sí, espérame... *(Sale por donde entró. Se apaga la luz blanquecina.)*

PAULINO.—*(Habla hacia el lateral, sin atreverse a seguirla.)* Te espero aquí, ¿eh, Carmela? Aquí mismo... Ni moverme... Hasta que vuelvas. Y no te vayas a olvidar, que tú... *(Gesto de despiste.)* Y más ahora, recién muerta... *(Piensa.)* Recién... Pero, entonces, ¿cómo es posible que...? Porque yo no estoy borracho... *(Se palmea la cara. Mira el escenario, luego la sala, y otra vez el escenario, recorriéndolo. Se detiene ante la zona del lateral por donde entró y salió* CARMELA: *parece que quiere inspeccionar la salida, pero no se atreve. Le asalta una idea repentina y comienza a actuar precipitadamente: toma la garrafa de vino y la deja en un lateral, fuera del escenario; hace lo mismo con la gramola y la bandera. Arreglándose el traje y el pelo, limpia con los pies la suciedad del suelo y se coloca en el proscenio, frente al público. Una vez allí, cierra los ojos y aprieta los puños, como deseando algo muy intensamente, y por fin adopta una actitud de risueño presentador. Cuando parece que va a hablar, descompone su posición, mira la luz de ensayos y sale por un lateral. Se escucha el «clic» del interruptor y la luz se apaga. Tras una breve pausa, a oscuras, entra de nuevo y se coloca en el centro del proscenio, gritando hacia el fondo de la sala).* ¡Cuando quiera, mi teniente! ¡Estamos dispuestos! *(Silencio. No ocurre nada. Vuelve a gritar).* ¡Adelante con la prueba de luces, mi teniente! ¡Avanti! ¡Stiamo presti! ¡Luci, mio tenienti![4]. *(La escena se ilumina brillantemente.* PAULINO, *que ahora tiene puesto un gorro de soldado nacional y lleva unos papeles en la mano, queda un momento cegado.)* Bueno, hombre, bueno... No se ponga así... ¿Seguro que al principio va

---

[4] Como es evidente, el italiano que emplea Paulino es macarrónico y mezcla expresiones correctas del italiano con italianizaciones más o menos ingeniosas de expresiones castellanas. El sentido de sus palabras es siempre transparente, por lo que creo inútil proceder a cualquier intento de «traducción».

toda esta luz? *(Hojea los papeles y grita.)* ¿Tuta questa luce, in principio? *(Las luces se apagan y vuelven a encenderse, esta vez con menos intensidad.)* Ya me parecía a mí... *(Nuevo apagón y nuevo encendido, aún con menos intensidad.)* ¡No tanto, hombre, no tanto, que nos deja a oscuras!... ¡No tanti, uomo, no tanti!... *(La luz desciende más.)* ¡Que no tanto, digo, que no la baje tanto! ¡Al contrario: más luz! ¡Più, più, più...!

(Se asoma CARMELA *por un lateral, acabando de vestirse con un lamentable traje de andaluza.)*

CARMELA.—Pero, ¿a qué viene ahora hacer el pájaro? Eso no lo hemos ensayado...

PAULINO.—*(Bufando.)* ¡Qué pájaro ni qué hostias! Que le estoy diciendo al teniente que más luz... Pero ése, además de maricón, es sordo...

CARMELA.—Ah, bueno... *(Desaparece.)*

PAULINO.—*(Consultando los papeles.)* Vamos a ver, vamos a ver... No nos pongamos nerviosos, que aún falta una hora... *(Consulta su reloj.)* ¿Una hora digo? ¡Sólo media! *(Encuentra la hoja que buscaba.)* Aquí está: «Principio»... Eso es... *(Grita hacia el fondo de la sala).* ¡Los rojos! ¡Los rojos, mi teniente! ¡I rossi![5]. *(Apagón total.)* ¡No, hombre! ¿Qué hace? No se asuste... ¡Quiero decir los botones rojos! Que apriete sólo los botones rojos para el principio! ¡I bottoni rossi! *(Se enciende la luz con intensidad media.)* ¡Por fin! ¡Eso es! ¡Perfecto! ¡Perfetto, mio tenente! ¡Así! ¡Cosí, cosí!... ¡Principio, cosí! ¡I bottoni rossi! *(Da un bufido de alivio y habla hacia el lateral, a* CARMELA.) Como esto dure mucho, me voy a destrozar la voz a fuerza de gritos... Y luego, los dúos los vas a hacer de ventrílocua... *(Al fondo de la sala.)* ¡Oiga usted, mi teniente!

---

[5] Tanto el empleo del italiano macarrónico como la poco gallarda personalidad del teniente, sirven en esta función como objeto de burla. La confusión que padece el teniente cuando Paulino se refiere a los botones rojos *(i rossi)*, le hace temer la llegada inopinada del enemigo y huye cobardemente.

¿Por qué no abre la ventanita de la cabina y así me oirá mejor? ¡La finestrina de la cabina, aprire, aprire...! *(Se acompaña de gestos superexpresivos. Fuerza la vista y suspira.)* ¡Eso es! ¡Muy bien! ¡Molto bene, mio tenente! ¡Cosí, voce mía, no cascata...! *(Hacia el lateral.)* Y menos mal que aprendí algo de italiano en el Conservatorio, que si no, no sé qué hubiéramos hecho...

CARMELA.—*(Entra de nuevo, todavía tratando de sujetarse el vestido.)* Costura podías haber aprendido, y mejor nos vendría ahora... Anda, ayúdame a abrocharme, que este pingajo se me va a caer todo en medio de la fiesta.

PAULINO.—¿Pingajo? No, mujer: si te queda muy bien...

CARMELA.—¡Anda allá, muy bien...! Ni una hora he tenido para hacérmelo... Y de unas cortinas que, no veas... Mira que salir delante de toda esa hombrada hecha un adefesio...

PAULINO.—De verdad que no... *(Hacia el fondo de la sala, mientras ayuda a* CARMELA.) ¡Un momento, mi teniente! *(Sonríe forzadamente.)* ¡Cose de donne...! *(A* CARMELA.) De verdad que estás muy salerosa...

CARMELA.—El salero te lo iba a meter yo por la boca... Tenías que haberles dicho que, sin los vestidos, por lo menos, no podíamos actuar...

PAULINO.—Ya se lo he dicho...

CARMELA.—Y que si los quieren, pues que vayan a Azaila[6], que lo conquisten, tan valientes que son, y que nos los traigan...

PAULINO.—*(Temeroso.)* ¿Quieres callar, imprudente?

CARMELA.—Y ya verían qué gala tan bonita les hacíamos. Pero así, sin nada... *(Bruscos cambios de luces.)*

PAULINO.—¡Ya voy, ya voy, mi teniente! *(Empujando a* CARMELA *fuera de escena.)* Anda y acaba tú...

CARMELA.—*(Fuera.)* ¡En bragas voy a quedarme al primer baile, ya verás!...

---

[6] Azaila es un pueblo de la provincia de Zaragoza próximo a Belchite. A lo largo de la pieza aparecen otras referencias topográficas, casi todas ellas muy conocidas, por lo que no creo preciso anotarlas.

PAULINO.—*(Hacia el fondo de la sala.)* Usted perdone, mi teniente, pero es que... la signorina Carmela está muy nerviosa por tener que actuar así: sin decorados, sin vestuario, sin atrezzo, sin niente de niente... *(Cambios de luces.)* Bueno, sí: luces, sí. Muy buenas las luces. Molto buone. Luci, splendide... Menos male, porque, si no, estaríamos a peli..., quiero decir... Bueno, ya me entiende. En fin, a lo que iba: hágase usted cargo de que nosotros somos artistas también, aunque modestos... No como usted, claro, pero artistas... De varietés, claro, pero artistas... Aquí donde me ve, yo tenía una brillante carrera de tenor lírico... Io, tenore lírico de... zarzuela, ¿comprende? ¿Capisce «zarzuela», operetta spagnola? *(Canta.)*

Hace tiempo que vengo al taller
y no sé a qué vengo.
Eso es muy alarmante...[7].

(Carraspea.) Tenore lírico, sí, pero la guerra..., quiero decir, la Cruzada, el Glorioso Alzamiento Nacional..., pues eso: carriera cargata, spezzata... Y Carmela, la signorina: una figura del baile andaluz, flamenco... ¿Comprende, «flamenco»? *(Taconea.)* ¡Olé, gitano!... En fin, mi teniente, a lo que iba: hágase cargo de que es muy duro para unos artistas dar menos de lo que pueden dar, y encima darlo mal, ¿comprende? Cosa mala fare arte cosí, spogliati, smantellati, smirriati... ¿Non è vero? E verissimo, mi teniente, no me lo niegue... Usted lo sabe muy bien, como artista que es, italiano además, de la cuna del arte... Italia, ahí es nada: Miguel Ángel, Dante, Petrarca, Puccini, Rossini, Boccherini, Mussolini[8]. En fin, para

---

[7] Se trata de un pasaje perteneciente a la famosa zarzuela *La del manojo de rosas*, cuya música fue compuesta por Pablo Sorozábal y su letra por Carreño y Ramos de Castro.

[8] La inclusión de Mussolini en esta lista de acreditados artistas italianos revela una nueva muestra de servilismo por parte de Paulino y resulta a su vez ridícula por desmesurada y absurda.

qué seguir: aquello está lleno. Pues eso: ya comprenderá lo apurados que estamos la Carmela y un servidor por tener que improvisar una velada en estas condiciones... Y más ante un público tan... tan...

CARMELA.—*(Saliendo furiosa, aún a medio vestir.)* ¡Tantarantán! Déjame, que yo se lo voy a poner claro en cuatro palabras...

PAULINO.—*(Tratando de evitarlo.)* Tú no abras la boca, que nos pierdes... *(Al fondo.)* Ya ve lo nerviosa que está, mi teniente...

CARMELA.—¡No estoy nerviosa, su teniente! Lo que estoy es furiosa, ea.

PAULINO.—Carmelilla, por Dios...

CARMELA.—*(Al fondo.)* Aquí Paulino y una servidora no tenemos por qué hacer el ridículo delante de la tropa...

PAULINO.—Del ejército, Carmela...

CARMELA.—Pues del ejército, que además, seguro, para celebrar la ocupación de Belchite...

PAULINO.—La liberación, quieres decir...

CARMELA.—Eso, la liberación..., pues seguro que han liberado también las bodegas, y no le quiero decir las ganas de bulla que traerán en el cuerpo.

PAULINO.—Calla, Carmela, que el teniente casi no entiende el español. Yo se lo explicaré... *(Al fondo.)* Verá usted, mio tenente: la signorina vuole dire...

CARMELA.—Oye, ¿seguro que está ahí?

PAULINO.—¿Quién? ¿El teniente? Pues, claro: si estoy hablando con él desde hace un rato...

CARMELA.—Mira que si se ha largado...

PAULINO.—¿Cómo se va a ir así, por las buenas, sin decirme nada? Es un hombre educadísimo... *(Grita hacia el fondo.)* ¡Mi teniente! ¡Mi teniente! *(Escuchan.)*

CARMELA.—¿No te digo yo que...?

PAULINO.—¡Mi teniente! ¿Está usted ahí?

CARMELA.—Lo que yo te diga, Paulino: ése se ha largado. Y seguro que con el peluquero, que le iba rondando esta tarde.

PAULINO.—¡Calla, insensata! *(Al fondo.)* ¡Mi tenien...! *(Le falla la voz. Aterrado, se lleva las manos a la garganta. Susurrando.)* ¡Ay, Dios mío!

CARMELA.—¿Qué te pasa?

PAULINO.—*(Ídem.)* ¡La voz!

CARMELA.—¿Qué voz?

PAULINO.—La mía... Ya se me ha cascado...

CARMELA.—¿Cómo se te va a cascar por dos gritos de nada?

PAULINO.—Yo ya me lo temía... Entre el susto de esta mañana, el frío que hace, y ahora los gritos...

CARMELA.—¿Quieres hablar normal y verás cómo no te pasa nada?

PAULINO.—No voy a poder cantar, ni siquiera hablar y, entonces, adiós función...

CARMELA.—¡Pues mira tú qué disgusto me iba a llevar yo...! Por tu madre, Paulino: sigue afónico hasta mañana y nos salvamos de esta mierda.

PAULINO.—*(Con la voz normal.)* ¿Y quién nos salva de que nos fusilen por desacato, eh? ¡Buena es esta gente...!

CARMELA.—Vaya, hombre: ya te ha vuelto la voz...

PAULINO.—Es verdad: ya me ha vuelto... *(En distintos tonos e intensidades.)* Me ha vuelto... vuelto... vuel... toooo...

CARMELA.—Tú, con tal de hacerme la puñeta...

PAULINO.—Pero se me puede ir en cualquier momento, durante la función... ¿Y qué hacemos entonces?

CARMELA.—Tú lo tienes muy fácil: con hacer el número de los pedos...

PAULINO.—*(Como si le hubiera mentado a la madre.)* ¡Calla, Carmela!

CARMELA.—Pues, ¿qué pasa? Si te salía muy bien y gustaba siempre mucho...

PAULINO.—¡Que calles, te digo! ¿Quieres mortificarme?

CARMELA.—¿Yo?

PAULINO.—¡Nunca más! ¿Me oyes? ¡Nunca más! ¡Lo juré en Barcelona, y nunca más! Aunque me muera de hambre.

CARMELA.—También lo juraste en Logroño...

PAULINO.—En Logroño no lo juré: lo prometí, que no es lo mismo.

CARMELA.—Bueno, si tú lo dices...

PAULINO.—Pero, ¿es que no lo comprendes, Carmela? ¿No te das cuenta de cómo me humillas recordándome esa... esa...? ¡Yo soy un artista, un cantante!

CARMELA.—¿Y eso qué tiene que ver? Si además tienes ese don que Dios te ha dado...

PAULINO.—¿Don? ¿Llamas don a esa..., a esa ignominia?

CARMELA.—¿A esa qué?

PAULINO.—A esa vergüenza, a ese castigo, a esa cruz...

CARMELA.—Mira que eres exagerado...

PAULINO.—No soy exagerado. Lo que pasa es que tengo dignidad. ¿Sabes lo que es eso? No, sospecho que no...

CARMELA.—Oye, sin faltar... Que yo, cuando quiero, me sé poner tan digna como la que más...

PAULINO.—Me refiero a la dignidad del artista, ¿comprendes?

CARMELA.—Ah, bueno... Si te pones así...

PAULINO.—Me pongo en mi sitio. Y si alguna vez tuve que salirme, o sea, rebajarme, o sea, perder la dignidad...

CARMELA.—¿Te refieres a echar mano de los pedos?

PAULINO.—¡De los pedos, sí! ¡De ese... «don divino», como tú le llamas...! Ya ves qué don divino será, que por su culpa me echaron del seminario a los trece años...

CARMELA.—¿Te echaron? Pues, ¿no me habías dicho que te saliste porque un cura te andaba...?

PAULINO.—Me andaba toqueteando a todas horas, sí, aquel cura... Pero la verdad es que me echaron, me expulsaron, porque, para hacerme el gracioso con mis compañeros, lucía el «don divino» en plena misa, en el momento de la consagración...

CARMELA.—*(Santiguándose.)* ¡Jesús, María y José! ¿Y por qué esa herejía?

PAULINO.—No te sabría explicar... Pero tengo muy claro que, de mayor, cada vez que he caído en su... comercio, o sea, cada vez que me he rebajado a ganarme la vida... con eso... pues, eso: algo se ha roto en mí.

CARMELA.—¿Qué se te ha roto?

PAULINO.—Por dentro, quiero decir...

CARMELA.—Por dentro, no sé... Pero, por fuera, nos hubieran roto la cabeza en Barcelona y en Logroño si no llegas a actuar con los pedos... Tú afónico, yo tísica, a ver cómo hubiéramos cumplido los contratos...

PAULINO.—Hay un contrato más importante, Carmela, y es el que un artista tiene firmado con las musas.

CARMELA.—¡Caray, Paulino! Cómo estás hoy... Si parece que te has escapado de una comedia de don Jacinto Benavente[9].

PAULINO.—Basta, Carmela: no discutamos más. Pero, entérate: yo soy un cantante. Sin suerte, es verdad, pero un cantante. Y los pedos son lo contrario del canto, ¿comprendes? Los pedos son el canto al revés, el arte por los suelos, la vergüenza del artista... Y si uno lo olvida, o no lo quiere ver, o lo sabe y le da igual, y se dice: «A la gente le gusta, mirar cómo se ríen, a vivir de los pedos... o de lo que sea», entonces, entonces, Carmela, es... es... pues eso: la ignominia...

CARMELA.—¡Y dale...!

PAULINO.—Le doy, sí: a ver si te enteras de una vez. No más pedos en mi carrera... ni aunque me fusilaran los fascistas... *(Repara de pronto en lo que ha dicho y su exaltación se calma al punto. Mira, medroso, en torno suyo.)* Pero... ¿qué estoy diciendo? ¿Cómo he podido...? *(A* CARMELA, *airado.)* ¿Te das cuenta de cómo me provocas con tus...?

CARMELA.—¿Quién te provoca? Si te has puesto así tú solito...

---

[9] Jacinto Benavente (1866-1954) es el comediógrafo español más valorado desde los últimos años del siglo XIX hasta mediados del XX. Premio Nobel de Literatura en 1922 fue, sin embargo, contestado por parte de la crítica más exigente, encabezada por Pérez de Ayala. En cualquier caso, se le consideraba como un maestro del diálogo y se valoraban su ingenio y la agudeza, la brillantez y el refinamiento —a veces excesivo— de su escritura. De ahí la oportunidad del comentario de Carmela, para quien Paulino se expresa con esa mezcla de propiedad y cursilería propia de tantos personajes benaventinos.

PAULINO.—*(Muy nervioso.)* ¿Dónde está el teniente? *(Al fondo de la sala.)* ¡Mi teniente!

CARMELA.—Yo, para mí, que han suspendido la función...

PAULINO.—Me extrañaría mucho. *(Baja la voz, inquieto.)* ¿Y si es un truco para ver si nos vamos de la lengua?

CARMELA.—¿En qué nos íbamos a ir?

PAULINO.—No sé... Tal vez creen que somos espías, o algo así... *(Grita hacia el fondo.)* ¡Mi teniente!

CARMELA.—¿Espías, tú y yo? ¡Ay qué risa, María Luisa! Pero si esta mañana les hemos dicho todo lo que han querido, y más...

PAULINO.—Ya lo sé... Pero esta gente es muy desconfiada. Ven rojos por todas partes... ¿Dónde está Gustavete?

CARMELA.—Ha ido a ver si le arreglaban la gramola.

PAULINO.—Ésa es otra: Gustavete manejando la gramola... Menuda gramola y menudo Gustavete... *(Hacia el fondo.)* ¡Mi teniente!

CARMELA.—¿Qué tienes que decir del chico?

PAULINO.—No digo nada... ¿Sabes qué se me ocurre? Vamos a disimular.

CARMELA.—¿A disimular?

PAULINO.—Sí: hagamos como que estamos ensayando un baile...

CARMELA.—Pero, ¿no es ya la hora de empezar?

PAULINO.—Por eso mismo: es ya la hora de empezar, y el teniente no respira, la tropa no aparece... Esto me da muy mala espina... Vamos... *(Se colocan en posición de iniciar un número de baile.)*

CARMELA.—Mira, Paulino, no empieces con tus aprensiones, que te conozco... y me conozco: tú te asustas, me asustas a mí, tú te asustas más de verme asustada y yo...

PAULINO.—¡Un, dos, tres: ya! *(Comienzan a evolucionar por escena en rudimentaria coreografía, y continúan dialogando mientras acechan, inquietos, la sala y los laterales del escenario.)* ¿Qué le estaba diciendo?... ¡Un, dos, un, dos!

CARMELA.—¿A quién?

PAULINO.—Al teniente... ¡Tres, cuatro, tres, cuatro!

CARMELA.—¿Cuándo?

PAULINO.—Hace un momento, antes de salir tú... ¡Vuelta derecha, un, dos!... La última vez que manejó las luces fue...

CARMELA.—¿Y qué más da eso?

PAULINO.—¡Vuelta izquierda, tres, cuatro!... Por si dije alguna imprudencia...

CARMELA.—¿Imprudencia, tú? Me extrañaría...

PAULINO.—¡Cinco, seis, atrás!... Ya sé: le estaba diciendo que esto de actuar así, con lo puesto...

CARMELA.—¿Con lo puesto? ¡Ojalá pudiera yo actuar con mi ropa, y no con estas cortinas remendadas...!

PAULINO.—*(Se detiene.)* ¡Tu ropa! ¿Dónde está tu ropa?

CARMELA.—¿Dónde va a estar? En ese camerino lleno de cucarachas que...

PAULINO.—*(Asustado.)* ¿Qué hiciste con la octavilla de la CNT [10] que nos dieron anoche en Azaila?

CARMELA.—¡Ay, hijo! Qué susto me has dado... La usé anoche mismo, en el retrete.

PAULINO.—¿Seguro que no la llevabas esta mañana en el bolsillo?

CARMELA.—¿Tan guarra te crees que soy?

PAULINO.—No, mujer... Estoy pensando que... Pero, sigamos... ¡Un, dos, un, dos!... Estoy pensando que esta mañana, al detenernos, nos han registrado muy finamente...

CARMELA.—Eso es verdad: las cosas como son.

PAULINO.—En el interrogatorio también han estado muy amables...

CARMELA.—Mucho. El sargento no hacía más que decirme: «Tranquila, prenda, que esto es un puro trámite...».

PAULINO.—Y cada vez que te lo decía, tocadita al culo.

CARMELA.—Al culo, no: aquí arriba.

---

[10] La Confederación Nacional del Trabajo, el sindicato anarquista fundado en 1911, cuya influencia en el campesinado aragonés durante la guerra civil fue extraordinaria.

PAULINO.—Y se han creído enseguida que hemos cruzado las líneas sin darnos cuenta...

CARMELA.—¿Es que no es verdad? *(Van dejando de bailar.)*

PAULINO.—Ya, pero eso, ¿en qué cabeza cabe?

CARMELA.—Hombre: con la niebla que había...

PAULINO.—Sí, anda y diles tú a unos militares que te has pasado, sin enterarte, de la zona republicana a la zona nacional en una tartana, como si fueras a almorzar a la fuente...

CARMELA.—A almorzar, no; pero a comprar morcillas sí que veníamos.

PAULINO.—A comprar morcillas vendrías tú, que yo venía a ver si nos contrataban en Belchite para las fiestas.

CARMELA.—Pero, ¿qué fiestas iban a celebrar sabiendo que los fascistas estaban ya en Teruel?

PAULINO.—Nadie se imaginaba que avanzarían tan de prisa.

CARMELA.—Pues, ya ves: aquí los tienes.

PAULINO.—Oye, pero, ¿qué estamos discutiendo?

CARMELA.—Ah, tú sabrás...

PAULINO.—Claro, tú, en cuanto abro la boca, me llevas la contraria, y ya la tenemos.

CARMELA.—¿Yo? Pero si eres tú quien me replicas todo lo que digo...

PAULINO.—¿Qué te replico yo a ti?

CARMELA.—Todo: que si el culo, que si la niebla, que si las morcillas...

PAULINO.—No es verdad: eras tú quien decías que yo no tenía por qué extrañarme de que ellos hubieran creído que nosotros...

(De pronto se produce un cambio de luces. Los dos se inmovilizan, sorprendidos, pero CARMELA *reacciona rápidamente y transforma su discusión en un número musical improvisado.)*

CARMELA.—*(Cantando y bailando.)*

Se han creído que nosotros
no nos vamos a extrañar,

porque digan que tú dices
que ya no me quieres «ná»...[11].

(Nuevo cambio de luces, más enérgica. CARMELA *se dirige con resolución al proscenio y habla al «Teniente», mientras* PAULINO *aún permanece aturdido por la anterior reacción de ella.)*

¿Está usted ahí, señor teniente? Una hora hace que le estamos llamando... Y es para decirle que le diga usted al señor comandante que nosotros aún no estamos preparados, ni la música a punto. Así que haga el favor de poner a la tropa a hacer instrucción como una media hora, que les vendría muy bien para bajar el vino, mientras aquí Paulino y una servidora acaban de arreglarse...

PAULINO.—*(Reaccionando, pero balbuciente aún.)* Dice... mio tenente... la signorina dice... vuole dire... que noi...

(Pero ya CARMELA *le ha tomado de la mano y le saca resueltamente de escena. Ésta queda un momento vacía. Bruscamente, se hace el oscuro. Sobre la oscuridad se escucha la voz de* CARMELA *acercándose.)* «¡Paulino!... ¡Paulino!» *(Entra por el lateral del fondo la luz blanquecina y vemos a* PAULINO *durmiendo en el suelo, hecho un ovillo. Vuelve a oírse, más cerca, la voz de* CARMELA, *y la luz de ensayos se enciende con un «clic».)*

CARMELA.—*(Entra vestida con su traje de calle.)* ¡Paulino!... *(Lo ve y acude a su lado.)* ¿Qué haces, Paulino? ¿Es-

[11] La letra de esta supuesta canción popular está compuesta por el dramaturgo.

tás...? *(Iba a despertarle, pero se contiene.)* Dormido, sí: pobre hijo. Lo cansado que debes de estar... *(Mira a su alrededor, sale de escena y vuelve al momento con la bandera republicana. Le cubre con ella.)* No vayas a coger frío... Con este invierno que no se acaba nunca... *(Le mira, pensativa.)* Dichoso tú, que por lo menos puedes dormir algún rato. Yo, en cambio, ya ves: todo el santo día... o la noche... o lo que sea esa cosa gris, más despierta que un centurión. Lo bonito que era eso de sentir el picor en los ojos, y luego la flojera por todo el cuerpo, y arrebujarse en la cama, o donde fuera, y dejar que se te llevaran las olitas del sueño, como decía mi abuela Mamanina... ¿Dónde estará ahora? ¿Me encontraré con ella... y con mi padre... y con mi tío El Cucharillas y su mujer La Talenta... y con Ramón el Risicas, mi primo, y...? ¡Vaya familia de muertos me ha tocado! Claro, que no me extraña: con la ración de miseria que nos tocó en la vida... Y aún decía doña Antoñona, la cacica: «Qué fuerza tienen los pobres: todo el día segando con sólo un limón y un par de algarrobas, y nunca se mueren...» La madre que la parió..., bien se la podía haber quedado dentro de la tripa, a doña Antoñona, cara de mona, como le decíamos de chicos... Lo que es ella y su familia, seguro que siguen vivos, y contentos, y gordos... Sí, gordos: que con una de sus tetas nos hubiéramos lucido yo y todas mis primas... *(Queda pensativa.)* ¡Qué raro!... Ya casi no puedo sentir envidia, ni rabia, ni... *(Se concentra y se esfuerza.)* ¡Doña Antoñona, cara de mona! ¡Don Melitón, amo cabrón!... [12]. *(Se «ausculta» en busca del sentimiento correspondiente.)* Muy poco, casi nada... ¿Y pena? A ver... *(Se concentra.)* ¡No te vayas, Mamanina! ¡No pongas esa cara! ¡Abre los ojos, cierra la boca...! *(Se «ausculta».)* Bueno, sí: aún me queda pena... ¿Y miedo? *(Se concentra.)* ¡Los civiles! ¡Que vienen los civiles! ¡Todos al barranco, deprisa! *(Se «ausculta».)* No, de miedo, nada...

---

[12] El caciquismo constituía uno de los males endémicos del campo español y una de las cuestiones que más preocupaban a los intelectuales y a las fuerzas progresistas españolas.

¿Y de... aquello? *(Mira a* PAULINO, *se concentra.)* ¡Dale, Paulino, no te pares! ¡Dale, dale, más..., ahora...! *(Se «ausculta».)* Psche... No gran cosa... ¡Qué lástima, Paulino! Con la de gustos que me dabas... Como cuando me lo hacías cantando aquello de: *(Canturrea, con leve movimiento acompasado.)*

¡Ay, mamá Inés! ¡Ay, mamá Inés!
Todos los negros tomamos café...

... llevando el ritmo como un negro rumbero... y sin desafinar ni una nota... *(Sonríe con pícara ternura.)* ¡Demonio de hombre! ¿Dónde aprenderías tú esas mañas? Seguro que no fue en el seminario... *(Cambio.)* Ya basta, Carmela. Agua que no has de beber... Más te valdrá ir olvidando las cosas buenas, para que no se te coma la añoranza... (PAULINO *se remueve y masculla algunas palabras entre sueños.)* Vaya: parece que el señor se quiere despertar. En buena hora sea...

PAULINO.—*(Soñando en voz alta.)* ¡No...! ¡Que no se la lleven!... ¡Ella no tiene...! ¡Ellos... la culpa... esos milicianos...! ¡... A cantar! ¡Ella no!... ¡Esos... que se han puesto...! *(Sigue murmurando, sin que se le entienda.)*

CARMELA.—¡Mira con qué me sale éste! ¡Pues no está soñando...! Y en voz alta, además... Vaya novedad... *(Intenta despertarle con suavidad.)* Despierta, chiquillo, y no te hagas mala sangre con lo que ya no tiene remedio... Pauli, Paulino... Nada: como una criatura en el primer sueño... Si hasta se le salen los mocos... *(Le limpia la nariz con un pañuelo.* PAULINO *refunfuña, pero sigue durmiendo.)* La culpa, dices... Sabe Dios quién la tiene... Los milicianos... yo... tú... el tonto de Gustavete... la hostia consagrada... Pero no: ellos no creo, pobres chicos. Ponerse a cantar, sí, eso me dio no sé qué... Aunque, claro, ¿qué iban a hacer? ¿Qué más les daba todo, si a la mañana les iban a fusilar? La ocurrencia de traerlos a ver la función, con cadenas y todo... Y yo, allí, haciendo aquello, con la bandera... ¡Qué mala leche, el teniente! En lugar de darles la última cena y matarles, como Dios manda, me los traen aquí, pobres hijos... a tragar quina. A mí me estuvo dando no sé qué desde el principio... Verles ahí, tan serios... *(Queda mirando la sala. Canturrea.)*

> ... pero nada pueden bombas,
> rumba, la rumba, la rumba, va
> donde sobra corazón,
> ay Carmela, ay Carmela.

(Como impulsado por un resorte, PAULINO *se incorpora y queda sentado, parpadeando.* CARMELA *se sobresalta.)*

Jesús, Paulino... Vaya manera de amanecer...

PAULINO.—*(Totalmente despierto.)* Ah, eres tú...
CARMELA.—Sí.
PAULINO.—Has vuelto.
CARMELA.—Ya ves.
PAULINO.—He soñado que... *(Se interrumpe.)*
CARMELA.—¿Qué?
PAULINO.—No, nada... Así que has vuelto...
CARMELA.—Sí, he vuelto.
PAULINO.—Menos mal.
CARMELA.—Sólo que... *(Se interrumpe.)*
PAULINO.—¿Qué?
CARMELA.—Me ha costado más.
PAULINO.—¿Qué quieres decir?
CARMELA.—Eso: que me ha costado más.
PAULINO.—¿Por qué?
CARMELA.—No sé... Era más difícil.
PAULINO.—¿Qué era más difícil?
CARMELA.—Volver... Volver aquí.
PAULINO.—¿No te dejaban?
CARMELA.—Allí nadie deja ni no deja.
PAULINO.—¿Entonces...?

CARMELA.—Ay, no sé... Mira que eres preguntón... ¿Y tú qué has hecho?

PAULINO.—¿Yo? Nada... Esperarte... *(Mira el escenario y la sala.)* Es curioso...

CARMELA.—¿Qué?

PAULINO.—Esto... Este sitio... Un teatro vacío.

CARMELA.—¿Por qué?

PAULINO.—La de cosas que...

CARMELA.—*(Mira el escenario y la sala.)* Sí, la de cosas...

(Quedan los dos mirando, en silencio.)

PAULINO.—¿Y tú dónde has estado?

CARMELA.—¿Cuándo?

PAULINO.—Todo este rato... Desde que te has ido...

CARMELA.—He estado... allí.

PAULINO.—Sí, pero, ¿dónde?

CARMELA.—No sé. Era... un cruce de vías.

PAULINO.—¿Un cruce?

CARMELA.—Sí: de vías de tren. Se cruzaban dos vías de tren.

PAULINO.—¿Quieres decir... una estación?

CARMELA.—No, no había estación. Sólo la caseta del guarda-agujas, o algo así, en medio del descampado.

PAULINO.—Qué raro... Una caseta...

CARMELA.—Sí, pero no estaba.

PAULINO.—¿Quién no estaba? ¿El guarda-agujas?

CARMELA.—Ni él, ni nadie. La gente iba llegando, se formaba la cola...

PAULINO.—¿La cola? ¿Os ponían en cola?

CARMELA.—No nos ponía nadie. Nos íbamos poniendo nosotros, al llegar...

PAULINO.—La costumbre, claro... ¿Y había mucha gente?

CARMELA.—Pues al principio, no; pero poco a poco la iba habiendo...

PAULINO.—¿Y estaba el tipo aquel..., el sinvergüenza de la cabeza abierta?

CARMELA.—Yo no lo vi. Como no fuera de los más borrosos...

PAULINO.—¿Borrosos? ¿Qué quieres decir? (CARMELA *no contesta.)* ¿Quieres decir que os vais... que se van... como borrando?

CARMELA.—Algo así... (PAULINO, *algo inquieto, le toca la cara. Ella sonríe.)* No, hombre... Ésos deben de ser muertos antiguos, del principio de la guerra... o de antes. No te preocupes: yo aún... *(Cambiando vivamente de tema.)* ¿Sabes quién ha estado un rato en la cola?

PAULINO.—No... ¿Quién?

CARMELA.—No te lo puedes ni imaginar... ¡A que no lo adivinas!

PAULINO.—¿Cómo voy a adivinarlo? Con la de muertos que...

CARMELA.—Es uno que hacía versos, muy famoso él. Seguro que lo adivinas...

PAULINO.—Ay, mujer, no sé...

CARMELA.—Sí, hombre, que lo mataron nada más empezar la guerra, en Granada... Es muy fácil.

PAULINO.—¿García Lorca?

CARMELA.—*(Muy contenta.)* ¡Sí!

PAULINO.—¿Federico García Lorca?

CARMELA.—¡Ese mismo!

PAULINO.—¡Caray! García Lorca... Muy famoso... ¿Y ha estado allí, contigo?

CARMELA.—Conmigo, sí, allí en la cola... Sólo un rato, al principio. Pero... no te lo vas a creer... ¿Sabes lo que me ha hecho?

PAULINO.—No. ¿Qué te ha hecho?

CARMELA.—¡Me ha escrito unos versos!

PAULINO.—¿A ti?

CARMELA.—¡Sí, a mí!

PAULINO.—¿Unos versos te ha escrito, a ti?

CARMELA.—Así como suena. Míralos, aquí los llevo... *(Saca un pedacito de papel.)* Con un lápiz...

PAULINO.—A ver, a ver... Qué importante: escribirte unos versos... ¿Y son bonitos?

CARMELA.—No sé: no los entiendo. Pero creo que sí...

PAULINO.—*(Tomando el papel.)* Trae, yo te los explicaré... *(Lee.)* El sueño se... se... Uf, vaya letra...

CARMELA.—Sí, ¿verdad?

PAULINO.—*(Lee.)*

El sueño se... desvela por... los muros
de tu silencio blanco sin... sin hormigas...
pero tu boca... empuja las... auroras...
con... con... con pasos de agonía.

CARMELA.—Muy fino, ¿verdad?

PAULINO.—*(Perplejo, sin saber qué decir.)* Sí, mucho... Claro, aquí él quiere decir... *(Enmudece.)*

CARMELA.—Yo lo que más entiendo es lo de la agonía.

PAULINO.—Sí, eso sí. Eso se entiende muy bien... En cambio, lo de las hormigas [13].

CARMELA.—De todos modos, reconoce que es un detalle...

PAULINO.—Y tanto que sí: menudo detalle... y más, estando como está... *(Vuelve a leer.)* De tu silencio blanco sin... ¿Hormigas, dice aquí?

CARMELA.—Sí: hormigas, hormigas...

PAULINO.—Ya ves, qué cosa... Silencio blanco sin hormigas...

CARMELA.—Y eso del sueño que se desvela, también tiene tela.

PAULINO.—También, también... El sueño se desvela por... Muy bonito, muy fino... *(Le devuelve el papel.)* Guárdalo bien, eh... No lo vayas a perder... ¿Y te los ha escrito allí mismo?

---

[13] Esta amplia referencia a Federico García Lorca (1898-1936) reviste un carácter de homenaje, a través del recuerdo de su poesía y de su asesinato por los nacionalistas en Granada durante el mes de agosto de 1936. Los versos que se han citado han sido compuestos por el propio Sanchis, pero se ha inspirado para ello en algunos versos de Lorca.

CARMELA.—Allí mismo. Con un lápiz... Estaba en la cola, muy serio, algo borroso ya... Bien trajeado...; con agujeros, claro... Pero se le veía un señor...

PAULINO.—Era un señor, sí... Y un poetazo. Yo me sé una poesía suya muy fuerte. Es aquella que empieza:

> Y yo me la llevé al río,
> creyendo que era mozuela,
> pero tenía marido... [14].

CARMELA.—Sí, yo también la conozco... Del «Romancero flamenco», ¿verdad?

PAULINO.—No, flamenco, no: gitano. El *Romancero gitano.*

CARMELA.—Eso. Muy bonita, sí... Pues allí estaba él, ya te digo, mirando el suelo, muy serio, y yo voy y le digo...

PAULINO.—¿Había hormigas?

CARMELA.—¿Dónde?

PAULINO.—En el suelo, allí donde él miraba...

CARMELA.—¿Y yo qué sé? Para fijarme en eso estaba yo...

PAULINO.—Sí, claro... Lo decía por... Pero sigue, sigue...

CARMELA.—Conque le digo: «Usted no es de por aquí, ¿verdad?»... Porque yo le notaba un no sé qué... Y él va y me contesta: «Pues usted tampoco, paisana». Y ahí nos tienes a los dos, hablando de Granada... Y resulta que conocía a la Carucas, una prima hermana de la hija del primer marido de mi abuela Mamanina, que había estado sirviendo en su casa...

PAULINO.—Ya ves tú, qué pequeño es el mundo...

CARMELA.—Eso mismo le dije yo, y él me contestó: «Muy pequeño, Carmela, muy pequeño... Pero ya crecerá».

PAULINO.—¿Eso te dijo?

CARMELA.—Sí.

PAULINO.—¿Ya crecerá?

---

[14] Paulino cita de memoria los primeros versos de «La casada infiel», incluido en el *Romancero gitano*, por lo que altera ligeramente el verso primero («Y que yo me la llevé al río»).

CARMELA.—Sí.

PAULINO.—Qué cosas... Ya crecerá...

CARMELA.—Y en ésas que se acerca el cura de Belchite, que casi no se aguantaba derecho de lo blandorro que estaba.

PAULINO.—¿Por qué, blandorro?

CARMELA.—No sé muy bien... Se ve que lo echaron del campanario abajo...

PAULINO.—Pobre hombre...

CARMELA.—Ya lo puedes decir, ya... Si vieras cómo sudaba.

PAULINO.—¿Sudar? ¿Con este frío?

CARMELA.—Del apuro que estaba pasando. Porque la gente ya se está empezando a cabrear.

PAULINO.—¿Por qué?

CARMELA.—Porque no dan la cara.

PAULINO.—¿Quién no da la cara?

CARMELA.—Nadie: ni Dios, ni la Virgen, ni la palomica...

PAULINO.—¿Qué palomica?

CARMELA.—La que vive con ellos.

PAULINO.—¿Te refieres al Espíritu Santo?

CARMELA.—Ése, sí. Pues ni el Espíritu ni nadie.

PAULINO.—Pero, mujer... Dios y la Virgen no van a ir por ahí, atendiendo a todos.

CARMELA.—Bueno, vale... Pero, por lo menos, no sé: los ángeles, los santos...

PAULINO.—En eso tienes razón.

CARMELA.—San Pedro, por ejemplo... ¿dónde está san Pedro?

PAULINO.—¿A mí qué me preguntas?

CARMELA.—Y, claro, pues todo va manga por hombro.

PAULINO.—No hay derecho...

CARMELA.—Había una mujer, muy enfadada, que no paraba de llamar a santa Engracia... «Pero, bueno, decía, ¿dónde está santa Engracia, a ver? Me he pasado la vida rezándole y poniéndole velas cada viernes... Más de doscientos duros en velas le habré puesto. Y ahora, ¿qué? ¿Dónde coño está santa Engracia?»... Y allí no aparecía ni santa Engracia ni nadie.

PAULINO.—Pobre mujer: doscientos duros y, ya ves...

CARMELA.—Tirados a la calle... Y claro, pues el cura todo era dar disculpas, y que si tengan paciencia, que si enseguida vendrá alguien... Pero, ¡ca! Allí nadie...

PAULINO.—*(Interrumpiéndole.)* Oye, Carmela...

CARMELA.—¿Qué?

PAULINO.—Yo... yo no sé lo que es esto.

CARMELA.—¿Lo que es, qué?

PAULINO.—Esto... Lo que nos pasa... Que tú estés aquí, muerta, y que podamos hablar, tocarnos... No entiendo cómo está ocurriendo, ni por qué...

CARMELA.—Yo tampoco, pero... ya ves.

PAULINO.—Te juro que casi no he bebido... Y soñar, ya sabes que yo no sueño nunca... o casi.

CARMELA.—No, tú con roncar, ya...

PAULINO.—Entonces, ¿cómo es posible?

CARMELA.—Qué quieres que te diga... A lo mejor, digo yo, como hay tantos muertos por la guerra y eso, pues no cabemos todos...

PAULINO.—¿En dónde?

CARMELA.—¿En dónde va a ser? En la muerte... Y por eso nos tienen por aquí, esperando, mientras nos acomodan...

PAULINO.—No digas tonterías, Carmela. ¿Crees tú que la muerte es... un almacén de ultramarinos?

CARMELA.—¿Y tú que sabes, di? ¿Te has muerto alguna vez?

PAULINO.—Claro, aquí la única muerta es la señora... ¡Pues, menuda...! ¿Dónde se ha visto una muerta comiéndose un membrillo?

CARMELA.—*(Que, en efecto, ha sacado un membrillo y lo está oliendo.)* ¡Me lo ha dado el cura! Y, además, no me lo estoy comiendo...

PAULINO.—Pero, ¿a que te lo puedes comer? A que sí... Anda, cómetelo y verás...

CARMELA.—*(Vacila.)* ¿Qué pasa si me lo como?

PAULINO.—Tú, cómetelo... (CARMELA, *tras dudar, muerde del membrillo. Triunfal.)* ¿Qué?

CARMELA.—¿Qué, qué?

PAULINO.—Eso: ¿qué notas?

CARMELA.—Que está soso.

PAULINO.—*(Sorprendido.)* ¿Soso?

CARMELA.—Sí: que no me sabe a nada.

PAULINO.—¿A nada? A ver... (CARMELA *se lo da.* PAULINO *muerde un bocado.)* Está riquísimo... *(Sigue comiendo.)* ¿Cómo puedes decir que no sabe a nada? *(Ídem, con voracidad.)* Yo lo encuentro en su punto: ni verde ni maduro. Y sabroso como... (CARMELA *se ha puesto a sollozar quedamente.* PAULINO *comprende, deja de comer y va a devolverle el membrillo. Muy azorado, no sabe qué hacer.)* Carmela, yo... Perdona... Tenías tú razón...

CARMELA.—*(Conteniendo el llanto.)* ¡Con lo que me gustaban los membrillos...!

PAULINO.—Carmela, por favor..., perdona... yo no... *(Le ofrece.)* ¿Quieres?

CARMELA.—*(Estalla en lágrimas.)* ¿Para qué? Si no me sabe a nada..., a nada...

PAULINO.—En realidad... sí que está un poco soso... Yo... *(Súbitamente violento, arroja el membrillo y la increpa.)* ¿Por qué lo hiciste, Carmela? ¿Por qué tuviste que hacerlo, di? ¿Qué más te daba a ti la bandera, ni la canción, ni la función entera, ni los unos, ni los otros, ni esta maldita guerra? ¿No podías haber acabado el número final y santas pascuas? ¿Quién te mandaba a ti ponerte brava, ni sacar las agallas, ni plantarles cara...?

CARMELA.—*(Furiosa, desde el llanto.)* ¡No me grites!

PAULINO.—*(Igual.)* ¡Tú eres la que no has de gritar!

CARMELA.—¿Por qué no?

PAULINO.—¡Porque estás muerta, y los muertos no gritan!

CARMELA.—¡Lo dirás tú, que no gritan! *(Grita.)*

PAULINO.—¡Ya ves!

CARMELA.—¿Qué veo?

PAULINO.—Lo que has conseguido: tú, más muerta que... que una rata muerta, y yo...

CARMELA.—¡No me insultes!

PAULINO.—Yo... ¡peor que muerto! ¿Qué pensabas ganar, eh? ¿Qué íbamos a ganar nosotros haciéndonos los héroes? ¿No era bastante haber aguantado casi dos años de guerra con nuestras «varietés»? ¿Te parece poco heroísmo ése? «Carmela y Paulino, variedades a lo fino»... ¡Menuda finura! Y de las capitales, a olvidarse, que hay mucha competencia... Y venga pueblo arriba y pueblo abajo, con los cuatro baúles... y el tonto de Gustavete, que es como llevar otro baúl, porque ni sirve para representante, ni para regidor, ni para tramoyista...

CARMELA.—¡No te metas con Gustavete!

PAULINA.—¡Eso: defiéndele! Ya salió santa Carmela, patrona de los subnormales...

CARMELA.—Para subnormales, tú. Que si no te hubieras dado tantos humos de artista con el teniente, no se le hubiera ocurrido hacernos actuar...

PAULINO.—Ah, ¿no? ¿Y qué nos hubieran hecho?

CARMELA.—Pues soltarnos y dejarnos marchar a las dos horas...

PAULINO.—¿Dejarnos marchar? ¿Dejarnos marchar, so cándida? Pero, ¿tú sabes lo que es una guerra? ¿Tú tienes idea de lo que está pasando por ahí? *(Señala hacia el exterior.)* Anda: sal a dar una vuelta y verás lo que te encuentras... Asómate a la escuela y mira cuántos «niños» han metido allí, y lo creciditos que están, y cómo les hacen cantar la tabla del siete... Y luego ve por las afueras y cuenta la gente que han sacado a «pasear» [15] y se ha quedado a «descansar» al borde de la carretera... Bueno, y sin ir más lejos: mira lo que han hecho contigo...

CARMELA.—Ya está bien, ¿no?

PAULINO.—Ya está bien, ¿de qué?

CARMELA.—De restregarme por las narices que estoy muerta. Que hasta parece que te alegras...

---

[15] Pasear y paseo son eufemismos macabros utilizados en ambos bandos durante la guerra civil para referirse a los fusilamientos de prisioneros o de meros sospechosos.

PAULINO.—¿Que me alegro yo de...?

CARMELA.—Bastante me pesa a mí, que ni el sabor de los membrillos noto.

PAULINO.—¿Cómo puedes decir que...? ¡Pero si eres tú quien...!

CARMELA.—*(Súbitamente, como escuchando algo.)* ¡Calla!

PAULINO.—¿Qué pasa?

CARMELA.—¿Oyes?

PAULINO.—*(Escucha también.)* ¿Oír, qué?

CARMELA.—¿No oyes nada?

PAULINO.—¿De qué?

CARMELA.—Bombas, cañonazos...

PAULINO.—Yo no oigo nada...

CARMELA.—Sí, allá lejos... Bum, brrruuum, bummm.

PAULINO.—No se oye ni una mosca, Carmela.

CARMELA.—Yo sí. Lejos, pero muy claro...

PAULINO.—Vamos, no te asustes... Son imaginaciones tuyas.

CARMELA.—Te digo que no. Lo oigo muy bien... ¡Mira que si los matan otra vez...!

PAULINO.—¿A quién?

CARMELA.—Hasta parece que los veo... Sí... Es allí... Las vías... La caseta... Hay humo... Explosiones...

PAULINO.—Carmela, por favor..., cálmate... ¿Cómo vas a ver eso que...? Son imaginaciones... No se oye nada, no se ve nada...

CARMELA.—Lo veo, sí... Caen muy despacio las bombas..., explotan despacio... Veo la tierra que salta... la metralla... *(Va hacia su salida.* PAULINO *la detiene.)*

PAULINO.—Estás aquí conmigo, Carmela..., en el teatro... Estás aquí... ¿Adónde vas?

CARMELA.—Ellos están allí... No huyen... se quedan quietos... andan despacio... se paran... ¡Van a matarlos otra vez!

(Bruscamente se desprende de PAULINO *y sale corriendo por la zona iluminada del fondo.)*

PAULINO.—¡Carmela, no...! *(Sale tras ella, pero al punto vuelve a entrar, como impulsado por una fuerza violenta que le hace caer al suelo. La luz blanquecina se apaga.)* ¡Carmela! *(Intenta incorporarse, pero está como aturdido y, además, se ha lastimado una pierna.)* ¡Carmela, vuelve! ¡Vuelve aquí! ¡Me he roto una pierna! ¡Estoy herido, Carmela! ¡Me he roto...! *(Pero comprueba que no es cierto y se pone en pie, aún ofuscado. Camina cojeando y vuelve a gritar, con menos convicción.)* ¡... una pierna! ¡No puedo andar, Carmela!... ¡Te necesito! ¡No puedes dejarme así! ¡Me he quedado cojo!...

(De pronto, la escena se ilumina brillantemente, al tiempo que comienza a sonar a todo volumen el pasodoble «Mi jaca». PAULINO, *asustado, se inmoviliza, mira las luces y también la sala. Se frota los ojos, se tantea la cabeza y, antes de que salga de su estupor, cae rápido el* TELÓN.)

SEGUNDO ACTO

Los primeros minutos transcurren exactamente como en el primer acto: oscuridad, sonoro «clic», luz de ensayos, entrada de PAULINO *con la garrafa, miradas al escenario, trago, nuevas miradas, cruce —desabrochándose la bragueta—, salida por el lateral opuesto, pausa, nueva entrada —abrochándose—, miradas y descubrimiento de la gramola, al fondo, en el suelo. Va también junto a ella y, en cuclillas, trata de ponerla en marcha. Al comprobar que no funciona, tiene otra vez el impulso de romper el disco, pero se contiene, se sienta en el suelo y se dispone a arreglarla. Tras varias manipulaciones, intenta de nuevo ponerla en marcha y esta vez sí que funciona. Suena entonces el disco, que reproduce la canción militar republicana «¡Ay, Carmela!».* PAULINO *la escucha casi íntegramente, inmóvil. En los últimos compases comienza a rascarse distraídamente las piernas hasta que, de pronto, se las mira, y también las manos, y el suelo a su alrededor... Se incorpora de un salto dándose manotazos por el cuerpo y pisoteando con furia.*

PAULINO.—*(Grita, rabioso.)* ¡Me cago en las hormigas de Dios! ¡Me cago en la puta madre de todas las hormiguitas de Dios y de la Virgen Santísima!...

(Con los saltos, el disco se raya y comienza a repetir, una y otra vez, parte del estribillo: «¡Ay,

Carmela!... ¡Ay, Carmela!... ¡Ay, Carmela!...». Al advertirlo, PAULINO *se calma súbitamente y mira como hipnotizado la gramola. Luego otea inquieto a su alrededor y, por fin, se apresura a quitar el disco. Con él en la mano, vuelve a mirar en torno. Murmura.)*

Esto no es natural... Esto es demasiada casualidad... Esto ya es adrede... Aquí pasa algo que... Aquí hay alguien que... Porque yo no estoy borracho. Y es entrar aquí y, dale que te pego: todo son cosas raras... Aquélla que aparece como si nada, la noche de marras que vuelve, las luces que se disparan solas... y ahora, la gramola, haciéndome trucos de feria... ¡Vamos, hombre! Un poco de formalidad... *(A un vago e invisible interlocutor.)* ¿Qué pasa? ¿Que porque esto sea un teatro vacío, ya todo vale? ¿Cualquier ocurrencia, ¡plum!, ya está? ¡Vamos, hombre!... Buenas están las cosas por ahí afuera para andar con fantasías... Y lo de menos es ir todo el día enseñando el sobaco... *(Esboza el saludo fascista.)* Lo peor es que, en cuanto a uno no le gusta tu nariz... o le gustan tus zapatos, ya está: «¡Rojo!»... Y a ver cómo hace uno para desteñirse... *(Mirando el disco.)* Dichosa tú, que ya estás muerta y puedes mirar los toros desde la barrera. Porque, lo que es yo, si salgo entero de esta corrida... *(Sacudiéndose sombríos pensamientos.)* Pero, en fin: a lo hecho, pecho... Y el muerto al hoyo y el vivo al bollo. Aquí hay que espabilarse, y andar con ojo, y saber dónde se pisa, y arrimarse a buena sombra... Y si vuelvo de vez en cuando a este teatro, no es para que nadie juegue conmigo a hacer magia barata, ni a los fantasmas, ni a... *(Brusca transición. Grita, casi implorante.)* ¡Carmela! ¡Ven, Carmela! ¡Como sea, pero ven! ¡De truco, o de mentira, o de teatro...! ¡Me da igual! ¡Ven, Carmela!...

(La escena se ilumina bruscamente, como al final del primer acto, y vuelve a sonar el mismo pasodoble: «Mi jaca». Pero esta vez, además,

entra CARMELA *con su vestido andaluz y un gran abanico, desfilando y bailando garbosamente.* PAULINO, *tras el lógico sobresalto, reacciona con airada decepción y se retira, muy digno, al fondo. Queda allí de espaldas, con los brazos cruzados; evidentemente, de mal humor.* CARMELA *ejecuta su número sin reparar en él hasta que, a mitad de la pieza, la música comienza a descender de volumen —o a reducir su velocidad—, al tiempo que la luz de escena disminuye y el baile se extingue. Queda, finalmente, una iluminación discreta, y* CARMELA, *en el centro, como ausente, casi inmóvil, en truncada posición de baile. Silencio.* PAULINO *se vuelve y la mira. Sigue irritado, no directamente con* CARMELA.)

Demasiado, ¿no?...

CARMELA.—*(Como despertando.)* ¿Qué?

PAULINO.—No era preciso tanto, caramba...

CARMELA.—¿Tanto, qué?

PAULINO.—Tampoco hay que exagerar, me parece a mí...

CARMELA.—Ay, hijo: no te entiendo.

PAULINO.—*(Parodiándose a sí mismo.)* ¡Carmela, ven, ven...! Y, ¡prrrooom! ¡Tarará, ta, ta! ¡Chunta, chunta...! *(Remeda levemente la entrada de* CARMELA.) Vaya manera de... Ni que uno fuera tonto... ¡Carmela, ven, ven...! Y prrrooom... Qué vulgaridad... Y uno se lo tiene que tragar, y darlo por bueno, y apechugar con lo que venga, como si tal cosa...

CARMELA.—*(Que, evidentemente, no entiende nada, algo molesta ya.)* Bueno, Paulino: ya me dirás qué vendes...

PAULINO.—No, si tú no tienes la culpa, ya lo sé...

CARMELA.—¿La culpa? ¿De qué?

PAULINO.—De nada, Carmela, de nada... Tú, bastante haces, pobre... Ahora aquí... ahora allá... Que si viva, que si muerta...

CARMELA.—Mira que te lo tengo dicho: no abuses del conejo.

PAULINO.—¿Qué?

CARMELA.—Siempre te sienta mal. Y peor con los nervios de antes de empezar.

PAULINO.—¿De qué hablas?

CARMELA.—¿A quién se le ocurre merendarse un conejo entero, a menos de dos horas de una función que ni Dios sabe cómo nos va a salir? Pero no dirás que no te he avisado: «Para, Paulino, que el conejo es muy traidor, y se te va a indigestar, y tú, cuando vas mal de las tripas, ya no das pie con bola»... Pero tú: «Que no, Carmela, que el comer bien me da aplomo»... Y ya ves... ¿Qué te notas? ¿Mareos, fiebre? *(Le toca la frente.)*

PAULINO.—No me noto nada... Estoy perfectamente...

CARMELA.—Pues dices unas cosas... y tienes una cara...

PAULINO.—¿Y qué cara quieres que tenga?

CARMELA.—Como querer, querer... la de «Car» Gable. Pero ya me conformaba con que te volvieran los colores...

PAULINO.—¿Es que estoy pálido?

CARMELA.—Tirando a verde... Claro que yo... ¡Mira que tener que hacer la función casi sin pintarme! Y encima, la regla que me va a venir...

PAULINO.—¿Cómo lo sabes?

CARMELA.—Por la muela.

PAULINO.—¿Qué muela?

CARMELA.—Siempre te lo digo: cuando me va a venir la regla me duele la muela del juicio.

PAULINO.—Eso son aprensiones...

CARMELA.—¿Aprensiones? Eso es que me avisa.

PAULINO.—Bueno, no discutamos.

CARMELA.—Vale, pero, ¿de dónde saco paños?

PAULINO.—¿Y yo qué sé?

CARMELA.—Claro, a ti te da igual. Como vosotros siempre estáis secos...

PAULINO.—*(Que, durante el diálogo, ha ido «ingresando» paulatinamente en la situación definida por* CARMELA.*)* Secos o mojados, lo principal es no apocarse, hacer de tripas corazón y echarle toda el alma a la cosa... *(Con ánimo resuelto, va sacando de escena lo que pueda estorbar la actuación: la gramola, la garrafa...)* Como si estuviéramos actuando en el Ruzafa [16].

CARMELA.—¡En el Ruzafa! ¡Ave María purísima! Lo mismito va a ser esto... Los decorados, la música, los números... Todo igual, igual. Y Belchite, lo mismo que Valencia...

PAULINO.—Quiero decir... nosotros... nuestro arte... Siempre hay que darle lo mejor al público. Estemos como estemos, tengamos lo que tengamos...

CARMELA.—Pues a este público, como no le demos «cus-cus»... ¿Te has fijado la cantidad de moros que hay? *(Se va arreglando el pelo.)*

PAULINO.—Pues, claro... ¿Ahora te enteras? Moros, italianos, alemanes... *(Sin ironía.)* El Ejército Nacional.

CARMELA.—¿Y es verdad lo que ha dicho el teniente?

PAULINO.—¿De qué?

CARMELA.—De esos milicianos que han cogido presos, y que los van a traer a vernos, y que mañana los fusilan...

PAULINO.—Bueno... no sé... Parece que sí... Se ve que el comandante les ha querido conceder una... una eso: una última gracia.

CARMELA.—*(Se arregla el vestido indecorosamente.)* Pues a mí no me hace ninguna. Estar cantando y bailando con una docena de condenados ahí, mirándote...

PAULINO.—Creo que son extranjeros, la mayoría. De las Brigadas Internacionales [17].

CARMELA.—Para mí, como si fueran de Cuenca, pobres hijos... ¿Se me ve el sostén?

---

16 El Teatro Ruzafa de Valencia, uno de los más populares coliseos de España, funcionó entre 1880 y 1973. Se especializó en el género de variedades.

17 Las Brigadas Internacionales estaban compuestas por voluntarios de distintos países del mundo que vinieron a España para luchar contra el fascismo. Como después se dirá, la mayoría de estos voluntarios eran militantes comunistas.

PAULINO.—*(Le echa un vistazo.)* No.

CARMELA.—O aún peor... Venir de tan lejos para esto...

PAULINO.—Mujer... no nos saldrá tan mal, ya verás...

CARMELA.—Me refiero a que los maten.

PAULINO.—Ah, claro... Eso sí, pobres... De Francia, de América... Creo que hay alguno hasta polaco.

CARMELA.—¡Polaco!... Ya ves tú, qué exageración... ¿Quién le iba a decir a su madre, allá tan lejos, que le iban a matar al hijo en Belchite?

PAULINO.—Nadie, desde luego.

CARMELA.—Seguro que Belchite, en polaco, no se puede ni decir...

PAULINO.—¿Belchite? ¡Qué va...! Ni Zaragoza, ni Badajoz, ni Lugo... Y, si me apuras, ni España.

CARMELA.—No: España, sí, que es muy famosa. Y si han venido aquí a luchar, por algo será.

PAULINO.—Ya, pero... a saber cómo lo dicen...

CARMELA.—A su manera, pero lo dirán. Si no, ¿cómo hubieran podido llegar?

PAULINO.—Quien no llega es el público... *(Mira hacia el fondo de la sala.)* Y el teniente... míralo en la cabina, qué tranquilo está, con Gustavete, fumando como un marajá...

CARMELA.—Y encima, como es comunista, no podrá ni rezar...

PAULINO.—¿Quién? ¿El teniente, comunista?

CARMELA.—No: su madre.

PAULINO.—¿Qué madre?

CARMELA.—La del polaco. ¿No son comunistas, los de las Brigadas esas?

PAULINO.—Más o menos... Pero sus madres, no es preciso.

CARMELA.—Seguro que también... *(Se va alterando.)* Pues ya ves: ni rezar por su hijo, podrá.

PAULINO.—*(Lo advierte.)* Bueno... a lo mejor, ni se entera... Polonia está muy lejos.

CARMELA.—Esas cosas, las madres siempre acaban por saberlo.

PAULINO.—*(Tratando de aliviarla.)* Puede que ya sea huérfano...

CARMELA.—¡Huérfano, además! ¡Pobre hijo! Polaco, comunista, huérfano, y venir a morir a un pueblo que no sabrá ni decir... *(Cada vez más agitada.)*

PAULINO.—*(Ya inquieto.)* Bueno, Carmela: no te pongas así...

CARMELA.—¿Que no me ponga así? ¡Cómo se nota que tú nunca has sido madre...!

PAULINO.—Ni tú tampoco, Carmela...

CARMELA.—*(Muy alterada.)* ¡Claro que no! ¡Porque tú no has querido, que eres un egoísta! Y si no me llego a emperrar, no nos casamos ni por lo civil...

PAULINO.—*(Francamente preocupado, vigilando, además, la cabina.)* Está bien, mujer, está bien... Lo que tú digas... Pero ahora no es momento de... Mira: parece que el teniente ya se prepara. Ha debido de acabar la procesión.

CARMELA.—¡Eso sí! Mucha procesión, mucha misa, mucho rosario, y luego... ¡a fusilar huérfanos!

PAULINO.—Haz el favor de callarte... Y prepárate, que el teniente no sé qué nos dice... Creo que ya llega la tropa. ¿Oyes? *(Por el lateral.)* ¿Está ahí Gustavete?

CARMELA.—*(Indignada.)* Sí..., pero, ¿sabes lo que te digo? Que el número de la bandera no lo hago, ea.

PAULINO.—¿Qué dices? *(Trata de sacarla de escena.)*

CARMELA.—El de la bandera republicana: que no me da la gana de hacerlo. ¡Pobres hijos! Encima de fusilarlos, darles a tragar quina con la tricolor...

(Se hace bruscamente el oscuro. Pasos precipitados en el escenario. Continúan dialogando, con la voz contenida, desde la oscuridad.)

PAULINO.—¡Que calles, te digo! ¡Ya está! ¡Vamos a empezar! ¡A tu sitio! ¡Gustavete: preparada la música!

CARMELA.—Te digo que no lo hago. Ya puedes ir inventándote algo, porque yo no salgo a burlarme de la bandera. Eso encima, pobres hijos...

PAULINO.—Pero, ¿desde cuándo te importa a ti un rábano la bandera de la República? ¿Qué más te da a ti burlarte de ella o de los calzoncillos de Alfonso XIII [18]?... ¡Gustavete, la marcha! ¡El público está entrando en la sala!... Nosotros somos artistas, ¿no? Pues la política nos da igual. Hacemos lo que nos piden, y santas pascuas.

CARMELA.—¿Ah, sí? ¿Y si te piden lo de los pedos?

PAULINO.—¡Eso no es lo mismo! ¡Los pedos no tienen nada que ver con la política!

CARMELA.—Pues para mí es lo mismo... O peor.

PAULINO.—¿Que es peor para ti?... Bueno, no me importa. ¿Quieres no complicar las cosas ahora?... Los papeles... ¿Dónde coño he puesto yo los papeles?... ¿Seguro que funciona la gramola?... ¿Sabes cuándo es tu entrada, Carmela?... ¡Carmela! ¿Dónde te has metido?... Ya están entrando... ¡Madre mía, cuántos oficiales!... ¿Aquél no es Franco? ¿El general Franco?... ¡Carmela! ¿Has visto a Carmela, Gustavete? Estaba ahí hace un momento... ¿Funciona la gramola? ¡Los papeles, menos mal! ¿Y mi gorro? ¿Dónde está mi gorro? ¿Qué he hecho con...? ¡Aquí está! ¿Y Carmela?... ¡Carmela! ¿Se puede saber dónde...?

CARMELA.—Aquí estoy.

PAULINO.—¿Dónde te has ido? ¿Qué hacías?

CARMELA.—Mear.

PAULINO.—¿Ahora se te ocurre mear?

CARMELA.—No querrás que lo haga luego, bailando...

PAULINO.—Bueno, basta de cháchara... ¿Todo el mundo preparado? En cuanto el teniente dé la luz... ¿eh, Gustavete? Y tú, Carmela, ¿sabes cuándo es tu entrada? No te me despistes,

---

[18] Alfonso XIII (1886-1941) reinó en España hasta la proclamación de la Segunda República el 14 de abril de 1931. Tras este suceso, el rey salió de España y murió en el exilio.

que me dejas colgado... ¿Y cómo es mi primera frase?... «Eternos salvadores de la Patria invicta...» No, al revés: «Invictos salvadores de la Patria eterna...» La teta, Carmela...

CARMELA.—¿Qué?

PAULINO.—Esa teta, que se te va a salir...

CARMELA.—No... Si ya te he dicho que me voy a quedar en bragas...

(Se ilumina de golpe el escenario y, al punto, suena el pasodoble «Mi jaca». Entran simultáneamente, cada uno por un lateral, PAULINO *y* CARMELA, *él desfilando marcialmente, con gorro de soldado puesto y unos papeles en la mano, y ella bailando garbosamente y ondeando un abanico en el cual, según toda evidencia, lleva escrita la nueva letra del pasodoble.)*

CARMELA.—*(Tras los acordes iniciales, canta.)*

Mi España,
que vuela como el viento
para hacerle un monumento
al valor de su Caudillo.

Mi España
está llena de alegría
porque ya se acerca el día
de ponerse cara al sol [19].

(Al terminar, PAULINO *se cuadra en el proscenio, frente al público, y extiende el brazo derecho en saludo fascista. Repara en que lleva los*

[19] Con la música del pasodoble *Mi jaca*, Carmela canta esta letra adaptada a las circunstancias. La letra, sobre cuya ironía no es preciso insistir, ha sido compuesta por el propio dramaturgo.

papeles en esa mano y se las cambia a la izquierda. Ordena luego las hojas, se aclara la voz, y lee con énfasis, que apenas disimula su inseguridad.)

PAULINO.—«Invictos salvadores de la Patria eterna: hoy, vosotros, cerebro, corazón y brazo del Glorioso Alzamiento que ha devuelto a España el orgullo de su destino imperial, habéis cumplido una proeza más, de las muchas que ya jalonan esta Cruzada redentora. En vuestra marcha invencible hacia la reconquista del suelo nacional, durante años machacado y desgarrado por la anarquía, el comunismo, el separatismo, la masonería y la impiedad, hoy habéis liberado por las armas esta heroica villa de Belchite. La Quinta División de Navarra del Cuerpo del Ejército Marroquí, bajo el mando del invicto general Yagüe [20], ha escrito con su sangre inmortal otra gloriosa página en el libro de oro de la Historia semi... sempi... sempiterna de España..., ese libro que inspira, dicta y encuaderna con pulso seguro y mano firme nuestro eguer...», no, «nuestro egre...», sí, «nuestro egregio», eso, «egregio Caudillo Franco, a quien esta noche queremos ofrendar...» *(Cambia de hoja.)* «... cuatro kilos de morcillas, dos pares de ligas negras, dos docenas de...» *(Se interrumpe. Mira aterrado al público.)* No, perdón... *(Mira furioso a* CARMELA *que, ausente, se está arreglando un zapato. Arruga la hoja y se la guarda en el bolsillo.)* Perdón, ha sido un error... *(Busca entre las hojas.)* Queremos ofrendar... ofrendar... ¡Aquí está! *(Lee.)* «... queremos ofrendar esta sencilla Velada Artística, Patriótica y Recreativa», eso es, «... con la que unos humildes artistas populares, la Carmela y el Paulino, Variedades a lo Fino... *(Ambos salu-*

---

[20] Yagüe es uno de los más notables generales franquistas. En la ofensiva sobre el frente de Aragón, en la que se inserta la acción de la pieza, Yagüe mandaba un cuerpo de ejército compuesto por tropas marroquíes. Sin embargo, Belchite fue tomado por el cuerpo de ejército compuesto por las tropas navarras y mandado por el general Solchaga.

dan.) ... en representación de todo el pueblo español...» *(Sonríe, humilde.)* Bueno: de casi todo... *(Lee.)* «... español, guiados fraternalmente por un artista y soldado italiano, de la División Littorio del Corpo Trupe Volontarie... *(Señala hacia la "cabina".)* ... el Teniente Amelio Giovanni de Ripamonte, en representación del pueblo italiano, que es tanto como decir del alma joven, recia y cristiana de Occidente...». *(La extensión de la frase le hace perder el aliento y el hilo.* CARMELA *lo advierte y le da aire con su abanico.)* ... Esto... Bueno... pues... «de Occidente queremos honrar, agasajar y entretener a las tropas victoriosas del Glorioso Ejército Nacional de Liberación...». *(Se da cuenta de que ha acabado el párrafo y repite, cerrando el periódico.)* «... Nacional de Liberación». Punto. *(Se excusa con forzada sonrisa.)* Perdonen, yo... Estas bellas palabras no... Quiero decir que el teniente las ha...

CARMELA.—*(Quitándole la palabra.)* Quiere decir, señores militares, que aquí el Paulino y la Carmela, para servirles, vamos a hacerles una gala, cosa fina, para que ustedes se lo pasen bien, y con la mejor voluntad, no faltaría más, aunque, ya ven: con una mano delante y otra detrás, como quien dice, porque nos han pillado de sopetón, y así, pues claro, poco lustre vamos a dar a esta jarana de la liberación, porque ya me dirán ustedes cómo va a lucirse una con este guiñapo, aunque voluntad no me falta, ni a éste tampoco, se lo digo yo, ni gracia, vaya, que donde hay, hay, y donde no hay, pues no hay... ahora que a mí, eso de la última gracia, se lo digo de verdad, y hace un momento se lo decía a éste, ¿verdad, tú?, pues que no me parece bien, ea, las cosas como son, que por muy polaco que sea uno, una madre siempre es una madre...

PAULINO.—*(Con humor forzado, tras varios intentos de hacerla callar.)* ¡Y madre no hay más que una, y a ti te encontré en la calle!... ¡Muy bien! Sí, señores: ésta es Carmela, una artista de raza y «tronío» que, después de pasear su garbo por los mejores «tablaos» de España, llega aquí, a este simpático Teatro Goya, de Belchite [21], para poner su arte a los pies de ustedes...

CARMELA.—*(Chistosa.)* Conque ojo, no me lo vayan a pisar con esas botazas... El arte, digo...

PAULINO.—*(Con falsa risa.)* ¡Qué ocurrente!... Ésta es Carmela, sí, señores: toda la sal de Andalucía y el azúcar de... de... *(Le fallan sus conocimientos agrícolas.)*

CARMELA.—Del Jiloca, ea... aunque sea de remolacha.

PAULINO.—Nunca le falta la chispa... cuando se trata de agradar al público...

CARMELA.—Eso es verdad: que yo, al público, me lo quiero mucho, tenga el pelaje que tenga... Ya ven ustedes, por ejemplo, tan seriotes ahí, con los uniformes y las pistolas y los sables esos... Pues, para mí, como si fueran mis primos de Colomera... que siempre andaban con la cosa afuera... *(Ríe con falso pudor.)* ¡Uy, ustedes perdonen! Que ésta es una broma que hacíamos yo y mis hermanas...

PAULINO.—*(Sobreponiéndose a un súbito ataque de tos.)* Basta, basta, Carmela... Que este distinguido público se merece otra clase de... de ocurrencias... Ya lo ven ustedes, señores: a nuestra Carmela no le hacen falta papeles para llenar con su gracejo un escenario... Pero a mí, sí... *(Hojea los suyos.)* A mí, sí... Porque ahora venía aquello de... aquello... *(Lo encuentra.)* ¡Aquí está! Sí, señores: esto... *(Lee.)* «Y como símbolo de esta fraternidad artística, que es también la de nuestros dos pueblos, el español y el italiano, unidos en la lucha contra la hidro...», no, «contra la hidra... la hidra roja, les ofrecemos este baile ale... alegro... alegórico-patriótico titulado: Dos Pueblos, dos Sangres, dos Victorias»...

CARMELA.—A lo primero eran tres, porque el teniente quería que Gustavete, que es el técnico, y más cosas, hiciera de alemán, y así entraban todos en danza... Bueno, menos los moros, pero ésos... *(Gesto vago.)* Pues, lo que les digo: yo, de es-

[21] Existió, en efecto, un Teatro Goya en Belchite.

pañola, Paulino de italiano... que la verdad es que lo habla muy bien, el italiano, digo... Y Gustavete de alemán, que, aunque es bajito, tiene la cabeza así como cuadrada y el pelo un poco panocha...

PAULINO.—Bueno, Carmela... No creo que a estos señores les interese...

CARMELA.—Deja que les explique, para que vean que voluntad no nos falta... Pues, a lo que iba: Gustavete de alemán, quería el teniente. Pero resulta que el pobre tiene unos sabañones en los pies que casi no puede ni andar, conque ya me dirán bailar...

PAULINO.—Efectivamente, señores: habíamos pensado...

CARMELA.—Pero, no se crean: hasta lo hemos probado un rato, esta tarde, porque voluntad no nos falta... Pero, si vieran... *(Ríe.)* ¡El pobre Gustavete...! *(Seria.)* Así que hemos dicho: Tú, Gustavete, a la gramola. No vayan a pensar estos señores alemanes que nos queremos chotear de ellos...

PAULINO.—Efectivamente, señores, efectivamente... Nosotros...

(El «teniente» produce bruscos cambios de luz.)

Pero ya basta de explicaciones y pasemos sin más al baile... *(Consulta los papeles.)*... «al baile alegórico-patriótico titulado: Dos Pueblos, dos Sangres, dos Victorias»...

CARMELA.—Ya digo: a lo primero eran tres, pero... *(Gesto de* PAULINO.*)* Ya verán como les gusta...

(Y salen los dos, cada uno por un lateral. Sobre la música de una pegadiza marcha italiana, PAULINO *y* CARMELA *ejecutan una danza, cuya rústica coreografía corresponde aproximadamente a la que ensayaron en el primer acto. Al terminar, salen de escena juntos y, al momento, vuelve a entrar* PAULINO *y se produce un cambio de luces.)*

PAULINO.—*(Lee.)* «Espigando al azar en la copiosa y vigorosa poesía épica que en poco tiempo ha generado generosamente el Glorioso Alzamiento Nacional y su Sacrosanta Cruzada de Liberación, encontramos este hermoso "Romance de Castilla en armas" que, con versos a un tiempo rudos y delicados, tiende un puente de valor y heroísmo entre el pasado y el presente. Su autor: Federico de Urrutia»... *(Lee con rapsódica entonación.)*

En el Cerro de los Ángeles
que los ángeles guardaban,
¡han fusilado a Jesús!
¡Y las piedras se desangran!
¡Pero no te asustes, Madre!
¡Toda Castilla está en armas!
Madrid se ve ya muy cerca.
¿No oyes? ¡Franco! ¡Arriba España!
La hidra roja se muere
de bayonetas cercada.
Tiene las carnes abiertas
y las fauces desgarradas.

Y el Cid —lucero de hierro—
por el cielo cabalgaba.

Allá lejos, en el pueblo,
bajo la iglesia dorada,
junto al fuego campesino
miles de madres rezaban
por los hijos que se fueron
vestida de azul el alma.

¡No llores, madre, no llores,
que la Guerra está ganada!

Y antes que crezcan los ríos
volveré por la cañada,
y habrá fiestas en el pueblo
y voltearán las campanas
y habrá alegría en las mozas,
y alegría en las guitarras...

(Se escuchan hipidos entre bastidores, y ruido de alguien que se suena sin recato. PAULINO *se percata, inquieto.)*

y desfiles por las calles
y tambores y dulzainas
y banderas de Falange
sobre la iglesia dorada.

¡Madrid se ve ya muy cerca!
Toda Castilla está en armas.
Y el Cid, con camisa azul,
por el cielo cabalgaba...

(Irrumpe en escena CARMELA, *llorando como una Magdalena.)*

CARMELA.—*(Al público.)* ¿Y Polonia, qué? ¿Es que allí no hay madres? ¡Y vaya si está cerca...!

(Tras unos segundos de terror, PAULINO *reacciona y adopta una actitud jovial de presentador.)*

PAULINO.—*(Al público.)* Y con esta entrada... sorprendente, damos paso a nuestro próximo número... que es un gracioso diálogo arrevistado... sacado de la bonita comedia frívola y musical... *(Se nota que está improvisando desesperadamente.)* estrenada con gran éxito la pasada temporada... en el Teatro

Tívoli, de Barcelona...[22], con el título... «De Polonia a Daroca... y tiro porque me toca»...

(A CARMELA, *del asombro, se le ha pasado el disgusto. No así al «teniente», que efectúa varios cambios bruscos de luz.* PAULINO, *en rápida transición, acata sus órdenes.)*

¿No?... Pues no... Sí, ha sido un error... *(Al público, mientras hojea los papeles.)* No, señores: no es éste nuestro próximo número... Ha sido un error... El diálogo arrevistado viene luego... Y, además, es otro... Quiero decir que, de Polonia, nada... Ni de Daroca... Ha sido un error... Nos hemos confundido de comedia... y de número... y de todo... *(Encuentra la hoja.)* Aquí está... ¿Qué les decía? Ahora viene... Sí, eso es... ¡«Suspiros de España»! *(A* CARMELA.) Prepárate, niña... *(Al público.)* Sí, señores: a continuación, Carmela cantará para ustedes el bonito pasodoble del maestro Álvarez «Suspiros de España»... *(Al lateral, mientras* CARMELA, *al fondo, se arregla el vestido.)* Gustavete, ¿preparado? *(Al público.)* «Suspiros de España», sí: un pasodoble muy español y muy castizo, o sea, muy bonito... Con ustedes, señores y señoras... que diga, no: sólo señores... Carmela y... ¡«Suspiros de España»!

(Y sale dando, más que un suspiro, un resoplido, mientras suenan ya los acordes iniciales del pasodoble.)

CARMELA.—*(Avanza hacia el proscenio, evolucionando y cantando.)*

Quiso Dios con su poder
fundir cuatro rayitos de sol
y hacer con ellos una mujer.

---

[22] El Teatro Tívoli de Barcelona estaba especializado en el género lírico.

Y al cumplir su voluntad
en un jardín de España nací
como la flor en el rosal.

Tierra gloriosa de mi querer
tierra bendita de perfume y pasión
España en cada flor a tus pies
suspira un corazón.

Ay de mí. Pena mortal.
¿Por qué me alejo España de ti?
¿Por qué me arrancas de mi rosal?

Quiero yo volver a ser
la luz de aquel rayito de sol
hecho mujer por voluntad de Dios.

Ay madre mía. Ay quién pudiera
en luz del día y al rayar la amanecía
sobre España renacer.

Mis pensamientos han revestido
el firmamento de besos míos
y sobre España como gotas de rocío
los dejo caer.

En mi corazón España ha venido
y el eco llevará de mi canción
a España en un suspiro.

(Apenas se extingue el último acorde, CARMELA *muestra su brazo al público.)*

¡De gallina! La piel, digo... De gallina se me pone cada vez que canto esta canción. ¿A ustedes no? Yo, es que soy muy sentidora y lo siento todo mucho. Paulino dice que lo que soy es una histérica, pero él, ¿qué sabe? Con esa sangre de horchata que tiene, que nunca se le altera... *(Sofoca una risa pícara.)* ¡Si yo les contara...! *(Con intención, al ver entrar a* PAULINO, *canta.)* «¡Ay, mamá Inés! ¡Ay, mamá Inés...!».

PAULINO.—*(Ofuscado.)* Muy bien, muy bien, Carmela... Pero esa canción no toca esta noche...

CARMELA.—*(Siguiendo con su broma.)* ¿Ah, no? ¡Qué lástima...!

PAULINO.—*(Al público.)* Comprendan ustedes... Hemos preparado esta velada en muy pocas horas... y no hemos podido ni ensayar... y, claro, todo va un poco... un poco...

CARMELA.—Un poco, no, Paulino: un mucho. Con estos señores no hay que andarse con tapujos, que tontos no son...

PAULINO.—*(Alarmado.)* ¡No, qué va...!

CARMELA.—Ellos ya se hacen cargo... *(Señala un punto de la sala, en las primeras filas.)* Sobre todo aquel oficial gordito y con bigote que, por la chatarra que lleva encima, debe de ser lo menos general... y que no se ha reído nada en toda la noche.

PAULINO.—Basta, Carmela...

CARMELA.—*(Al mismo interlocutor.)* ¿Verdad, alma mía, que te haces cargo? *(Gesto zalamero.)* Porque, es lo que yo digo: a estos señores no hay más que verles la cara para saber que entienden de arte fino, aunque se lo presenten deslucido y a trompicones, como ahora nosotros... *(Transición.)* Lo que me sabe mal es lo de aquellos pobres hijos que, además de no entender nada, se van a ir al otro mundo con una mala impresión... (PAULINO *va a hacerla callar, pero ella cambia de tema.)* Pero, bueno, ya me callo... que enseguida Paulino se pone nervioso... Yo es que, en cuanto me planto delante del público, me entra una cosa que me disparo toda y ya no hay quien me pare...

PAULINO.—Efectivamente, señores... Es... el «duende» del arte... la magia del tablado... que Carmelilla lleva en las venas desde que... siendo una niña así... se ganaba la vida cantando y bailando... por los caminos de su Andalucía...

CARMELA.—Por los caminos, no, Paulino... Ni que fuera una cabra... Por las calles, y por las tabernas, y por... *(Gesto pícaro.)*

PAULINO.—Naturalmente que por los caminos, no... Era... un adorno poético... *(Consultando los papeles.)* Pero ella siempre ha sentido eso... esa cosa... la magia... el duende... la magia... ¡Aquí está! Sí, señores... Y, para magia, la del Mago... *(Guiño de complicidad.)* Pau-li-ching... *(Saluda.)* y su ayudante... Kal-men-lang... *(Presenta a* CARMELA. *Hace una seña hacia el lateral y suena una ramplona musiquilla orientaloide. Lee, al tiempo que* CARMELA *esboza con desgana extrañas ondulaciones de cuerpo y brazos.)* «Atención, señores, mucha atención. Porque vamos a entrar ahora en el mundo del misterio y de la fantasía, de la mano del misterioso Profesor Pau-li-ching y de la fantástica Señorita Kal-men-lang... *(Saludos.)* que les asombrarán a ustedes con sus asombrosos poderes». *(A* CARMELA.) ¿Preparada, señorita? (CARMELA *afirma, sin dejar de ondular.)* Muy bien... *(Al fondo de la sala.)* Luces misteriosas, por favor... *(Cambio de luces.)* Vean, señores, cómo un servidor de ustedes, con sus mágicos poderes, es capaz de recomponer mágicamente lo que se destruye... *(Tratando de ser gracioso.)* Cosa que resulta muy útil, en estos tiempos... *(Súbitamente serio.)* Bueno, perdón... Quiero decir... En fin, a lo que iba: esta corbata, por ejemplo... *(Muestra al público su corbata.)* Observen que está en perfecto estado... Pues bien, vean ustedes... *(Saca del bolsillo unas tijeras, las hace chasquear y se las tiende teatralmente a* CARMELA.) Señorita Kal-men-lang: a lo suyo.

(CARMELA, *siempre con sus extraños movimientos, toma las tijeras, las muestra al público, da una vuelta alrededor de* PAULINO *haciéndolas chasquear al ritmo de sus pasos y, por fin, toma con cuidado la parte ancha de la corbata y la va cortando de abajo a arriba. Va arrojando al público cada pedazo y, cuando ya no queda más que el nudo, se separa de* PAULINO, *muestra el resultado y saluda.)*

Habrán visto que aquí no hay truco... La corbata ha sido troceada como un chorizo, y ahí tienen ustedes sus pedazos... Pues bien, presten mucha atención y comprueben mis poderes mágicos...

(Se lleva solemnemente las manos al pecho, realiza allí misteriosos pases mientras gira sobre sí mismo y, al quedar de nuevo frente al público, muestra su corbata... intacta *.)

¡«Vualá»!... que en francés quiere decir: «Mírala»...

(Ambos saludan ceremoniosamente, al modo «oriental».)

¡Pero esto no es nada, señores! A continuación, vamos a presentarles un número portentoso, que ha causado la admiración de todos los públicos en París, Londres, Moscú... *(Se asusta.)* No: quiero decir... en Berlín... en Roma... en Salamanca... en Zamora... En fin, en muchos sitios... ¡Carmela, la cuerda!

(Gesto decidido hacia CARMELA, *que está distraída, mirando una zona concreta de la sala: allí donde, supuestamente, se sitúan los milicianos prisioneros.)*

¡Carmela!

---

* El truco de la corbata. Dos corbatas iguales. Una se pone en forma normal, pero escondiendo dentro de la camisa toda la parte ancha, de modo que sólo el nudo quede visible. Se corta la parte ancha de la otra corbata y se introduce su extremo superior en el nudo de la otra, de manera que parezca que está completa. Troceada esta falsa corbata, se saca rápidamente la verdadera al girar. *(N. del A.)*

CARMELA.—*(Sobresaltada.)* ¿Qué? *(Reacciona y se pone a ondular.)*

PAULINO.—La cuerda, señorita Kal.

CARMELA.—¿Qué cuerda?... Ah, sí... *(Se desplaza hacia un lateral, desaparece unos segundos y vuelve con una cuerda que lleva enganchadas varias pinzas de tender ropa. Se la ofrece a* PAULINO *que, cuando la va a coger, repara en las pinzas.)*

PAULINO.—*(Irritado, sin coger la cuerda, le indica las pinzas.)* Por favor, señorita...

CARMELA.—*(Advirtiéndolas, abandona su personaje y las quita.)* ¡Uy, sí! Es que antes he puesto a tender mis...

PAULINO.—*(Cortándola.)* Señorita, por favor...

CARMELA.—Vale, vale... *(Arroja las pinzas por el lateral y vuelve a su personaje.)*

PAULINO.—*(Tomando la cuerda.)* Observen, señores, esta magnífica cuerda del más puro esparto, fuerte y resistente como un cable de acero... más o menos... *(La tensa y muestra su resistencia.)* Ni diez hombres podrían romperla... Pues bien: mi ayudante, aquí presente, va a atarme con ellas las manos y los pies, y yo, gracias a mis mágicos poderes... ¡voy a librarme en un suspirito! ¡Adelante, señorita Kal!

(Da la cuerda a CARMELA *y extiende los brazos ante sí, con las muñecas juntas. Sigue hablando mientras* CARMELA *le ata las manos con un extremo de la cuerda.)*

Proceda usted a atarme con todas sus fuerzas, sin trampa ni cartón... Apriete, apriete... que vean estos señores lo imposible que le resultaría a cualquier mortal deshacer esos nudos marineros por... *(En voz baja.)* No tanto, animal... *(Alto.)* Esos nudos marineros por medios naturales... o incluso artificiales... Sí, señores: sólo con medios sobrenaturales, por decirlo así, o sea... mágicos... *(A* CARMELA.*)* Bueno, mujer: ya está bien... *(Al público.)* Por decirlo así. Y ahora, los pies... *(Mientras* CARMELA, *en cuclillas, procede a atarle los pies con el otro* *extremo, muestra al público las manos.)* Aquí tienen, señores, unos ligamentos... o ligaduras... o sea: un atadijo que, no veas... Nadie sería capaz de...

(La cuerda resulta algo corta, de modo que CARMELA, *para atarle los pies, obliga a* PAULINO *a encorvarse, en incómoda y poco airosa actitud.)*

Pero, bueno... ¿Qué pasa aquí, señorita...?

CARMELA.—La cuerda, que no da para más.

PAULINO.—Ya veo, ya... Pero, en fin, no es preciso que...

CARMELA.—¿Te ato o no te ato?

PAULINO.—Sí, claro, señorita... Áteme, áteme, pero... *(En voz baja.)* ¿Te acuerdas de los nudos?

CARMELA.—*(Ídem.)* ¿Qué nudos?

PAULINO.—*(Ídem.)* Los que te enseñé.

CARMELA.—*(Ídem.)* Ay, hijo... ¿Y yo qué sé?

PAULINO.—*(Ídem.)* Pero, bueno... Entonces, ¿qué me has hecho?

CARMELA.—*(Ídem.)* Pues, atarte.

PAULINO.—*(Ídem, inquieto.)* Pero, ¿así... de cualquier manera?

CARMELA.—*(Ídem.)* No, hombre: con nudos gorrineros.

PAULINO.—*(Angustiado.)* ¿Nudos gorrineros? ¿Y eso qué es? *(De un brusco salto —pues tiene ya los pies atados— se separa de* CARMELA, *que cae sentada al suelo. Al público, encorvado, con falsa jovialidad.)* ¡Bien, señores! ¡Pues ya está! ¡Aquí me tienen... atado como... como un gorrino! Lo que pasa es que... ha habido un... un fallo técnico... *(Se desplaza con ridículos saltitos hacia un lateral.)* Resulta que... los medios sobrenaturales..., o sea, mágicos... Pues, eso: que esta noche parece que no van a... Conque el número portentoso no... no está a punto... De modo que... ¡ustedes perdonen!

(Y sale de escena con un último salto. CARMELA, *que ya se ha incorporado, queda en escena sola, algo perpleja.)*

CARMELA.—Bueno, pues... no sé qué decirles... Lo que pasa es que no hemos podido ensayar. Y así, claro...

VOZ DE PAULINO.—*(Desde un lateral, furioso, en susurro audible.)* ¡Carmela! ¡Las tijeras!

CARMELA.—¿Qué?... Ah, sí... Las tijeras... *(Las saca de su escote y va al lateral, sin dejar de hablar al público.)* Claro, pues todo va como va... Porque a una servidora no le gusta... *(Tiende las tijeras, que alguien toma.)* hacer el ridículo así... Y antes se lo decía al teniente... *(Hacia el fondo de la sala.)* ¿Verdad usted, mi teniente? ¿Verdad usted que hace un rato yo tenía un cabreo de María Santísima por salir esta noche a hacer el papelón aquí... y encima con este vestido, hecha una «facha»...?

(La mano de PAULINO *sale del lateral y, de un brusco tirón, saca a* CARMELA *de escena. Tras unos segundos de airados cuchicheos, reaparece* PAULINO *frotándose las muñecas y tratando de recobrar su dignidad.)*

PAULINO.—Bien, señores... Ustedes nos sabrán disculpar por... Pero, claro, la magia tiene sus quisicosas que... En fin, vamos a continuar la Velada con... *(Mira los papeles.)* con... sí, con ese mundo tan nuestro y tan castizo de... ¡la zarzuela! Sí, señores: Carmela y un servidor... Carmela... *(Gestos al lateral.)* y un servidor vamos a cantar para ustedes... para ustedes, el famoso dúo... el famoso dúo... ¡Carmela! *(Con falso humor, al público.)* Para un dúo se necesitan dos, por lo menos... ¿no? ¡Carmela!

CARMELA.—*(Entra, finalmente, realizando complicadas operaciones en la parte superior de su vestido.)* ¡Ya voy!... *(Y añade en susurro.)* So bruto.

PAULINO.—*(Al público.)* ¡Aquí la tenemos... por fin! *(Susurrando.)* ¿Qué pasaba?

CARMELA.—*(Igual.)* El sostén.

PAULINO.—¿Qué?

CARMELA.—El sostén... que me lo has roto, del tirón...

PAULINO.—¿Y qué has hecho?

CARMELA.—¿Qué voy a hacer? Me lo he quitado...

PAULINO.—*(Inquieto.)* Ve con ojo, no vayas a dar un espectáculo...

CARMELA.—Tuya será la culpa.

PAULINO.—*(En voz alta, al público.)* Bueno, señores... Resuelto felizmente un... un pequeño problema... técnico... pasamos sin más demora... a nuestro siguiente número, que es, como les estaba diciendo, el famoso dúo de Ascensión y Joaquín, de la zarzuela «La del manojo de rosas»... *(A* CARMELA.) ¿Preparada? *(Ella asiente. Hacia el lateral.)* ¿Preparado? *(Hacia el fondo de la sala.)* ¿Preparati?... Quiero decir... ¿Tuto presto, mio tenente? *(Cambio de luces.)* Andiamo súbito... *(Interpretando, a* CARMELA.) «Quiero "decirla" una cosa».

CARMELA.—*(Ídem.)* «Dígame usted lo que sepa, porque yo lo escucho todo».

PAULINO.—«¿Todo?».

CARMELA.—«Lo que no me ofenda».

PAULINO.—«Antes de ofenderla yo, que se me caiga la lengua. Si yo...».

CARMELA.—«¿Qué?».

PAULINO.—«Si yo...».

CARMELA.—«Termine. ¿Le da miedo?».

PAULINO.—«No lo crea. Lo que tengo que "decirla" se lo digo por las buenas».

(Canta.)

«Hace tiempo que vengo al taller,
y no sé a qué vengo».

CARMELA.—*(Ídem.)* «Eso es muy alarmante,
eso no lo comprendo».

PAULINO.— «Cuando tengo una cosa que hacer,
no sé lo que hago».

CARMELA.— «Pues le veo cesante,
por tumbón y por vago».
PAULINO.— «En todas partes te veo».
CARMELA.— «Y casi siempre en mi puerta».

....

(Siguen cantando el famoso dúo y, durante la interpretación, CARMELA *va dando signos visibles de desasosiego, mientras mira nerviosa hacia la zona de la sala en que están los milicianos. Al terminar el número —o quizá antes—,* CARMELA *parece haber llegado a una resolución: se dirige secamente al público, ante el estupor de* PAULINO.)

CARMELA.—Y con este bonito dúo, señores militares, se acabó la fiesta... Porque me ha venido la regla muy fuerte, y me estoy poniendo malísima...

Paulino.—*(Susurra, alarmado.)* ¿Qué dices, loca? *(Al público, tratando de frivolizar.)* Otra salida de la... incorregible Carmela, que tiene la lengua muy suelta... Disculpen un momentito... *(Sale de escena, arrastrando furioso a* CARMELA. *Se les oye discutir entre bastidores, distinguiéndose frases como.)*

VOZ DE CARMELA.—¡Te digo que no lo hago!

VOZ DE PAULINO.—¡Que sí!

VOZ DE CARMELA.—¡Que no!

VOZ DE PAULINO.—¡Que te cambies!

VOZ DE CARMELA.—¡No me cambio!

VOZ DE PAULINO.—¡Tienes que salir!

VOZ DE CARMELA.—¡No me da la gana!

VOZ DE PAULINO.—¡Gustavete, a cambiarla!

VOZ DE CARMELA.—¡Ni se te ocurra, Gustavete!

VOZ DE PAULINO.—¡Aquí mando yo, que soy el director de la compañía!

(Tras otras frases ininteligibles, entra PAULINO *muy alterado, tratando de controlarse.)*

PAULINO.—*(Al público.)* Y ahora sí, señores... Ahora sí que vamos a interpretar para ustedes un gracioso diálogo arrevistado..., aunque no es el que he dicho antes, porque antes me he equivocado, ya se han dado cuenta... Pues bien, sí: de la divertida comedia frívola y musical «El Doctor Toquemetoda»... que con tanto éxito se representó en Madrid, hace dos temporadas, hemos escogido un gracioso y picante diálogo... que el teniente Ripamonte ha tenido la... la ocurrencia de... arreglar, para adaptarlo a las cosas de hoy en día... *(Lanza miradas, entre inquieto y encolerizado, al lateral.)* Claro, que... resulta que... es decir... puede que no salga tan gracioso... porque resulta que... Bueno, que Carmela se encuentra algo indispuesta... *(Intenta sonreír.)* Ya saben: cosas de mujeres... Y es posible que nos quede... algo deslucido... *(Enérgico, para* CARMELA.) Pero, lo que es hacerlo, lo haremos... ¡Vaya si lo haremos! De «pe» a «pa»... ¡No faltaría más! Y ahora mismito... *(Hacia la «cabina».)* ¡Luci, mio tenente! *(Nuevo cambio de luces.* PAULINO *gira sobre sí mismo y se coloca las gafas y una nariz postizas. Pasea por escena interpretando a un doctor ligeramente afeminado. Se dirige a un interlocutor invisible.)* Que vuelvan mañana, enfermera. ¿Me oye usted? Hoy ya no recibo a nadie más. Que se vayan todas, todas... *(Monologa.)* ¡Qué barbaridad! Este éxito profesional va a acabar conmigo. Todos los días, la consulta llena... Y el noventa y nueve por ciento de los pacientes... ¡«pacientas»!... Quiero decir: señoras, mujeres, hembras... De toda edad, condición y estado: casadas, solteras, viudas, separadas, jóvenes y viejas, vírgenes, mártires... ¡Qué martirio, el mío! Y seguro que la culpa la tiene ese maldito apellido, que las atrae como moscas: Serafín Toquemetoda... ¡Qué cruz! *(Hacia arriba.)* ¡Papá: te odio! ¿Por qué no te llamabas Fernández, como todo el mundo? *(Hacia el lateral.)* Váyase usted también, enfermera. No voy a necesitar sus servicios hasta mañana... *(Para sí.)* Sus servicios... ¡Otra que tal! Más que una enfermera, parece una modelo de ropa interior. A la menor ocasión, ¡apa! ya me está enseñando la combinación... Y las pausitas que hace, cada vez que me llama... *(Remedando una voz femenina.)* «Doctor... Tóqueme... Toda...». ¡Qué desvergüenza! *(Suenan unos golpes en el lateral.)* ¡Llaman a la puerta! ¿Quién podrá ser?

VOZ DE CARMELA.—*(Evidentemente sin ganas, mientras suenan nuevos golpes.)* ¡Ábrame la puerta, por favor, doctor!

PAULINO.—¡No estoy! Quiero decir... ¡no está! ¡El doctor no está!

VOZ DE CARMELA.—¿No es usted el doctor Toquemetoda?

PAULINO.—No, señora... Soy su ayudante. El doctor se fue hace mucho rato.

VOZ DE CARMELA.—No importa. Ábrame, que es un caso de vida o muerte.

PAULINO.—Entonces no le sirvo, porque yo sólo sé recetar Ceregumil.

VOZ DE CARMELA.—Si no me abre, me quedaré en la puerta hasta que venga mañana el doctor.

PAULINO.—*(Para sí.)* ¡Cielos, qué compromiso! No tengo más remedio que dejarla entrar y, como sea, hacerla salir... *(Finge abrir una puerta en el lateral.)* Pase usted, señora. Pero ya le digo que yo...

(Entra CARMELA *cubierta con un abrigo largo. Toda su actuación es, evidentemente, forzada, mecánica, reprimiendo un creciente malestar.)*

CARMELA.—Usted es el doctor Toquemetoda. No pretenda engañarme. Le reconozco por las fotos de los periódicos.

PAULINO.—¿No me confunde usted con el doctor Marañón[23], que sale mucho?

---

[23] Gregorio Marañón (1887-1960), célebre médico e intelectual español. Fue uno de los creadores de la Agrupación al Servicio de la República, con Ortega y Pérez de Ayala, entre otros.

CARMELA.—Salir, sí que sale. Pero me han dicho que entrar, entra muy poco...

PAULINO.—Y usted, ¿qué es lo que tiene?

CARMELA.—¿Yo? Calenturas.

PAULINO.—Vaya, vaya... Conque calenturas...

CARMELA.—Sí, doctor: calenturas. Póngame usted su termómetro, y las notará.

PAULINO.—Pues es que resulta que tengo el termómetro... estropeado.

CARMELA.—Usted póngamelo, y verá cómo se lo hago funcionar.

PAULINO.—Y, además de eso, ¿tiene usted algún otro síntoma?

CARMELA.—Muchos tengo, doctor. Pero será mejor... *(Vacila.)* Será mejor... *(Queda callada, en actitud hosca.)*

PAULINO.—*(Improvisando.)* Sí, será mejor que... *(Cada vez más inquieto, trata de inducir a* CARMELA *a continuar.)* Que se quite la ropa, ¿no?... para que pueda reconocerla... *(Venciendo su resistencia, le quita el abrigo: su cuerpo está envuelto en una bandera republicana.* PAULINO *vuelve a su papel, alterado por la actitud de* CARMELA.) Vaya, vaya... Estos colores no me gustan nada... Se nota que ha tenido usted... alguna intoxicación.

CARMELA.—*(Cada vez más a disgusto, lanzando miradas a la supuesta zona de los prisioneros.)* Tiene razón, doctor... Pero la cosa me viene... de nacimiento...

PAULINO.—¿Cómo es eso? *(Ante el silencio de* CARMELA.) Diga, diga... ¿Cómo es...?

CARMELA.—*(De un tirón.)* Verá usted, doctor, yo nací de un mal paso, ya me entiende, de un descuido.

PAULINO.—Comprendo: de un resbalón abrileño[24]. En primavera, ya se sabe... Y, sin duda, de ese mal nacimiento, le

[24] Inequívoca referencia a la proclamación de la Segunda República el 14 de abril de 1931.

vino una mala crianza... *(Silencio de* CARMELA, PAULINO *improvisa lo que, sin duda, es el papel de ella.)* Seguro que... alguna de sus nodrizas... le debió pasar mala leche...

CARMELA.—*(Seca.)* Eso mismo.

PAULINO.—*(Asumiendo cada vez más las réplicas que ella no dice.)* Y seguro que... a los pocos meses... empezaron a salirle... ¿Qué, qué? Diga... Manchas rojas en la piel, ¿verdad?

CARMELA.—*(Igual.)* Eso mismo.

PAULINO.—*(Sudando por el esfuerzo de salvar la dudosa comicidad de la escena.)* Y como era tan enfermiza, ¿no es verdad?, pues todos querían darle remedio... ¿No es así?... Y unos se lo daban por delante... y otros se lo daban por detrás... *(Manipulando obscenamente a* CARMELA.) Unos por delante y otros por detrás, unos por delante...

(De pronto, desde un lugar indeterminado —quizá desde la sala—, entonada por voces masculinas en las que se adivinan acentos diversos, se escucha la canción popular republicana.)

El ejército del Ebro,
rumba, la rumba, la rumba, va
una noche el río pasó,
ay Carmela, ay Carmela... (etc.)

CARMELA.—*(Desprendiéndose violentamente de* PAULINO.) ¡Vete a darle por detrás a tu madre! *(Y se une al canto de los milicianos, al tiempo que abre y despliega la bandera alrededor de su cuerpo desnudo, cubierto sólo por unas grandes bragas negras. Su imagen no puede dejar de evocar la patética criatura de una alegoría plebeya de la República.)*[25].

PAULINO.—*(Aterrado.)* ¡Carmela! ¡Los... el... las... las tetas!

---

[25] Sobre el sentido de esta imagen puede verse la Introducción.

(Todo ha sucedido muy rápidamente, al tiempo que la luz ha comenzado a oscilar y a adquirir tonalidades irreales. También el canto —y otros gritos y golpes que intentan acallarlo— suena distorsionado. PAULINO, *tratando desesperadamente de degradar la desafiante actitud de Carmela, recurre a su más humillante bufonada: con grotescos movimientos y burdas posiciones, comienza a emitir sonoras ventosidades a su alrededor, para intentar salvarla haciéndola cómplice de su parodia.)*

PAULINO.—*(Improvisa, angustiado y falsamente jocoso.)* ¡Éstos son los aires... que a usted le convienen...! ¡Y estas melodías... las que se merece! ¡Tome por aquí...! ¡Tome por acá...! ¡Do, mi, re, la, sol... si, re, do, mi, fa!

(La luz se extingue, excepto una vacilante claridad sobre la figura de CARMELA. *También decrecen las voces y sonidos de escena, al tiempo que se insinúan, inquietantes, siniestros, los propios de un fusilamiento: pasos marciales sobre tierra, voces de mando, una cerrada descarga de fusilería. Mientras se apagan los ecos, se hace totalmente el oscuro.)*

EPÍLOGO

Sobre el oscuro, se escucha la voz de PAULINO *que, desde fuera de la escena, grita: «¡Ya voy, ya voy...!». Se escucha el «clic» y se enciende la luz de ensayos. Entra* PAULINO *acabando de ponerse una camisa azul y con una escoba bajo el brazo.*

PAULINO.—*(Habla hacia el fondo de la sala.)* Ya voy... Es que me estaba poniendo esto... *(Bromea, inseguro.)* ¿Me sienta bien?... *(Serio.)* Bueno, ya está... *(Examina el escenario, siempre hablando con el supuesto ocupante de la «cabina».)* O sea: barrer esto, fregar un poco, poner los cinco sillones, las banderas, el crucifijo... Ah, y las colgaduras... Eso está hecho... Y luego... sí: llevar a arreglar la gramola, no nos vaya a fallar... *(Empieza a barrer.)* En una hora, todo listo. Y si me empeño, hasta puedo encontrar unas flores para adornar el crucifijo, o las banderas, o... Bueno: yo las consigo y tú me dices dónde las quieres, ¿eh, Gustavete?... Ahora que, si no te parece bien, nada de flores, como tú prefieras... Oye... *(Otea hacia el fondo.)* ¿Aún estás ahí? No se te olvide decirle al alcalde... Porque vas a la reunión ésa, ¿no?... Pues dile a don Mariano cómo me estoy portando, ¿eh? Tú ya sabes que a mí, voluntad no me falta... Que vean que conmigo se puede contar para lo que sea... Y, si se tercia, coméntale lo del puesto de conserje... Si me puedo sacar unas pesetas para ir tirando, al menos mientras dure la cosa... Luego, ya veremos lo que... Pero, en fin, lo principal es que sepan que soy de buena ley...

Trigo limpio, vamos... ¿Me oyes? ¿Estás ahí, Gustavete? *(Otea y escucha.)* Vaya, hombre: otro que se despide a la francesa... o a la italiana... *(Sigue barriendo en silencio.)*

(Entra la luz blanquecina desde el lateral del fondo. A poco aparece CARMELA *con su traje de calle. Viene mordisqueando algo que guarda en la mano. Atraviesa todo el fondo lentamente, sin reparar en* PAULINO, *que tampoco advierte su presencia, y se detiene cuando está a punto de salir.* PAULINO, *que está barriendo el proscenio, se pone súbitamente a dar escobazos en el suelo, furioso.)*

¡Míralas qué ricas!... La madre que las parió... A este pueblo se lo van a acabar comiendo las hormigas... *(Se rasca el cuerpo.)* Y a mí, las chinches...

CARMELA.—*(Le mira y exclama, sorprendida.)* ¡Paulino!

PAULINO.—*(Tiene una reacción ambigua que, finalmente, se resuelve en seca hostilidad, y sigue barriendo.)* ¿Qué?

CARMELA.—Pero, ¿qué te has puesto, hijo mío?

PAULINO.—¿Yo?

CARMELA.—Sí: la camisa ésa... ¡Qué mal te sienta!

PAULINO.—Pues ya ves...

CARMELA.—¿De dónde la has sacado?

PAULINO.—Me la han dado. La otra estaba ya...

CARMELA.—Pero ésta, con ese color tan...

PAULINO.—*(Hosco.)* A mí me gusta.

CARMELA.—Bueno, hombre, bueno... ¿Te pasa algo?

PAULINO.—¿A mí? Nada.

CARMELA.—Sí, conmigo... ¿Por qué me hablas así?

PAULINO.—No me pasa nada.

CARMELA.—¿Seguro?

PAULINO.—Seguro.

CARMELA.—Pues no levantes tanto polvo, hombre, que el suelo no te ha hecho nada... Vaya manera de barrer... Trae, déjame a mí... *(Va a cogerle la escoba; él la rechaza, brusco.)*

PAULINO.—¡No!... ¡Me pasa que ya estoy harto!

CARMELA.—¿De qué?

PAULINO.—¡De ti!

CARMELA.—¿De mí? ¿Estás harto de mí?

PAULINO.—Bueno... de ti, no. De... de esto... *(Gesto vago, que la incluye a ella.)* De lo que pasa en cuanto me quedo solo aquí... Tanto truco, tanta mentira...

CARMELA.—¿No te gusta que venga?

PAULINO.—¡No!... O sí, pero... ¡No, no me gusta!

CARMELA.—¿Por qué?

PAULINO.—*(Tras una pausa.)* Luego es peor...

CARMELA.—*(Tras otra pausa.)* O sea, que... ¿soy de mentiras?

PAULINO.—Tú me dirás...

CARMELA.—Pero estoy aquí, contigo...

PAULINO.—Bueno: estar...

CARMELA.—Dame un beso.

PAULINO.—¡Un beso! Vamos anda... No faltaría más... Un beso...

CARMELA.—Sí, dámelo: a ver qué pasa.

PAULINO.—A los muertos no se les da besos.

CARMELA.—Ya, pero... Uno sólo, a ver... *(Se le acerca.)*

PAULINO.—*(Se retira.)* ¿A ver, qué?

CARMELA.—¿Qué pasa? ¿Ahora me haces ascos?

PAULINO.—No, pero...

CARMELA.—¿Te crees que los gusanos los llevo encima?

PAULINO.—¡Qué cosas dices!

CARMELA.—Pues el asturiano, bien que me viene detrás...

PAULINO.—¿Qué asturiano?

CARMELA.—El de la cabeza abierta... Bueno, no es asturiano, pero casi: de Miranda de Ebro. Sólo que fue en Asturias donde... Pedro, se llama... Pedro Rojas [26].

PAULINO.—¿Y te va detrás?

---

[26] Recuerdo del fragmento III de *España, aparta de mí este cáliz*, de César Vallejo. La referencia a la cuchara, que aparece en una réplica posterior de Carmela, procede también del poema.

CARMELA.—¡Y cómo!

PAULINO.—Menudo sinvergüenza... Pero a mí me da igual.

CARMELA.—Ah, te da igual...

PAULINO.—Claro: ése está tan muerto como tú... O más.

CARMELA.—Pues da unos achuchones que no veas...

PAULINO.—¿Achuchones? Y tú te dejas, claro... *(Reacciona, furioso.)* ¡Y a mí qué me importa! ¡Ya me estás enredando otra vez!

CARMELA.—¿En qué te enredo yo?

PAULINO.—¡En qué te enredo, dice!... Pero, ¿tú crees que, a mi edad, voy a creer en fantasmas?

CARMELA.—Oye tú: sin faltar, que yo, de fantasma, nada.

PAULINO.—Pues si no eres un fantasma, y te me apareces por aquí, y resulta que estás muerta, y yo estoy vivo, y soy de verdad, y aquí nos tienes, peleándonos como siempre, pues... ¡a ver!

CARMELA.—A ver, ¿qué?

PAULINO.—*(Se rinde.)* Y yo qué sé...

CARMELA.—*(Tras una pausa, ofreciéndole lo que lleva en la mano.)* ¿Quieres?

PAULINO.—¿Qué es?

CARMELA.—Trigo.

PAULINO.—¿Trigo?

CARMELA.—Sí: un puñadico llevo.

PAULINO.—¿Y te lo comes así, crudo?

CARMELA.—Total, no le noto el sabor... Pero entretiene masticar... ¿Quieres?

PAULINO.—No, gracias... *(Nueva explosión de rabia.)* ¡A ver! ¡A que no te me apareces en la Calle Mayor, o en la Puerta del Pozo, o en el Economato, o en el Centro Agrícola...! Aquello sí que es de verdad... Allí sí que pasan cosas de verdad, como cuando llega el autobús con los que vuelven al pueblo, y los falangistas los reciben a palos... ¡O aquí mismo, ahora luego, con Gustavete delante...! O más tarde, que esto estará lleno de gente de verdad... Pero, no señora: ella se presenta aquí cuando estoy solo, y el teatro vacío, y encima quiere que me lo crea... ¡Y encima va y me cuenta los achuchones que le da ese Pedro Rojas!

CARMELA.—*(Bajito.)* También me ha dado esto... *(Saca una cuchara.)*

PAULINO.—¿Qué?

CARMELA.—Esta cuchara... Me ha regalado su cuchara...

PAULINO.—*(Estupor.)* Su cuchara... *(Estalla en carcajadas furiosas.)* ¡Su cuchara! ¡Pedro Rojas le ha regalado su cuchara! ¡Es para morirse! ¡Vean, señores! ¡El sinvergüenza descalabrado de Pedro Rojas le ha regalado a Carmela su cuchara! ¡No se lo pierdan!...

CARMELA.—Pues mira que a ti...

PAULINO.—*(Cesa súbitamente de reír.)* A mí, qué.

CARMELA.—*(Estalla en carcajadas.)* ¡Esa camisa que te han regalado!... ¡Que pareces una beata en Viernes Santo!

PAULINO.—*(Seco.)* No le veo la gracia.

CARMELA.—*(Riendo.)* ¡Porque no te has visto!... (PAULINO *se pone de nuevo a barrer, muy digno. Ella va dejando poco a poco de reír. Se acerca a él, conciliadora, y trata de quitarle la escoba. Él se resiste.)* Anda, dámela...

PAULINO.—*(Débilmente.)* No, déjame... *(Pero cede finalmente. Ella le da el puñado de trigo que lleva en la mano y se pone a barrer.)*

CARMELA.—Yo seré de mentiras, pero esto es barrer de verdad.

PAULINO.—*(Mirándola.)* Luego es peor...

CARMELA.—Es peor de todos modos... ¿O no?

PAULINO.—Ya, pero... *(Comienza distraídamente a comer granos de trigo.)* Claro, para ti es muy fácil: desapareces y se acabó... El que tiene que seguir aquí, y aguantar toda la mierda, soy yo. Tú no tienes idea de lo que está pasando... Las tropas ya se fueron del pueblo, y dicen que han tomado Quinto, Alcañiz, Caspe... Y que van a llegar al mar en unos días... Como no resista Cataluña [27].

---

[27] En efecto, los nacionalistas llegaron a las costas del Mediterráneo el 15 de abril de 1938. Cataluña sería ocupada en los primeros meses del 39.

CARMELA.—Ahora que dices Cataluña... Me he encontrado con dos catalanas muy sandungueras.

PAULINO.—Ah, ¿sí?

CARMELA.—Las dos se llaman Montse, claro... Pero no se parecen nada.

PAULINO.—Qué cosas...

CARMELA.—Una, la más joven, que es de Reus, dice que ya está bien de plantón, y que a ver si hacemos algo.

PAULINO.—¿Y qué vais a hacer, estando... como estáis?

CARMELA.—Ésa es la cosa. Porque dice Montse... pero la otra, la mayor... que hay muchas maneras de estar muerto...

PAULINO.—No me digas...

CARMELA.—Lo mismo que hay muchas maneras de estar vivo.

PAULINO.—Eso es verdad...

CARMELA.—Y, como dice Montse, si nos ponemos...

PAULINO.—¿Cuál?

CARMELA.—La joven, la de Reus... Pues que si...

PAULINO.—Y la otra, la vieja, ¿de dónde es?

CARMELA.—No es vieja, sólo que es mayor que Montse.

PAULINO.—Bueno, pues, ¿de dónde es esa Montse?

CARMELA.—¿Cuál?

PAULINO.—La mayor, la que no es de Reus...

CARMELA.—¿Y eso qué importancia tiene?

PAULINO.—No, ninguna... Es para no confundirlas.

CARMELA.—Pues no lo sé, no me lo ha dicho.

PAULINO.—Qué raro...

CARMELA.—¿Raro? ¿Por qué?

PAULINO.—Porque los catalanes, en cuanto te ven, te dicen: «Soy catalán de Manresa... o de Figueras... o de...».

CARMELA.—Bueno, pues Montse no me lo ha dicho, ya ves tú.

PAULINO.—Qué raro... A lo mejor, se hace pasar por catalana, y no lo es.

CARMELA.—Pero, vamos a ver, alma de Dios: ¿por qué se iba a hacer pasar por catalana, esa pobre mujer?

PAULINO.—Y yo qué sé... Ni la conozco... Pero hay gente muy rara por ahí...

CARMELA.—¡Tú sí que eres raro!

PAULINO.—La otra, en cambio, ya ves, enseguida: «Soy catalana de Reus». Lo normal.

CARMELA.—Pero, bueno, ¿a ti qué es lo que te interesa? ¿Lo que te iba a contar yo o su partida de nacimiento?

PAULINO.—Tienes razón: cuenta, cuenta...

CARMELA.—Ya no sé por dónde iba...

PAULINO.—Por Reus... Bueno, lo que decía la de Reus...

CARMELA.—Ah, sí... Pues decía Montse que podíamos ponernos a buscar a los que se conforman con borrarse..., o sea, a los macizos, como les llama Montse... y juntarnos, y hacer así como un club, o una peña, o un sindicato..., aunque Montse dice que, de sindicatos, ya vale... Pero en eso la otra Montse se pone muy farruca, porque dice que...

PAULINO.—Oye.

CARMELA.—¿Qué?

PAULINO.—Ya me estoy liando... ¿qué Montse es la que dice que...?

CARMELA.—*(Rotunda.)* ¿Sabes lo que te digo?

PAULINO.—¿Qué?

CARMELA.—Que no se llaman Montse, ea. Ninguna de las dos. Ni son catalanas, ni de Reus, ni nada.

PAULINO.—Pues, vaya...

CARMELA.—La una es anarquista y la otra comunista, ea.

PAULINO.—Toma castaña.

CARMELA.—A ver si así te lías. Una de la FAI y otra del PSUC[28].

---

[28] La FAI es la Federación Anarquista Ibérica, fundada en 1927. El PSUC es el Partit Socialista Unificat de Catalunya, resultado de la fusión de cuatro partidos realizada en 1936, poco antes de la guerra civil. Ya durante la guerra, los anarquistas de la FAI y de la CNT mantuvieron un duro enfrentamiento bélico contra los comunistas del PCE y del PSUC, pese a que ambos militaban en el bando republicano. De ahí los comentarios de Paulino y Carmela.

PAULINO.—¿Y no se han matado nada más verse?

CARMELA.—¿Cómo se van a matar, si ya están muertas? Al contrario: se han hecho la mar de amigas... Discuten mucho, eso sí, y se llaman de todo, y en catalán, ahí es nada... Pero sin llegar a las manos, porque ya, ¿para qué?

PAULINO.—Bueno, ¿y ese club...?

CARMELA.—O lo que sea, que ya se verá... Pues para hacer memoria.

PAULINO.—¿Qué quieres decir?

CARMELA.—Sí: para contarnos todo lo que pasó, y por qué, y quién hizo esto, y qué dijo aquél...

PAULINO.—¿Y para qué?

CARMELA.—Para recordarlo todo.

PAULINO.—¿A quién?

CARMELA.—A nosotros... y a los que vayáis llegando...

PAULINO.—*(Tras una pausa.)* Recordarlo todo...

CARMELA.—Sí, guardarlo... Porque los vivos, en cuanto tenéis la panza llena y os ponéis corbata, lo olvidáis todo. Y hay cosas que...

PAULINO.—¿Lo dices por mí? ¿Crees que me he olvidado de algo?

CARMELA.—No, no lo digo por ti... Aunque, vete a saber... Tú deja que pase el tiempo y ya hablaremos...

PAULINO.—Ya hablaremos... ¿Cuándo?

CARMELA.—Bueno: es un decir.

(Hay un silencio. Quedan los dos ensimismados, como en ámbitos distintos.)

PAULINO.—Y cuando ése te achucha, ¿qué notas?

CARMELA.—Ya hablaremos... Allí.

PAULINO.—Di... ¿Qué notas?

CARMELA.—Iréis llegando todos allí, y hablaremos...

PAULINO.—Seguro que te pellizca el culo... ¿A que sí?

CARMELA.—Los unos y los otros...

PAULINO.—Los obreros, en cuanto ven un culo fácil... ¡zas!, pellizco.

CARMELA.—Por la metralla, o fusilados, o a palos...

PAULINO.—*(Le da un pellizco en el trasero.)* ¿Lo notas?

CARMELA.—O en la cama, de un catarro mal curado...

PAULINO.—¿No notas nada?... Si quieres, te dejo que me des un beso...

CARMELA.—Más pronto o más tarde...

PAULINO.—¿No me oyes? Bésame una vez, a ver qué pasa...

CARMELA.—En la guerra, o en la paz, o en otra guerra, o en...

PAULINO.—Pues te beso yo... *(Lo hace. Ella parece ausente.)* ¿Te gusta?

CARMELA.—Porque los vivos no escarmentáis ni a tiros...

PAULINO.—¿Te gusta, Carmela? ¿Notas algo? *(La besa otra vez.)*

CARMELA.—Ni a tiros...

PAULINO.—*(Irritándose.)* ¡Dime si notas algo, coño! *(La besa y abraza con violencia.)* ¿Qué?

CARMELA.—Pero allí os estaremos esperando...

PAULINO.—*(Furioso y asustado.)* ¿Por qué no me contestas? *(La zarandea.)* ¡Carmela, dime algo! ¡Mírame! ¿Qué te pasa?

CARMELA.—Y recordando... recordando...

PAULINO.—*(Le da una bofetada.)* ¡A ver si esto lo notas!

CARMELA.—Y ya hablaremos... Ya hablaremos...

PAULINO.—*(La sacude violentamente.)* ¡Y esto! ¡Y esto! *(La abraza con brutalidad.)* ¡Carmela!

CARMELA.—*(Mirando, sorprendida, la sala.)* ¡Míratelos!

PAULINO.—*(Sobresaltado, afloja el brazo y se vuelve.)* ¿Qué? ¿Quién hay ahí?

CARMELA.—Ahí, en la sala... *(Sonriente.)* Míralos...

PAULINO.—¿Quién? No hay nadie ahí...

CARMELA.—Sí... ¿No los ves? En la sala, tan frescos...

PAULINO.—¿Quiénes están en la sala?

CARMELA.—Los milicianos... Los de las brigadas: el polaco, los franceses, los americanos...

PAULINO.—*(Oteando, inquieto, la sala.)* No digas tonterías, Carmela...

CARMELA.—*(A los «milicianos».)* Hola, compadres...

PAULINO.—Carmela, por favor... Los fusilaron el otro día... y yo vi cómo los echaban en una zanja, con otros muchachos...

CARMELA.—*(Sin escucharle.)* ¿Qué, a pasar el rato?

PAULINO.—Te digo que no hay nadie... Y mucho menos, esos...

CARMELA.—*(Igual.)* Lo mismo que yo... Aquí no se está mal.

PAULINO.—Por favor, Carmela... Ven conmigo, vámonos de aquí.

CARMELA.—Y ahora, mejor que la otra noche, ¿verdad?

PAULINO.—Pase que un vivo tenga visiones, pero... ¡que las tenga un muerto!

CARMELA.—¡Qué mal lo pasamos, eh! Porque yo, parecía contenta, cantando y bailando, pero... la procesión iba por dentro... Una, que es profesional...

PAULINO.—Esto es demasiado, Carmela... Yo me voy.

CARMELA.—No... *(Ríe.)* Eso de la procesión es una manera de hablar, una cosa que se dice aquí...

PAULINO.—Te digo que me voy, Carmela... Ya sólo falta que aparezca por aquí el descalabrado...

CARMELA.—¡Oye! ¿Y cómo es que nos entendemos?... Porque vosotros, no sé en qué me habláis, pero yo os entiendo... ¿Y a mí me entendéis? ¡Ay, qué gracia! *(Ríe.)* A ver si resulta que... como habéis muerto en España, pues ya habláis el español... ¡Qué ocurrencia!... Lo mismo que al nacer en un país... ¡Pues eso!

PAULINO.—No aguanto más, Carmela... Adiós... Ya hablaremos...

CARMELA.—*(Sigue muy divertida.)* Por lo menos, así, ya sabréis decir dónde habéis muerto... A ver, tú, polaco: di Belchite... Sí, eso es... Belchite... ¿Y Aragón, sabéis decirlo?... Aragón... No: A-ra-gón... Así: Aragón... España sí que lo decís bien, ¿verdad?... No... *(Risueña.)* Así, no... Así: ña... España... ña... Si es muy fácil... España... España...

(PAULINO *ha cruzado la escena con la gramola, sin mirar a* CARMELA. *Inexplicablemente, comienza a escucharse la canción «¡Ay, Carmela!».* PAULINO *se detiene, sobrecogido, mirando a su alrededor.* CARMELA, *que no parece escuchar su canción, continúa enseñando a pronunciar España...)*

OSCURO FINAL

EL LECTOR POR HORAS

NOTA DEL AUTOR

EL ACTO DE LEER

Es obvio: todo escritor ha sido primero lector apasionado. El hechizo, la fascinación por la escritura, proceden de la adicción a la lectura. Es, diría, su consecuencia natural. O sobrenatural. Llega un día en que no te conformas con navegar a través de los mares de palabras que otros han urdido, y te ves abocado a diseñar tus propias travesías, a inventar horizontes de papel y grafito.

En mi caso fue así. Y lo ha seguido siendo. La lectura no sólo ha nutrido siempre mi escritura, suplantando a menudo esa otra fuente que llamamos «vida», sino que ha acompañado, precedido y seguido todos mis pasos por la tierra, con sus paradas, tropezones y caídas. Tengo una deuda enorme con la literatura. Es, ha sido y será mi verdadera patria. No reconozco otra.

En *El lector por horas* he querido pagar parte de esa deuda. Lo necesitaba. Desde esta región errática en que vivo —el teatro—, he intentado asomarme al continente misterioso de los libros, de la ficción literaria, de la novela, en suma. De ese perenne flujo de palabras que nos hace vivir lo que otros vivieron o soñaron.

Estancias y paisajes que nunca transitamos, seres distintos y distantes, sensaciones ajenas, sentimientos prohibidos, voces irreconocibles, palabras fulgurantes que nos revelan lo que siempre supimos sin saberlo... ¿Por qué toda esa alteridad llega a sernos tan propia? ¿Qué nos hace y deshace el acto imperceptible de leer? ¿Cómo diluye y reconstruye nuestros parajes interiores, quizás devastados por la vida?

No tengo respuestas para estas preguntas. Y *El lector por horas* tampoco las da. Más bien plantea estos y otros interrogantes, al hilo —entrecortado— de una leve trama que reúne y desune a sus tres personajes, en torno al rito misterioso e íntimo de la lectura. Pido disculpas. Desde hace algún tiempo vengo intentando un tipo de teatro que ofrece más preguntas que respuestas. No por mala voluntad, lo juro. Pero es que, en este tiempo de falsas certidumbres, de recetas para todo, de afirmaciones perentorias, de pensamiento único... he optado por compartir mis dudas, por señalar las sombras, por dar forma dramática al enigma que envuelve nuestras vidas.

Y, del mismo modo que el lector de poesía tiene que completar con su imaginación, con su sensibilidad, con su experiencia de la vida, las vagas y a veces oscuras insinuaciones del poema, yo apelo a un espectador teatral que acepte la gozosa tarea de «rellenar los huecos» de la obra, a interpretar libremente sus enigmas, de implicarse a fondo en la aventura de «leer».

J. S. S.

Dispuso Yahvé un gran pez que se tragase a Jonás, y Jonás estuvo en el vientre del pez tres días y tres noches. [...] Me envolvían las aguas hasta el alma, me cercaba el abismo, un algo se enredaba en mi cabeza. A las raíces de los montes descendí, a un país que echó sus cerrojos tras de mí para siempre... [...] Y Yahvé dio orden al pez, que vomitó a Jonás en tierra.

JONÁS, 2, 1-11

Au commencement fut la Surprise,
Et ensuite vint le Contraste;
Après lui, parut l'Oscillation;
Avec elle, la Distribution,
Et ensuite la Pureté
Qui est la Fin.

PAUL VALÉRY, «Psaumes»

PERSONAJES

CELSO, padre
LORENA, hija
ISMAEL, lector

LUGAR

Amplio salón biblioteca de una casa acomodada
Altas estanterías repletas de libros
Muebles de sobria elegancia
Una puerta
Un ventanal

LUZ

La iluminación es diferente en cada escena, y nunca demasiado intensa
Excepto en las escenas que se indiquen, los diálogos empiezan en el Oscuro; la luz tarda entre 20 y 40 segundos en aparecer, y siempre lo hace gradualmente

SONIDO

En algunos de los frecuentes silencios que se abren en los diálogos, pueden llegar, amortiguados, ruidos del exterior

1

ISMAEL.—*(Lee.)* «... Pienso en la época en que el mundo conocido apenas existía para nosotros cuatro; los días eran simplemente espacios entre sueños, espacios entre capas móviles de tiempo, de actividades, de charla intrascendente... Un flujo y reflujo de asuntos insignificantes, un husmear cosas muertas, fuera de todo ambiente real, que no nos llevaba a ninguna parte...».

CELSO.—Bien.

ISMAEL.—*(Lee.)* «... que no nos exigía nada, salvo lo imposible: ser nosotros mismos. Justine decía...» [1].

CELSO.—Bien, bien. Ya es bastante.

ISMAEL.—Acabo el párrafo. *(Lee.)* «Justine decía que habíamos quedado atrapados en la proyección de una voluntad demasiado poderosa y deliberada para ser humana, el campo de atracción que Alejandría presentaba hacia los que había elegido para ser sus símbolos vivientes».

CELSO.—Muy bien.

ISMAEL.—Gracias.

CELSO.—Muy bien, sí. Exactamente lo que quería.

ISMAEL.—Gracias.

---

[1] El fragmento pertenece a *Justine,* de Lawrence Durrell (1912-1990), el novelista inglés nacido en la India. Es la novela que abre la teatralogía que lleva por título *El cuarteto de Alejandría*. Se ha utilizado la traducción de Aurora Bernárdez, en Pocket Edhasa, Barcelona, 1986, págs. 17 y 18.

CELSO.—No me refiero sólo a la voz, no. Al timbre, al tono, al ritmo y todo eso. Que son perfectos, desde luego.

ISMAEL.—Muchas gracias.

CELSO.—Eso es importante, desde luego. Pero yo me refiero a la lectura, ¿comprende? A cómo la palabra escrita...

ISMAEL.—Sí, ya...

CELSO.—... se convierte en palabra hablada. ¿Quiere repetir el final?

ISMAEL.—*(Lee.)* «Justine decía que habíamos quedado atrapados en la proyección de una voluntad demasiado poderosa y deliberada para ser humana, el campo de atracción que Alejandría presentaba hacia los que había elegido para ser sus símbolos vivientes».

CELSO.—Vaya. *(Pausa.)* No es lo mismo.

ISMAEL.—¿No?

CELSO.—Esta vez ha puesto demasiada intención, demasiado sentido. Me ha querido imponer su lectura, su interpretación.

ISMAEL.—¿Le parece?

CELSO.—Sí: más intención. Un poco demasiada intención. No es lo mismo. Estaba usted ahí, interponiéndose entre el texto y yo[2].

ISMAEL.—Lo siento.

CELSO.—Como diciéndome lo que yo debía entender del texto.

ISMAEL.—Lo siento. ¿Puedo repetir?

CELSO.—Antes no estaba usted. Era sólo un órgano, una máquina... o una simple herramienta que convertía las letras en sonidos, las palabras en formas acústicas, en figuras que yo podía...

ISMAEL.—¿Me permite que pruebe otra vez?

CELSO.—Era una cuestión de transparencia. Sí, ésa es la palabra: transparencia. ¿Comprende?

---

[2] Primera referencia al planteamiento intelectual de la pieza: la relación entre el texto y su receptor. Sobre esta cuestión, véase la Introducción, págs. 53-76.

ISMAEL.—Creo que sí.

CELSO.—Un órgano puramente fisiológico, sin más pensamiento que el necesario para convertir la cadena de signos gráficos en...

ISMAEL.—Sí, sí.

CELSO.—... en unidades melódicas y rítmicas de significación.

ISMAEL.—Comprendo. Es como si...

CELSO.—En cuanto ponemos demasiado pensamiento, la transparencia se pierde. Y llega lo traslúcido, aparece una figura interpuesta, que es la suya; algo de usted ahí en medio, entre el texto y yo.

ISMAEL.—Sí: una interpretación de...

CELSO.—¿Quiere un poco más de té?

ISMAEL.—Sí, gracias.

CELSO.—Lorena es muy sensible. *(Pausa.)* Nunca tuvo un carácter fácil, es verdad. Intransigente sería una buena palabra para calificarla... si le quitáramos toda valoración negativa. ¿Sin azúcar?

ISMAEL.—Sin azúcar, gracias.

CELSO.—Y también la positiva, claro. Intransigente, como decimos de la obsidiana que es dura, del puma que es voraz, del glaciar que es...

ISMAEL.—Permítame. *(Lee.)* «Justine decía que habíamos quedado atrapados por una voluntad demasiado poderosa y deliberada para ser humana, el campo de atracción que Alejandría presentaba hacia los que había elegido para ser sus símbolos vivientes».

CELSO.—... abrumador[3].

ISMAEL.—¿Cómo dice?

CELSO.—Abrumador, el glaciar. *(Pausa.)* Pero después del accidente se volvió voluble, caprichosa, despótica. Como un

---

[3] Advertimos aquí uno de los múltiples ejemplos de falta de relación —o de concordancia semántica— entre las réplicas, que serán frecuentes a lo largo de la pieza. La influencia de Pinter es notable en este aspecto.

sismógrafo que acusa la más pequeña turbación. *(Pausa.)* No es un trabajo fácil, se lo advierto.

ISMAEL.—Me hago cargo.

CELSO.—¿Tiene usted hijos? No, no me conteste, si no quiere. Además, en realidad no me importa. Era una pregunta retórica, una manera de decirle, y de decirme, que los hijos son los mensajeros de la muerte, de nuestra propia muerte. Ella nos los envía, como un regalo envenenado, para recordarnos que la misión está cumplida, que somos prescindibles, que ya podemos morir. ¿Piensa que exagero[4]?

ISMAEL.—Quizás.

CELSO.—No exagero, créame. Pero Lorena, gracias a su accidente, nos ha devuelto a la vida. Ya somos otra vez imprescindibles. Nos necesita absolutamente, ¿comprende?

ISMAEL.—No sé si...

CELSO.—Absolutamente. ¿Un poco más de té?

ISMAEL.—No, gracias.

(Silencio.)

CELSO.—No es usted muy locuaz. Eso me gusta. También a Lorena le gustará. No nos pidió un conversador.

ISMAEL.—No lo soy.

CELSO.—Su última lectura fue quizás demasiado transparente. Tampoco se trata de borrar el sentido... Pero lo prefiero así. *(Pausa.)* Transparente, ésa es la palabra. Sin figura interpuesta. Sólo un órgano, ¿me comprende?

ISMAEL.—Perfectamente.

CELSO.—¿Sí? ¿Comprende que no le contrato a usted, a la persona que usted es... sino sólo su facultad lectora?

---

[4] La muerte constituye uno de los motivos dominantes de la pieza: las madres muertas o el derrumbamiento de Celso son imágenes de la muerte en un primer plano de la ficción. Pero más frecuentes aún son las imágenes de la muerte que aparecen en el segundo plano de la ficción, es decir, en las lecturas elegidas.

ISMAEL.—Es lo que pensaba.

CELSO.—No me importa la persona que usted es. Ni a Lorena tampoco, por supuesto. Nos lo dijo muy claro: «Alguien que lea», dijo. «Sólo eso: alguien que sepa leer»... Y creo que usted es ese alguien.

ISMAEL.—Gracias.

CELSO.—Alguien que sepa leer. Nada más. Y nada menos. Ha habido otros candidatos, ¿lo sabía?

ISMAEL.—Lo suponía.

CELSO.—Gente muy competente, muy valiosa... Pero, lamentablemente, demasiado personal. Invadían los textos de un modo intolerable, algunos incluso con emociones, con muecas... Y, lo que es peor, ya en la primera entrevista empezaban a exhibir su currículum, su vida personal, sus preferencias... Por cierto: no me interesan tampoco sus preferencias [5].

ISMAEL.—Comprendo.

CELSO.—Supongo que las tendrá, como todo el mundo. ¿Me equivoco?

ISMAEL.—En cierto modo. Pero...

CELSO.—Pero no me interesan. Y a Lorena tampoco. Ella misma le indicará las lecturas. Tiene una vasta cultura literaria. Y aquí, como puede ver, hay libros más que suficientes para llenar toda una vida. ¿No le parece?

ISMAEL.—Sin duda.

CELSO.—Y es sólo una parte de mi biblioteca. Me atrevería a decir que lo tengo todo [6]. Todo lo que vale la pena, natural-

---

[5] Se trata de una advertencia muy semejante a la contenida en la nota 2. Celso busca el anonimato en el lector, la ausencia de elementos interpuestos entre el texto y la recepción.

[6] Sobre este punto véase la Introducción, págs. 67-76, así como el trabajo de Carles Batlle. El lector podría entender también estas palabras como un homenaje implícito a la biblioteca universal de Borges. Además, y sin que esto agote sus posibilidades significativas, estas palabras de Celso están en consonancia con las que pronunicará al final de la escena 14 y en las que habla de su orgullo como ser humano al contemplar esa labor de siglos realizada por el hombre.

mente. Mis asesores son muy competentes. Por lo tanto, nada de los últimos veinte años. Desde hace veinte años, no se ha escrito un solo libro que valga la pena. ¿Piensa que exagero?

ISMAEL.—Bueno, tal vez...

CELSO.—Créame: nada que valga la pena. En obras de creación, me refiero: novela, poesía, teatro... En los últimos veinte años, nada. Se acabó la creación. Sólo plagios, citas, remedos, refritos, obras de segunda mano... [7]. Mis asesores son muy competentes. Hay varios académicos, editores, libreros, críticos... Estoy bien informado. No leo todo lo que me pasan, naturalmente. Mis negocios me reclaman cada día más. Hoy, las cosas...

ISMAEL.—*(Tras una pausa.)* Sí, ya comprendo.

CELSO.—Pero estoy bien informado. *(Pausa.)* De sus condiciones económicas le hablará mi secretario. Espero que lleguen a un acuerdo.

ISMAEL.—Estoy seguro.

CELSO.—Y Lorena le indicará el horario. ¿Tiene limitaciones?

ISMAEL.—¿Cómo?

CELSO.—De horario. Limitaciones de horario. ¿Tiene muchas?

ISMAEL.—No. No muchas.

CELSO.—Convendría que estuviera disponible al máximo. Aunque decidan un horario fijo, Lorena es bastante imprevisible. Tiene cambios de humor, alguna que otra depresión y... lo contrario.

ISMAEL.—Ya.

CELSO.—¿Me entiende?

ISMAEL.—Sí, creo...

CELSO.—Exaltaciones.

ISMAEL.—Ya.

CELSO.—Momentos de euforia desmedida. Son raros, pero terribles.

---

[7] El comentario tiene mucho de provocación o de broma literaria, pero también anticipa la cuestión relativa al supuesto plagio a Faulkner por parte de Ismael.

ISMAEL.—¿Sí?

CELSO.—Más difíciles de sobrellevar que las depresiones. Para los demás, quiero decir.

ISMAEL.—Me lo imagino.

CELSO.—No. No creo que pueda imaginarlo. En fin...

(Silencio.)

ISMAEL.—Tengo la máxima disponibilidad.

(Silencio.)

Podría adaptarme.

(Silencio.)

He cancelado varios compromisos... profesionales.

(Silencio.)

Y tampoco tengo apenas... compromisos familiares. *(Pausa.)* Sólo llevar a mi madre a...

CELSO.—¿Cómo dice?

ISMAEL.—Que, por el momento, estoy bastante disponible.

CELSO.—¿Y a mí qué me importa?

ISMAEL.—Usted me preguntaba si yo...

CELSO.—Bien. Venga mañana a las cuatro. Es todo, por el momento.

(Oscuro.)

2

ISMAEL.—*(Lee.)* «... Tancredi quería que Angélica conociera todo el palacio en su complejo inextricable de habitaciones, salones de respeto, cocinas, capillas, teatros, galerías de pinturas, cocheras que olían a cuero, establos, bochornosos invernaderos, pasajes, escalerillas, pequeñas terrazas y pórticos y, sobre todo, de una serie de apartamientos abandonados y deshabitados desde hacía muchos años y que formaban un misterioso e intrincado laberinto». *(Pausa.)* «Tancredi no se daba cuenta —o acaso se la daba muy bien— de que arrastraba a la muchacha hacia el centro escondido del ciclón sensual, y Angélica, en aquel tiempo, quería lo que Tancredi decidía. Las correrías a través del casi ilimitado edificio eran interminables. Se partía hacia una tierra incógnita, e incógnita era realmente, porque en muchos de aquellos apartamientos o recovecos, ni siquiera don Fabrizio había puesto nunca los pies, lo que, por lo demás, era para él un motivo de...» [8].

(Oscuro.)

---

[8] El fragmento pertenece a *El Gatopardo*, de Giuseppe Tomasso di Lampedusa (1896-1957). La novela se publicó en 1958, un año después de la muerte de su autor. Se cita por la traducción de Fernando Gutiérrez, Madrid, Cátedra, 1989, pág. 177 (cap. IV). También en Austral 318, Madrid, Espasa Calpe, 1993.

3

ISMAEL.—*(Lee.)* «... Pronto llegaron las gotas de la farmacia vecina. Le sentaron bien y se sintió un poco menos débil, pero el ímpetu del tiempo que se le escapaba no disminuyó su impulso». *(Pausa.)* «Don Fabrizio se miró en el espejo del armario: reconoció más su vestido que a sí mismo: altísimo, flaco, con las mejillas hundidas, la barba larga de tres días: parecía uno de esos ingleses maníacos que deambulaban por las viñetas de los libros de Julio Verne... [9]. Un Gatopardo en pésima forma. ¿Por qué quería Dios que nadie se muriese con su propia cara? Porque a todos les pasa así: se muere con una máscara en el rostro; también los que son...».

LORENA.—¿Qué?

ISMAEL.—¿Cómo?

LORENA.—¿Qué ha dicho? Lo último... ¿Puede repetirlo?

ISMAEL.—*(Lee.)* «¿Por qué quería Dios que nadie se muriese con su propia cara? Porque a todos les pasa así: se muere con una máscara en el rostro...».

LORENA.—*(Tras una pausa.)* Siga.

ISMAEL.—*(Lee.)* «... También los que son jóvenes, incluso aquel soldado de la cara embarrada; hasta Paolo [10] cuando lo

---

[9] En *El Gatopardo* se añade: «que por Navidad regalaba a Fabrizzeto».

[10] En la primera edición falta la palabra *Paolo*. Se trata, sin duda, de una errata.

levantaron de la acera con el rostro contraído y sucio, mientras la gente perseguía por el polvo el caballo que lo había desmontado. Y si en él, viejo ya, era tan poderoso el fragor de la vida en fuga...» [11].

(Oscuro.)

[11] El fragmento pertenece de nuevo a *El Gatopardo, op. cit.*, págs. 255-256, cap. VII, en el que se narra la muerte del príncipe.

4

ISMAEL.—*(Lee.)* «Un día comentó sin levantar la cabeza: "Seguro que en el interior conocerá usted al señor Kurtz". Al preguntarle quién era el señor Kurtz, respondió que se trataba de un agente de primera clase, y viendo mi contrariedad ante tal afirmación, añadió despacio, dejando la pluma: "Es una persona fuera de lo normal". Ulteriores preguntas consiguieron arrancarle que el señor Kurtz estaba en la actualidad encargado de un puesto comercial de gran importancia en la verdadera región del marfil, en "el mismísimo corazón de ella. Nos manda tanto marfil como todos los demás juntos...". Comenzó a escribir de nuevo. El enfermo estaba demasiado grave para gemir. Las moscas zumbaban en una gran calma, Repentinamente se produjo un murmullo creciente de...» [12].

LORENA.—Bien, basta por hoy. Mañana, a la misma hora.

(Oscuro.)

---

[12] El pasaje pertenece a *El corazón de las tinieblas*, de Joseph Conrad (1857-1924), el novelista polaco que escribe en inglés, tras una vida plena de aventuras, que van desde el tráfico de armas para los carlistas hasta la navegación por buena parte de los mares del mundo. Entre 1898 y 1899 escribe *El corazón de las tinieblas*, que se publica en 1902. La traducción es de Araceli García Ríos e Isabel Sánchez Araujo, Madrid, Alianza, 1998, págs 43-44, cap. 1.

5

ISMAEL.—*(Lee.)* «... Remontar aquel río era regresar a los más tempranos orígenes del mundo, cuando la vegetación se agolpaba sobre la tierra y los grandes árboles eran los reyes. Un arroyo seco, un gran silencio, un bosque impenetrable. El aire era cálido, espeso, pesado, perezoso. No había júbilo alguno en la brillantez de la luz del sol. Los largos tramos del canal fluían desiertos hacia las distancias en penumbra. En los plateados bancos de arena, los hipopótamos y los caimanes tomaban juntos el sol. Las aguas, al ensancharse, discurrían entre una multitud de islas arboladas; se podía uno perder en aquel río tan fácilmente como en un desierto y tropezarse durante todo el día con bancos de arena, tratando de dar con el canal, hasta que se creía uno hechizado y aislado para siempre de todo lo que se había conocido antes —en algún lugar muy lejano— en otra existencia, tal vez. Había momentos en que tu pasado volvía a ti, como ocurre a veces, cuando no tienes ni un momento de más para ti mismo; pero se presentaba en la forma de un sueño intranquilo y ruidoso, recordado con asombro entre las sobrecogedoras realidades de ese extraño mundo de plantas, agua y silencio...» [13]. *(Pausa.)* Ehmm... Ya es la hora.

---

[13] El pasaje pertenece de nuevo a *El corazón de las tinieblas*, lo mismo que los demás fragmentos de esta escena 5, que obviamente constituyen la continuación de este fragmento. Puede verse en la pág. 68, cap. 5.

LORENA.—¿Qué?

ISMAEL.—La hora. Son más de las siete.

LORENA.—¿Ya?

ISMAEL.—Las siete y diez. *(Pausa.)* ¿Quiere que siga?

LORENA.—¿Está cansado?

ISMAEL.—No, en absoluto. *(Pausa.)* ¿Quiere que siga?

LORENA.—No entiendo esa imagen: el pasado que vuelve como un sueño intranquilo... ¿De qué pasado habla?

ISMAEL.—A ver... *(Lee.)* «... de ese extraño mundo de plantas, agua y silencio. Y esta quietud de vida no se parecía en lo más mínimo a la paz. Era la quietud de una fuerza implacable que medita melancólicamente sobre una intención inexcusable. Miraba con aspecto vengativo...».

LORENA.—¿Se da cuenta? ¿De qué pasado habla? ¿Del de Marlow? Y esa fuerza que mira con aspecto vengativo... ¿Qué es eso?

ISMAEL.—*(Tras una pausa, lee.)* «Más tarde me acostumbré a ella; ya no la veía, no tenía tiempo.» *(Pausa.)* «Tenía que seguir adivinando el canal...».

LORENA.—Dejémoslo aquí.

ISMAEL.—*(Lee.)* «... tenía que distinguir, más que nada por inspiración...».

LORENA.—Basta, digo. Mañana seguiremos.

ISMAEL.—¿Qué?

LORENA.—Son más de las siete, ¿no?

ISMAEL.—Sí.

LORENA.—Hasta mañana.

ISMAEL.—Sí... Hasta mañana.

LORENA.—¿Le pasa algo?

ISMAEL.—¿A mí? No... ¿Por qué? *(Pausa.)* A las cuatro. *(Pausa.)* Hasta mañana.

LORENA.—¿Qué?

ISMAEL.—Hasta mañana a las cuatro.

(Oscuro.)

6

ISMAEL.—*(Lee.)* «... Ella lo sabía. Estaba segura. La oí llorar; había ocultado su rostro entre las manos. Me parecía que la casa se iba a desplomar antes de que yo pudiera escapar, que el firmamento caería sobre mi cabeza. Pero no ocurrió nada. El firmamento no se viene abajo por semejante pequeñez. Me pregunto si se habría venido abajo si yo hubiera hecho a Kurtz la justicia que le era debida. ¿No había dicho él que únicamente quería justicia? No pude decírselo. Hubiera sido demasiado oscuro... hubiera sido todo demasiado oscuro...». *(Pausa.)* «Marlow cesó de hablar y se sentó aparte, confuso y silencioso, en la postura de un Buda meditando. Nadie se movió durante algún tiempo». *(Pausa.)* «Hemos perdido el comienzo del reflujo —dijo el director súbitamente—. Levanté la cabeza. La desembocadura estaba bloqueada por un negro cúmulo de nubes, el apacible canalizo que conducía a los más remotos rincones de la tierra fluía sombrío bajo un cielo cubierto; parecía conducir hasta el corazón de una inmensa oscuridad» [14].

LORENA.—*(Tras una pausa.)* ¿Puedes repetir?

ISMAEL.—¿Cómo?

LORENA.—El último párrafo, ¿puede repetirlo?

---

[14] El texto leído es, como se dirá pocas líneas más abajo, el final de *El corazón de las tinieblas*, pág. 139, cap. 3.

ISMAEL.—Sí, claro. *(Lee.)* «Levanté la cabeza. La desembocadura estaba bloqueada por un negro cúmulo de nubes; el apacible canalizo que conducía a los más remotos rincones de la tierra fluía sombrío bajo un cielo cubierto; parecía conducir hasta el corazón de una inmensa oscuridad».

(Silencio.)

LORENA.—Siga.
ISMAEL.—Es el final.
LORENA.—¿El final?
ISMAEL.—Sí
LORENA.—No puede ser.
ISMAEL.—Sí, mire... Perdone. *(Pausa.)* Es el final.
LORENA.—Es absurdo.
ISMAEL.—¿Qué?
LORENA.—Ese final. Un escritor no puede... *(Pausa.)* Y esa mentira piadosa: su nombre... ¿Por qué no le dice la verdad? Su última palabra: el horror... Es absurdo, no es un final...
ISMAEL.—¿Le parece? *(Pausa.)* Posiblemente, el autor pretende...
LORENA.—Esa chica, la prometida de Kurtz... De luto perpetuo, ¿no? Aparece sólo al final, ¿y para qué? Para anunciar que va a ser... ¿cómo dice?... Desgraciada para toda la vida, eso es. Desgraciada para toda la...
ISMAEL.—Sí, pero también...
LORENA.—¿Qué?
ISMAEL.—No, no importa.
LORENA.—Sí, diga. También, ¿qué?
ISMAEL.—*(Tras una pausa.)* No sé: quizás... para poner un espejo ante la cara de Marlow.
LORENA.—¿Un espejo? ¿Qué quiere decir?
ISMAEL.—Un espejo... traslúcido. *(Pausa.)* ¿Me entiende?
LORENA.—No.

ISMAEL.—Para que algo termine... uno tiene que verse.... al ver al otro, ¿comprende? Verse y ver al otro en la misma imagen, como en un... [15].

LORENA.—Bien, no importa. Basta por hoy. Mañana a la misma hora.

ISMAEL.—Aún faltan... veinticinco minutos. Si quiere...

LORENA.—¿Hay luz?

ISMAEL.—¿Cómo?

LORENA.—Afuera, en la calle. ¿Queda luz?

ISMAEL.—No. Ya es de noche.

LORENA.—Hasta mañana.

ISMAEL.—Hasta mañana. Bueno... hasta el lunes. Hoy es viernes.

LORENA.—¿Sí?

ISMAEL.—Sí, viernes. *(Pausa.)* Hasta el lunes, entonces.

LORENA.—Sí.

(Oscuro.)

---

[15] La interpretación de Ismael, aunque sugestiva y coherente, resulta incómoda e inoportuna para la ciega Lorena: el uso de los términos: ver, verse, espejo, traslúcido, etc., chocan frontalmente con su ceguera. En este ámbito semántico puede incluirse la pregunta que, poco después, hace Lorena sobre la luz, y, desde luego, el último párrafo y el título de la novela de Conrad elegido como lectura.

7

CELSO.—No, no: usted no tiene ninguna culpa. El error fue mío por...

ISMAEL.—Sí, pero yo debí...

CELSO.—De veras. Asumo toda la responsabilidad. Usted no...

ISMAEL.—Algo noté ya los primeros días. Debí decirle que...

CELSO.—Toda la responsabilidad. Ni siquiera me di cuenta de que ya el título... [16].

ISMAEL.—Yo lo pensé un momento, pero...

CELSO.—No se puede estar en todo.

ISMAEL.—Mi opinión, al fin y al cabo...

CELSO.—No se puede.

ISMAEL.—No. *(Pausa.)* Pero, ¿está ya mejor?

(Silencio.)

CELSO.—«¿Qué sabes tú de oscuridad?», me dijo. «¿Qué sabe nadie de tinieblas?».

ISMAEL.—¿Eso le dijo?

CELSO.—«No hay ningún corazón ahí...».

ISMAEL.—Lo siento.

---

[16] Se refiere, por supuesto, a *El corazón de las tinieblas*.

CELSO.—«Ninguno».

ISMAEL.—Pero, ¿está ya mejor?

CELSO.—¿Qué?... Sí. Ha sido más corta que otras veces.

ISMAEL.—¿La... depresión, quiere decir?

CELSO.—Llamémosla así... Más corta, pero muy desagradable. Hasta el doctor se asustó. Y eso que es la persona más flemática del mundo. Pero se asustó. *(Pausa.)* Muy desagradable... ¿Un poco más de té?

ISMAEL.—No, gra... Bien, sí: un poco.

CELSO.—La verdad es que Conrad abusa de esa metáfora. Anoche estuve releyendo la novela, y es así: sombras, oscuridad, tinieblas... en cada página. Abre uno el libro al azar y... Escuche... *(Lee.)* «En realidad yo había ido buscando la selva, no al señor Kurtz —que era como si ya estuviese enterrado—, estaba dispuesto a admitirlo. Y por un momento me pareció que también yo estaba enterrado en una gran tumba llena de secretos inconfesables. Sentí un peso intolerable que oprimía mi pecho, el olor de la tierra húmeda, la presencia invisible de la corrupción triunfante, la oscuridad de una noche impenetrable». *(Pausa.)* En cada página, ¿se da cuenta [17]?

ISMAEL.—¿Cómo?

CELSO.—¿No me estaba escuchando?

ISMAEL.—Sí, sí, claro... Es un pasaje muy... ¿Me permite?

CELSO.—¿El libro?

ISMAEL.—Sí, por favor.

CELSO.—¿Qué le encuentra a este pasaje?

ISMAEL.—No, en realidad... nada.

CELSO.—A ver... *(Lee para sí.)*

ISMAEL.—*(Tras una pausa.)* Todo el libro es muy denso. El relato discurre como un... como un río sin cauce. Tanto que, a menudo, parece como si Conrad se olvidara de narrar, de contar una historia...

---

[17] De nuevo se trata de un pasaje de *El corazón de las tinieblas*, pág. 115, cap. 3.

CELSO.—*(Tras una pausa.)* ¿Me decía algo?

ISMAEL.—¿Qué?... No, nada.

CELSO.—¿Quiere el libro?

ISMAEL.—No, gracias. No importa.

CELSO.—Tiene razón: es un pasaje inquietante. *(Lee.)* «Me pareció que también yo estaba enterrado en una gran tumba llena de secretos inconfesables...». *(Pausa.)* ¿Y quién no lo está?

(Silencio.)

ISMAEL.—Entonces... ¿cuándo le parece que vuelva?

CELSO.—¿Se va ya?

ISMAEL.—Si no tenemos sesión...

CELSO.—Al fin y al cabo, los libros son una forma de experiencia. Leyendo se vive, ¿no? Y ya sabemos que la vida no es un baño de espuma. Lorena también lo sabe, así que... No, no hay por qué evitarle los zarpazos. Y menos compadecerla. De ninguna manera. ¿Qué es la ceguera, a fin de cuentas? ¿Una desgracia? No era más feliz antes del accidente. ¿Una carencia? ¿De qué? Todos somos incompletos... [18]. Y ella, teniendo más que la mayoría, siempre estaba... insatisfecha. *(Pausa.)* Cuando su madre nos dejó... ¿Tiene algo que hacer?

ISMAEL.—¿Yo? ¿Cuándo?

CELSO.—Ahora. ¿Alguna ocupación, algún compromiso?

ISMAEL.—No. Estas horas las tengo reservadas para ustedes.

CELSO.—¿Reservadas? ¿Qué quiere decir?

ISMAEL.—¿Cómo?

CELSO.—¿Para nosotros?

ISMAEL.—Para Lorena. Para la lectura.

CELSO.—No le entiendo.

ISMAEL.—Perdone: yo tampoco.

---

[18] La noción de carencia, el concepto de oquedad, los vacíos, las fracturas en la comunicación son un motivo recurrente en la pieza.

CELSO.—Le pregunto si tiene algo que hacer ahora.

ISMAEL.—Sí, sí: ya le entiendo...

CELSO.—¿Entonces?

ISMAEL.—¿Qué?

CELSO.—¿Por qué dice que no me entiende?

ISMAEL.—Perdone: ha sido usted quien...

CELSO.—¿Le molesta que le haga confidencias?

ISMAEL.—*(Tras una pausa.)* No tengo ningún compromiso, ahora.

CELSO.—No pensaba hablarle de mi esposa. Al fin y al cabo, son muchas las mujeres que abandonan sus hogares. Marido, hijos, posición... Muchísimas. No hay estadísticas de eso, pero créame... Innumerables. Y la mayoría no se arrepiente, se lo aseguro. En cambio, ya ve: la madre de Lorena... Por cierto: ¿qué tal *Madame Bovary*[19]?

ISMAEL.—¿Cómo dice?

CELSO.—¿Qué le parecería *Madame Bovary?*

ISMAEL.—Ah... Como lectura, quiere decir...

CELSO.—La leyó cuando era muy joven. A los quince o dieciséis, si mal no recuerdo. Pero no creo que se enterara de gran cosa, entonces. Ahora, en cambio...

ISMAEL.—¿Piensa que es oportuno... en estas circunstancias[20]?

CELSO.—¿Qué quiere decir?

ISMAEL.—Nada, perdone... Es una tontería.

CELSO.—Sí: dieciséis. *(Pausa.)* Mire, Ismael: estas circunstancias son normales aquí. Pero el suicidio no cabe en la mente de Lorena, no se preocupe. Es demasiado orgullosa, ¿comprende?

ISMAEL.—Creo que sí.

---

[19] *Madame Bovary,* la novela de Gustave Flaubert (1821-1880), escrita entre 1851 y 1856 y publicada primeramente por entregas en una revista, en 1856, y, ya en libro, en 1857.

[20] Como es sabido, Madame Bovary se suicida al final de la novela. Por este motivo Ismael duda de la oportunidad de esta lectura en las circunstancias por las que atraviesa Lorena.

CELSO.—¿No tenía que irse?

ISMAEL.—¿Yo?

CELSO.—Sí, ese compromiso.

ISMAEL.—Bueno, la verdad...

CELSO.—Venga mañana, a la hora de siempre. O mejor... ¿Podría media hora antes?

ISMAEL.—¿Media hora?

CELSO.—Lorena me dijo que quería más tiempo de lectura. ¿Puede usted?

ISMAEL.—Creo que sí... ¿Media hora?... Sí, me parece que puedo.

CELSO.—Eso me gusta: que tenga disponibilidad.

(Oscuro.)

8

LORENA.—*(Ríe.)* ... Y todos los demás detrás de mí, como estúpidos, sin hacer nada, sin atreverse a salir de la clase... Y yo allí, con aquel escote... Y el profesor... *(Ríe.)* Lo más gracioso era la cara del profesor... y su voz, sí, también, diciéndome: «Señorita, por favor, señorita...». No sabía adónde mirar, intentaba ordenar sus papeles, pero... *(Ríe.)* ¿No le hace gracia?

ISMAEL.—Sí, claro...

LORENA.—¿Se imagina lo que estaría pasando por su cabeza? *(Ríe.)* No, mal profesor no era, pero... tan tímido, tan anticuado... Un niño viejo... «Señorita, por favor...». *(Ríe.)*

ISMAEL.—Sí, tiene gracia...

LORENA.—Son una raza triste, ¿no le parece?

ISMAEL.—¿Cómo?

LORENA.—Los profesores... Una raza triste[21].

ISMAEL.—Ah, sí... en cierto modo...

LORENA.—Patética... Y más cuando son jóvenes.

ISMAEL.—¿Le parece que sigamos?

LORENA.—Porque entonces, además, son unos reprimidos. Tristes y reprimidos. *(Pausa.)* Aquel pobre idiota se llevó una

---

[21] El comentario puede entenderse como una broma personal o una ironía dirigida a sí mismo (el dramaturgo ha ejercido como profesor durante buena parte de su vida), pero también como un anticipo de lo que sucederá después, cuando Lorena adivine (?) el supuesto pasado turbio de Ismael.

buena lección... *(Ríe.)* La erótica del simbolismo: tres semanas manoseando el tema, y luego... *(Pausa.)* ¿Qué?

ISMAEL.—Nada. No he dicho nada. ¿Seguimos con la lectura?

LORENA.—No le habré molestado, supongo... Espero que no sea usted... o que no haya sido... profesor, profesor de Literatura. No le habré...

ISMAEL.—No, no...

LORENA.—No tenía intención de molestarle.

ISMAEL.—No se preocupe.

LORENA.—Si fuera usted profesor...

ISMAEL.—Ya le digo que no... que no se...

LORENA.—O si lo hubiera sido...

ISMAEL.—De ningún modo. Yo...

LORENA.—*(Tras una pausa.)* ¿Qué?

ISMAEL.—*(Tras una pausa.)* Su padre...

LORENA.—¿Sí?

ISMAEL.—*(Tras una pausa.)* Hablamos de ciertas...

LORENA.—¿A qué se refiere?

ISMAEL.—Me refiero a su padre, que...

LORENA.—¿Qué tiene que decirme de mi padre?

ISMAEL.—No, nada... Simplemente, que hablamos de...

LORENA.—¿Cuándo?

ISMAEL.—¿Qué?

LORENA.—¿Cuándo hablaron?

ISMAEL.—Al principio, en la primera entrevista...

LORENA.—¿Hablaron de mí?

ISMAEL.—No, me refiero a...

LORENA.—¿No hablaron de mí?

ISMAEL.—Sí, claro, también... Pero yo me...

LORENA.—De mí...

ISMAEL.—Él me dijo...

LORENA.—Lo que mi padre diga de mí no tiene que...

ISMAEL.—No, por favor... Déjeme que le...

LORENA.—No me importa nada, ¿comprende?

ISMAEL.—Sí, comprendo...

LORENA.—Sé perfectamente lo que piensa y lo que dice de mí, y...

ISMAEL.—No, no. Verá: hablamos...

LORENA.—... no me importa nada.

ISMAEL.—De ciertas condiciones...

LORENA.—Lo sé y no me importa.

ISMAEL.—Que usted misma...

LORENA.—¿Qué condiciones?

ISMAEL.—O que ustedes dos habían...

LORENA.—¿Condiciones?

ISMAEL.—De mi trabajo aquí.

LORENA.—*(Tras una pausa.)* ¿Y?

ISMAEL.—De mí, como persona...

LORENA.—¿De usted?

ISMAEL.—Sí, de...

LORENA.—No me interesa su vida personal.

ISMAEL.—Sí: eso precisamente...

LORENA.—¿Habló con mi padre de su vida personal?

ISMAEL.—No, al contrario. Me dijo...

LORENA.—Se lo expliqué muy claro: «Un buen lector. Sólo eso. Un lector por horas».

ISMAEL.—Exacto.

LORENA.—«No una lectora», le dije. «Un hombre. Un lector, un hombre que sepa leer».

ISMAEL.—*(Tras una pausa.)* Exacto.

(Silencio.)

LORENA.—Tengo frío.

ISMAEL.—¿Qué?

LORENA.—Hay una manta en el sofá, a cuadros verdes.

ISMAEL.—Sí.

LORENA.—¿Son verdes los cuadros?

ISMAEL.—Sí, verdes.

LORENA.—¿Quiere ponérmela? Tengo frío.

ISMAEL.—Con mucho gusto.

LORENA.—No... Yo me la pongo. Gracias.

ISMAEL.—De nada. *(Pausa.)* ¿Seguimos?

LORENA.—Sí, por favor.

ISMAEL.—*(Lee.)* «Pero allá en lo más profundo de su alma siempre estaba esperando algo que iba a ocurrir...».

LORENA.—Perdone...

ISMAEL.—¿Sí?

LORENA.—¿Podría servirme un poco más de té?

ISMAEL.—Sí, claro... Tenga.

LORENA.—Gracias... Siga, por favor.

ISMAEL.—*(Lee.)* «... siempre estaba esperando algo que iba a ocurrir. Paseaba sus ojos desalentados sobre el yermo de su existencia, oteando la lejanía, como un marinero en peligro, por si veía aparecer alguna vela blanca entre las brumas del horizonte. No sabía cuál podría ser aquel evento azaroso, ni el viento que lo traería hacia ella, ni a qué costas la llevaría, como tampoco si sería una chalupa o un navío de tres puentes, cargado de angustias o rebosante de dichas hasta la borda. Pero desde que abría los ojos por la mañana empezaba a esperarlo...» [22].

(Oscuro.)

---

[22] El fragmento pertenece a *Madame Bovary*. No he podido localizar la traducción empleada por el dramaturgo. En cualquier caso, pertenece a la I parte, capítulo 9. Puede verse en la edición de Austral, Madrid, Espasa Calpe, 1993, pág. 135.

9

ISMAEL.—*(Lee.)* «... Subía él delante, abría la puerta, entraban. ¡Qué ardor en aquel primer abrazo! Luego, las palabras y los besos se sucedían precipitadamente. Empezaban a contarse los disgustos de la semana, las corazonadas, el ansia por las cartas. Pero al mirarse a los ojos, todo se desvanecía en el olvido, entre risas voluptuosas y apelativos tiernos». *(Pausa.)* «La cama era de caoba, muy grande, y tenía forma de barca. Las cortinas de seda roja del dosel se recogían en la cabecera curvada hacia atrás. Y no podía darse nada más bonito que la piel blanca y la cabeza morena de Emma cuando, con un gesto pudoroso, cruzaba los brazos desnudos y se tapaba la cara con las manos». *(Pausa.)* «La estancia tibia, con su alfombra de tonos discretos, sus vivos adornos y aquella luz tamizada, era un decorado propicio a las más apasionadas intimidades...»[23].

(Oscuro.)

---

[23] *Madame Bovary*, *op. cit.*, III parte, capítulo V, pág. 352.

10

LORENA.—Eso no es verdad.

CELSO.—Tú sabes que sí... Y usted también, ¿no?

ISMAEL.—Bueno... yo, en realidad...

CELSO.—No le llamemos destrucción, si no quieren. ¿Le llamamos locura?

LORENA.—Tampoco. Depende de...

CELSO.—Locura, sí: no hay que tener miedo a...

LORENA.—Tú todo lo...

CELSO.—Que es una forma de destrucción, ¿no le parece?

ISMAEL.—Yo creo que depende de cómo se...

CELSO.—La mente y la realidad entran en colisión, y entonces...

LORENA.—No siempre, papá, no siempre...

ISMAEL.—Hay muchas maneras de leer.

CELSO.—En eso estamos de acuerdo. Uno puede protegerse, salvarse de la destrucción...

LORENA.—Todo lo exageras, lo retuerces...

CELSO.—... de la locura. Pero en toda novela hay... Toda obra de ficción contiene ese virus. Esa intención, diría yo. Sí: hay una malignidad esencial en la literatura que...

ISMAEL.—Pero el ser humano necesita... siempre ha necesitado...

LORENA.—No insista, Ismael. Para él, eso es pura adicción morbosa... ¿Verdad, papá?

CELSO.—Algo así... ¿Otra copa?

LORENA.—Todo lo retuerces... Ya basta, papá.

CELSO.—Y Flaubert lo sabía muy bien.

ISMAEL.—O sea que, según usted, Emma Bovary y Don Quijote serían...

CELSO.—Precisamente: y Don Quijote, eso es. Dos víctimas de la misma enfermedad. Emma y Don Quijote: un buen paralelismo.

ISMAEL.—No es mío [24].

CELSO.—Más que paralelismo: la misma enfermedad, el mismo virus...

LORENA.—¿Hay luz aún?

CELSO.—La literatura, las novelas. El vicio de leer.

LORENA.—¿Qué hora es?

ISMAEL.—Yo diría que son casos extremos...

CELSO.—¿Qué?

ISMAEL.—Madame Bovary y Don Quijote...

CELSO.—¿Casos extremos?

ISMAEL.—Sí... que Cervantes y Flaubert no se privan de criticar...

CELSO.—¿Adónde vas, Lorena?

(Silencio.)

ISMAEL.—Son casi las ocho.

CELSO.—Al contrario: son el prototipo del lector medio. Algo más vulnerables, quizás, por el vacío de sus vidas... Pero su historia es común y corriente: la de todos los que se entregan a la lectura... y acaban destruidos. Así va el mundo: todos enfermos, locos... Las novelas abren... sí, y también las comedias y dramas... incluso los poemas, sí... Todo eso abre un... una grieta entre la mente y la realidad. Un abismo por donde se despeña... ¿qué? ¿La razón, quizás? ¿El sentido común?

---

[24] En efecto, Américo Castro y Ortega y Gasset han hablado de ese paralelismo entre los dos personajes.

Por favor, Lorena: siéntate. *(Pausa.)* Hay muchas maneras de leer, usted lo ha dicho... Aunque, en el fondo, podrían reducirse a dos. Sí: hay sólo dos, en el fondo. *(Pausa.)* Pero la literatura, todas las obras de ficción, novelas, poesías, dramas... sólo tienen un propósito: crear insatisfacción, volver insoportable la realidad. Y fíjese que lo dice un gran lector, como yo. Un amante de la literatura. Que le está pagando a usted un sueldo nada despreciable por... para que su propia hija... *(Pausa.)* ¿Qué haces ahí, Lorena?

LORENA.—Nada, papá. No hago nada. Sólo estoy aquí.

CELSO.—¿Por qué no te sientas?

LORENA.—Sí, ¿verdad? ¿Por qué no?

CELSO.—¿Prefieres estar de pie?

LORENA.—No sé. ¿Lo prefiero?

CELSO.—No hay luz ahí.

LORENA.—*(Ríe.)* Ah, ¿no?

CELSO.—Ya sabes que no me gusta... Sabes que me gusta verte.

LORENA.—¿Te gusta?

ISMAEL.—Yo... Son más de las ocho.

CELSO.—Las ocho en punto. ¿Oye?

ISMAEL.—Sí, las ocho.

CELSO.—A tu madre le daba miedo, ¿te acuerdas?, ese reloj.

LORENA.—Sí, papá. *(Pausa.)* ¿Vas a seguir bebiendo?

CELSO.—Son extraños, ¿verdad, Ismael?, los miedos de las mujeres. Ese reloj, por ejemplo... A usted y a mí nos parece... las campanadas, quiero decir... Ese sonido nos parece grave, profundo, tranquilizador, ¿no es verdad?

ISMAEL.—Sí... Muy sereno.

LORENA.—A mí no me da miedo, pero lo encuentro... solemne, pedante, masculino.

CELSO.—*(Ríe.)* ¡Masculino! Tiene gracia. Pedante y masculino... *(Pausa.)* Pues, en cambio, a su madre le daba miedo. Decía que... *(Pausa.)* Y a Lorena, por mucho que ahora diga, también. Pero ella es de las que saben protegerse, salvarse de la destrucción. Ella es como yo.

LORENA.—Estoy aquí.

CELSO.—¿Y sabe por qué? Porque sabemos cómo tender un puente sobre el abismo. ¿La locura? No, amigo mío: la locura es para los débiles, para los que tienen miedo de las campanadas de un reloj. ¿Cuántos libros calcula que leyó mi mujer en toda su vida?

ISMAEL.—No sé.

CELSO.—Sí, por favor: diga una cifra, cualquiera, una cantidad que le parezca razonable.

LORENA.—Papá...

ISMAEL.—No podría calcular...

CELSO.—Vamos, diga una cifra, es un juego...

ISMAEL.—Pero, ¿cómo voy a...?

CELSO.—En toda su vida... ¿A qué edad nos dejó tu madre? *(Pausa.)* Lorena.

LORENA.—A los cincuenta y tres. *(Pausa.)* ¿Nos dejó?

CELSO.—¿Por qué no vienes aquí con nosotros? Esto no es más que una charla agradable entre amigos. Y tú no tienes, precisamente...

LORENA.—Iba a cumplir cincuenta y tres.

CELSO.—¿Cuántos libros, Ismael? En cincuenta y tres años de vida. Una familia culta, acomodada...

ISMAEL.—No sé... ¿Quinientos, seiscientos...?

CELSO.—¿Cuántos, dice?

ISMAEL.—Unos quinientos, por ejemplo.

CELSO.—Ya. *(Pausa.)* Nueve. *(Pausa.)* Nueve libros.

(Silencio.)

LORENA.—¿Sabe una cosa, Ismael? Yo no creo que Madame Bovary fuera una mala madre...

CELSO.—Ocho libros bastaron para destruirla. El noveno, en cambio, la salvó.

LORENA.—Simplemente, no fue madre. Tener una hija no convierte a una mujer, automáticamente, en una madre. Son dos cosas que no tienen por qué estar relacionadas. Tienes una hija: eres una madre. ¿Por qué? Al menos, no siempre. Se puede tener una hija, y no ser madre. Y a la inversa: ser madre, sin haber tenido ninguna hija. Emma, simplemente, no fue madre. Flaubert le da una hija, pero nada más. No la convierte en madre. Ni mala ni buena. Sólo tiene a Berthe y...

ISMAEL.—¿Funciona este teléfono?

LORENA.—¿Qué?

ISMAEL.—Perdone... El teléfono, que si funciona.

LORENA.—¿Dónde hay un teléfono?

ISMAEL.—Aquí, en esta mesilla.

LORENA.—¿La mesilla de laca?

ISMAEL.—Sí, negra con...

LORENA.—¿Hay un teléfono ahí?

ISMAEL.—Sí. *(Pausa.)* ¿Funciona?

LORENA.—¿Por qué no iba a funcionar?

ISMAEL.—No sé... Nunca lo he oído sonar.

LORENA.—En esta casa no se reciben muchas llamadas. *(Pausa.)* ¿Quiere llamar?

ISMAEL.—Debería avisar de que...

LORENA.—Se ha dormido, ¿verdad?

ISMAEL.—¿Cómo?

LORENA.—Siempre es así, cuando bebe. No se emborracha nunca. Bebe y bebe, habla por los codos y, de pronto... Tendrá que ayudarme a subirlo a su cuarto; los viernes el servicio tiene la noche libre. Si no le importa, claro... Yo sola no puedo. Aunque también podríamos dejarle ahí. *(Pausa.)* ¿Le importaría?

ISMAEL.—¿Qué?

LORENA.—Ayudarme a cargarlo hasta su cama.

ISMAEL.—Debería... tenía que hacer una llamada.

LORENA.—Algunas veces me llama un hombre. *(Pausa.)* Es siempre el mismo, aunque con voces distintas.

ISMAEL.—¿Voces distintas? ¿Qué quiere decir?

LORENA.—Que cambia la voz, que la desfigura cada vez... Pero yo sé que es el mismo.

ISMAEL.—¿Y sabe quién es? ¿Le conoce?

LORENA.—Siempre el mismo. Y siempre me dice... obscenidades, cosas sucias. No se imagina la de porquerías que puede llegar a inventar. Yo no soy ninguna mojigata, se lo aseguro, pero hay veces que me producen verdadero asco sus...

ISMAEL.—¿Y por qué las escucha?

LORENA.—¿Qué?

ISMAEL.—¿Por qué no cuelga, sencillamente?

LORENA.—¿Colgar?

ISMAEL.—Sí: no tiene por qué escuchar esas... Le bastaría con colgar.

LORENA.—Cada vez hace una voz diferente...

ISMAEL.—Sí, pero cuando empieza con las obscenidades, usted podría...

LORENA.—¿Está insinuando que me gusta escucharlas?

ISMAEL.—¿Cómo?

LORENA.—Me pregunta que por qué no cuelgo.

ISMAEL.—Sí, pero...

LORENA.—O sea que, según usted, si no cuelgo es porque me...

ISMAEL.—No, perdone, yo sólo...

LORENA.—Claro: usted sólo preguntaba.

ISMAEL.—Exacto.

LORENA.—Una pregunta inocente, ¿verdad?... ¿Por qué se queda ahí, pegada al teléfono, escuchando esa letanía de obscenidades que...?

ISMAEL.—Yo no he dicho eso...

LORENA.—¿... que la desnudan, que la ensucian, que la violan de todos los modos posibles?

ISMAEL.—Sólo preguntaba...

LORENA.—No se reciben muchas llamadas en esta casa.

ISMAEL.—... por preguntar. Y, si le soy sincero...

LORENA.—*(Tras una pausa.)* ¿Qué?

ISMAEL.—Ni siquiera creo que sea verdad.

LORENA.—*(Tras una pausa.)* ¿No se lo cree?

ISMAEL.—Lo del tipo ese que la llama. No creo que sea verdad.

LORENA.—¿No cree que me llama un hombre?

ISMAEL.—No... O puede que la llamen, sí. Pero eso de las voces y las porquerías, que un hombre la llame para decirle obscenidades, si le soy sincero...

LORENA.—¿Sincero? ¿Es usted sincero?

ISMAEL.—*(Tras una pausa.)* ¿Qué quiere decir? *(Pausa.)* No tendría por qué serlo. No me contrataron para ser sincero.

LORENA.—¿Y para mentir?

ISMAEL.—¿Qué?

LORENA.—¿Le contratamos para mentir?

ISMAEL.—Para leer. Sólo para...

LORENA.—O sea que mentir no entraba en el trato.

ISMAEL.—¿Mentir?

LORENA.—Es un servicio extra, entonces.

ISMAEL.—No entiendo qué quie...

LORENA.—Sí: una especie de... prestación desinteresada.

ISMAEL.—¿En qué iba yo a mentirles?

LORENA.—Le contratamos para leer, y usted, generosamente, nos obsequia con mentiras.

ISMAEL.—Usted me perdonará, Lorena, pero tenía un compromiso y...

LORENA.—Puede llamar si quiere, profesor.

ISMAEL.—No, ahora ya es tarde. Tengo que irme. *(Pausa.)* ¿Profesor?

LORENA.—¿No quería llamar? Una llamada siempre es más...

ISMAEL.—¿Ha dicho «profesor»?

(Silencio.)

LORENA.—Mi padre tiene razón: yo sé protegerme. Pero ¿a qué precio? Nadie puede imaginar lo que... Siete años... casi siete años aguzando el oído para... Los otros sentidos, el tacto, el olfato... sí, también: para el mundo de las cosas... Tropezar, caer, quemarse... ¿Qué importa? Las cosas están ahí o no están, son duras o blandas, frías o calientes. Un poco de dolor, un poco de ridículo, ¿qué importa? *(Pausa.)* Pero las voces... Quien habla es gente, son personas, ¿cómo saber... ? No sólo están ahí: te hablan, te dicen cosas... Pero además hay gestos, posturas, miradas... Ya sé que todo miente, que con todo se puede mentir. Nos educan para eso, ¿no? Pues ahora, imagínese: orientarse en ese laberinto de mentiras sólo por el oído, al hilo de la voz. ¿Se lo imagina? Cierre los ojos y dígame si estoy sonriendo, si le amenazo con el puño, si me acaricio un pecho... Ande, cierre los ojos. ¿No quiere probar? *(Pausa.)* Siete años aguzando el oído. *(Pausa.)* Lo sé todo de usted. Cada sesión de lectura es una confesión, en cada página me descubre un pliegue de su alma, un miedo, un rencor, el trazo de un recuerdo o de un deseo. Esos miles y miles de palabras leídas... No, no me interrumpa. *(Pausa.)* ¿Iba a decirme algo? *(Pausa.)* Lo sé todo de usted. Los adjetivos, sobre todo, le traicionan. Y también algunos verbos... Con los nombres, en cambio, se defiende mejor. Siempre que no se refieran al cuerpo humano... ni a líquidos o sustancias fluidas... Perdone: pensará que me burlo de usted, pero no, créame, no es divertida esta... ¿clarividencia?... O «clariaudiencia»... Créame: divertida no es. Me protege, es verdad. Pero, ¿a qué precio? ¿Gano yo algo descubriendo que fue usted profesor, que lo expulsaron por...? Aunque no me crea, preferiría tener un oído embotado como mi padre, como todo el mundo. «Transparente», me dijo. «Tiene un modo transparente de leer»... refiriéndose a usted. *(Pausa.)* Miente cuando habla, pero leyendo se desnuda. *(Ríe.)* A través de esa transparencia, mi padre sólo ve la obra, el «texto», como dice él. Yo, en cambio... *(Pausa.)* ¿Era menor de edad? Me refiero a la última, claro: la suicida. Las otras... Bueno, la verdad es que no me importa. En cambio, ese temor a lo que fluye... ¿O no es exactamente miedo? Me intriga, lo reconozco. Al principio, con *El corazón de las tinieblas,* pensé que eran los ríos, que algo en los ríos le velaba la voz, se le apagaba... No sé: llegue a inventarme historias de hijos ahogados, de inundaciones que anegaban su casa... No es nada de eso, ¿verdad? No son sólo los ríos. Es todo lo que... Ismael... ¿Ismael?

ISMAEL.—Sí.

LORENA.—No me importa, créame. Menor o mayor de edad, ¿qué más da? ¿Quién decide esas cosas? Ser niña, ser mujer... Cuando alguien intenta suicidarse, es que ya perdió la infancia. *(Pausa.)* ¿La perdió... o se la quitaron? A mí me la robó mi madre de un manotazo. Menos que eso: con una leve sacudida. Lo justo para despertarme... Tendría yo diez años, o menos. Una noche, su voz me sacó del sueño: «Lorena, Lorena, despierta, mírame...». Me zarandeaba suavemente... «Despierta, mírame...». Estaba sentada en mi cama, con un vestido de noche precioso, gris perla, muy escotado, precioso... Sangraba por la nariz, el labio partido, un ojo tumefacto... Lloraba y sonreía... «Mira, Lorena, mira esto, tu padre...». ¿Adónde va? *(Pausa.)* Ismael, ¿adónde...?

ISMAEL.—Estoy aquí.

LORENA.—Puede irse, si quiere. No será la primera vez que duerme ahí toda la noche. Si es que está durmiendo... Quizás se hace el dormido para espiarnos, ¿no cree? *(Pausa.)* Es imposible saberlo: no le cambia la respiración. Es raro, ¿verdad? A todo el mundo le cambia, pero a él... O no duerme nunca, o siempre está dormido... *(Ríe.)* Si se marcha así, furtivamente, sin replicarme, sin defenderse... quiere decir que aún se avergüenza de aquello. Pero, ¿de qué? ¿De lo que hizo con ella? ¿O de que lo expulsaran? *(Pausa.)* ¿Cómo fue? ¿Hubo escándalo, le degradaron públicamente? No creo que tuviera problemas con la justicia, probablemente no pudieron acusarle de nada. Sólo su buen nombre, su prestigio, su carrera... Un apestado. De la noche a la mañana, convertido en un apestado, la deshonra de su gremio: el honorable doctor Jekyll resulta ser mister Hyde...[25]. Y entonces, ¿qué? ¿Huyó, desapareció, cambió de ciudad, de país, de nombre? Como ahora, ¿verdad? *(Pausa.)* Saldrá de la casa como un ladrón, sin hacer ruido, sin

---

[25] Referencia a los dos personajes de la célebre novela de Robert Louis Stevenson (1850-1894) *El extraordinario caso del Doctor Jekyll y Mr. Hyde* (1886).

negar nada, sin defenderse, sin... Desaparecerá, se perderá en el corazón de las tinieblas. Y no volverá más. El lunes a las cuatro no vendrá, ni el martes, ni el miércoles. Yo quizás ni le espere, ya sabré que...

ISMAEL.—Necesito este trabajo.

LORENA.—¿Cómo?

ISMAEL.—*(Tras una pausa.)* Lo necesito. Necesito este trabajo.

(Oscuro.)

ENTREACTO

11

(Silencio.)

ISMAEL.—¿Sigo?
LORENA.—No, espera. *(Pausa.)* ¿Quién lo escogió?
ISMAEL.—¿Qué?
LORENA.—Ese libro, *Relato soñado...* [26]. ¿Lo escogiste tú?
ISMAEL.—No: tu padre. *(Pausa.)* ¿Por qué?
LORENA.—¿Mi padre?
ISMAEL.—Sí, ¿por qué te... ?
LORENA.—Nunca me habló de ese Schinzler...
ISMAEL.—Schnitzler. *(Pausa.)* ¿No?
LORENA.—¿Qué te dijo?
ISMAEL.—¿Tu padre? ¿Cuándo?
LORENA.—De ese autor, de ese libro.
ISMAEL.—Cuando me lo dio...
LORENA.—Sí, ¿qué te dijo?
ISMAEL.—Nada. «Lee éste; le gustará...». Y me lo dio, sin más.

---

[26] Se trata de una novela escrita por Arthur Schnitzler (1862-1931), dramaturgo y novelista, médico vienés de origen judío, interesado por el psicoanálisis y las investigaciones sobre el subconsciente. Entre sus piezas teatrales destacan *La ronda*, *La cacatúa verde* y *Anatol*. Entre sus narraciones pueden recordarse *El teniente Gustl*, *El padrino*, *Frau Beate y su hijo*, *La señorita Elsa* y este *Relato soñado*, publicado en 1925.

LORENA.—¿Me gustará?

ISMAEL.—Eso me dijo. Que te gustaría.

LORENA.—¿Por qué?

ISMAEL.—¿Qué?

LORENA.—¿Por qué me iba a gustar? ¿Por qué creía que me iba a gustar?

ISMAEL.—No sé. No me lo dijo. Simplemente...

LORENA.—Cállate. *(Pausa.)* Sigue leyendo.

ISMAEL.—*(Tras una pausa, lee.)* «Y volvió a dejar suavemente la cabeza sobre la plancha y dejó que su mirada vagara por aquel cuerpo muerto...».

LORENA.—Cada vez mientes mejor.

ISMAEL.—¿Qué?

LORENA.—Nada. Sigue.

ISMAEL.—*(Tras una pausa, lee.)* «... Y dejó que su mirada vagara por aquel cuerpo muerto, guiada por el errante resplandor de la linterna. ¿Era el cuerpo de ella...? ¿Aquel cuerpo maravilloso, floreciente, ayer mismo tan dolorosamente deseado? Vio un cuello amarillento y arrugado, dos pechos de muchacha pequeños que, sin embargo, se habían vuelto fláccidos y entre los que, como si se preparase ya la obra de la descomposición, el esternón se dibujaba con claridad cruel bajo la piel pálida; vio la redondez parda y mate del bajo vientre y vio cómo, desde una sombra que ahora no tenía ni secreto ni sentido, unos muslos bien formados se abrían con indiferencia; vio el abombamiento de...» [27].

LORENA.—Repite lo de antes, lo del rostro.

ISMAEL.—¿Lo del rostro?

LORENA.—Sí: cuando describe la cara.

ISMAEL.—*(Lee.)* «Un rostro blanco de párpados semicerrados lo miró. La mandíbula inferior colgaba floja, el labio superior, estrecho y levantado, dejaba ver las encías azu-

---

[27] El fragmento pertenece a *Relato soñado*. La traducción empleada es la de Miguel Sáez, Barcelona, Quaderns Crema, 1999, cap. VI, pág. 124.

ladas y una hilera de dientes blancos. Si aquel rostro había sido hermoso alguna vez, si quizás lo era todavía el día anterior, Fridolin no hubiera podido decirlo. Era un rostro totalmente insignificante, vacío, un rostro muerto. Podía pertenecer igual a una muchacha de dieciocho años que a una mujer de...» [28].

LORENA.—*(Ríe.)* ¡Qué ingenuo! Pensó que yo... que con eso me... No lo puedo creer. Debe de estar chocheando... ¿Seguro que lo escogió él?

ISMAEL.—No sé a qué te refieres.

LORENA.—¿No lo sabes?

ISMAEL.—No.

LORENA.—Cada vez mientes mejor... ¿No lo escogiste tú?

ISMAEL.—¿Por qué iba yo a...?

LORENA.—Lo sabes muy bien.

ISMAEL.—¿Qué es lo que sé?

LORENA.—A qué me refiero. Porque a ti te conviene, ¿no es verdad?, tanto como a él.

ISMAEL.—¿Me conviene?

LORENA.—Sí, tanto como a él... que yo siga hundida en esto... Que nunca olvide lo que...

ISMAEL.—Por favor, Lorena: déjame fuera de esta guerra. No sé qué tienes contra tu padre... ni él contra ti. Y no quiero saberlo. Llega un momento en que ser hijo... No, escúchame... Ahora comprendo lo que significa. Quiero decir que antes, cuando crees que los padres son eternos, ser hijo es sólo un modo de...

LORENA.—¿Cómo te atreves? ¿De qué estás hablando?

ISMAEL.—Estoy hablando de mi madre...

LORENA.—¡Cállate! ¿Sabes quién eres? ¿Quién eres tú aquí? Di: ¿lo sabes? ¿Cómo te atreves? Eres menos que un criado, ¿lo sabes? Menos que mi doncella. Es increíble. Llegaste a esta casa por casualidad, y ya te crees con derecho a...

---

[28] *Relato soñado*, cap. VI, pág. 123.

No eres nadie aquí, nadie. Ella, por lo menos, mi doncella, me ve desnuda, me ayuda a escoger la ropa, me toca... Tendría más derecho que tú a meterse en mi vida, a criticar a mi padre...

ISMAEL.—Yo no pretendo...

LORENA.—¡Que te calles! *(Pausa.)* De todo el servicio tenemos buenos informes. Son gente intachable. Nadie tiene nada que ocultar, ninguna vergüenza, ningún escándalo. Viven con nosotros, cobran su sueldo, nos respetan, son discretos... En cambio, tú... Menos que un criado, y ahí estás: hurgando entre mi padre y yo, escarbando en el barro, sembrando cizaña...

ISMAEL.—Estás loca, Lorena.

LORENA.—¿Qué?

(Silencio.)

ISMAEL.—Soy el perro de una loca. De una loca ciega. Como no ve nada, continuamente me pisa el rabo, las patas, el hocico... Aúllo de placer y ella, con su oído absoluto, me descifra de pies a cabeza. Eso me gusta más aún. Me convierto en una piel de naranja puesta a secar al sol. Al resecarme, todavía emito gemidos, y ella, con su oído absoluto, escucha la confesión de Raskólnikov [29] y, con un sólo gesto magnánimo, me condena y me absuelve, me absuelve y me condena. Con un sólo gesto. ¿Qué más puedo pedir?

LORENA.—*(Tras una pausa.)* ¿Eso es lo que haces?

ISMAEL.—¿Lo que hago?

LORENA.—¿Eso es todo?

---

[29] Raskólnikov es el protagonista de la novela de Dostoievski, *Crimen y castigo*. Ismael asocia su situación a la del personaje, que lleva sobre su conciencia el peso de un crimen cuya autoría no será conocida por todos hasta el final. La referencia puede tener un sentido irónico, pero también contribuye a crear esa sensación de ambigüedad en torno a los personajes.

ISMAEL.—¿Qué hago?

LORENA.—Cuando dejas de mentir. *(Pausa.)* Di.

ISMAEL.—¿A qué jugamos ahora?

LORENA.—Sí, cuando no mientes. ¿Eso es todo lo que sabes hacer cuando no...?

ISMAEL.—¿Qué?

LORENA.—*(Ríe.)* ¡Raskólnikov!

ISMAEL.—Estás loca.

LORENA.—¡Literatura! Literatura barata... Dejas de mentir y haces litera...

ISMAEL.—¿Sigo leyendo? ¿O prefieres que me ponga a cuatro patas? Anda, sí... Dime: «¡Échate! ¡Échate, Ismael!»... Y me pondré a cuatro patas. O, si te parece mejor, puedo seguir leyendo... pero a cuatro patas. ¿No te gustaría? Notar mi voz reptando por la alfombra, enroscarse en tus pies, treparte por las piernas... ¿No te gustaría?

LORENA.—Sí. *(Pausa.)* Échate. *(Pausa.)* Échate y lee.

ISMAEL.—*(Tras una pausa, lee.)* «... vio la redondez parda y mate del bajo vientre y vio cómo, desde una sombra oscura que ahora no tenía secreto ni sentido, unos muslos bien formados se abrían con indiferencia; vio el abombamiento de las rodillas ligeramente vueltas hacia afuera, las agudas aristas de las espinillas y los pies esbeltos con los dedos curvados hacia dentro». *(Pausa.)* «Todo aquello volvió a hundirse rápidamente en la oscuridad cuando el cono de luz de la linterna eléctrica retrocedió con velocidad multiplicada, hasta que finalmente se detuvo temblando ligeramente sobre el pálido rostro. Involuntariamente, como obligado y guiado por una fuerza invisible, Fridolin tocó con ambas manos la frente, las mejillas, los hombros y los brazos de la mujer; luego, como en un juego amoroso, entrelazó sus dedos con los de la muerta y, por rígidos que éstos estuvieran, le pareció que trataban de moverse para apretar los suyos: incluso creyó que, bajo aquellos párpados semicerrados, una mirada lejana e incolora buscaba la suya; y, como mágicamente atraído, se inclinó hacia adelante». *(Pausa.)* «Entonces oyó susurrar a sus espaldas: —Pero, ¿qué haces?...» [30].

LORENA.—Bien. Basta por hoy. Mañana a la misma hora. *(Pausa.)* ¿No me oyes? Levántate y vete.

(Silencio.)

ISMAEL.—¿Te pasa algo? *(Pausa.)* ¿Estás llorando?

(Oscuro.)

---

[30] *Relato soñado,* cap. VI, págs. 124-125. Este pasaje constituye la continuación del que se había leído y al que pertenece la nota 27.

12

ISMAEL.—*(Lee.)* «Este pueblo está lleno de ecos. Tal parece que estuvieran encerrados en el hueco de las paredes o debajo de las piedras»[31].

LORENA.—*(Tras una pausa.)* Este pueblo está lleno de ecos. Tal parece que estuvieran encerrados en el hueco de las paredes o...

ISMAEL.—*(Tras una pausa.)* «O debajo de las piedras».

LORENA.—O debajo de las piedras.

ISMAEL.—*(Lee.)* «Cuando caminas, sientes que te van pisando los pasos. Oyes crujidos. Risas. Unas risas ya muy viejas, como cansadas de reír».

LORENA.—*(Tras una pausa.)* Cuando caminas, sientes que te van pisando los pasos. Oyes risas. Unas risas ya muy...

ISMAEL.—«Oyes crujidos. Risas. Unas risas...».

LORENA.—Oyes crujidos. Risas. Unas risas ya muy viejas, como cansadas de reír.

ISMAEL.—*(Lee.)* «Y voces ya desgastadas por el uso. Todo eso oyes. Pienso que llegará el día en que estos sonidos se apaguen».

LORENA.—*(Tras una pausa.)* Y voces ya desgastadas por el uso. Todo eso oyes. Pienso que llegará un día en que estos...

ISMAEL.—«Pienso que llegará el día...».

---

[31] El pasaje pertenece a *Pedro Páramo*, novela compuesta por el mexicano Juan Rulfo. Abundan las ediciones de esta novela; cito por la de Barcelona, Planeta, 1985, págs. 36-37. El pasaje se lee a lo largo de esta escena 12.

LORENA.—Pienso que llegará el día en que estos sonidos se apaguen.

ISMAEL.—*(Lee.)* «Eso me venía diciendo Damiana Cisneros mientras cruzábamos el pueblo».

LORENA.—Eso me venía diciendo Damiana Cisneros mientras cruzábamos el pueblo.

ISMAEL.—*(Lee.)* «Hubo un tiempo en que estuve oyendo durante muchas noches el rumor de una fiesta. Me llegaban los ruidos hasta la Media Luna. Me acerqué para ver el mitote aquel y...».

LORENA.—¿Qué es el mitote?

ISMAEL.—La fiesta, creo.

LORENA.—Sigue.

ISMAEL.—*(Lee.)* «Me acerqué para ver el mitote aquel y vi esto: lo que estamos viendo ahora. Nada. Nadie. Las calles tan solas como ahora».

LORENA.—*(Tras una pausa.)* Hubo un tiempo en que estuve oyendo durante muchas noches el rumor de una fiesta. Me llegaban los ruidos hasta la Media Luna. Me acerqué para ver el mitote aquel y vi esto: lo que estamos viendo ahora. Nada. Nadie. Las calles tan solas como ahora.

ISMAEL.—*(Tras una pausa, lee.)* «Luego dejé de oírla. Y es que la alegría cansa. Por eso no me extrañó que aquello terminara».

LORENA.—Luego dejé de oírla. Y es que la alegría cansa. Por eso no me extrañó que aquello terminara.

ISMAEL.—*(Lee.)* «Sí —volvió a decir Damiana Cisneros—. Este pueblo está lleno de ecos. Yo ya no me espanto. Oigo el aullido de los perros y dejo que aúllen».

LORENA.—Sí, volvió a decir Damiana Cisneros. Este pueblo está lleno de ecos. Yo ya no me espanto. Oigo el aullido de los perros y dejo que aúllen.

ISMAEL.—*(Lee.)* «Y en días de aire se ve el viento arrastrando hojas de árboles, cuando aquí, como tú ves, no hay árboles. Los hubo en algún tiempo, porque si no, ¿de dónde saldrían esas hojas?».

LORENA.—Y en días de aire se ve al viento arrastrando hojas de árboles, cuando aquí, como tú ves, no hay árboles. Los hubo en algún tiempo, porque si no, ¿de dónde saldrían estas hojas?

ISMAEL.—«Esas hojas».

LORENA.—¿De dónde saldrían esas hojas?

ISMAEL.—*(Tras una pausa, lee.)* «Y lo peor de todo es cuando oyes platicar a la gente, como si las voces salieran de alguna hendidura y, sin embargo, tan claras que las reconoces. Ni más ni menos, ahora que venía, encon...».

LORENA.—Y lo peor de todo es cuando oyes platicar a la gente, como si las voces salieran... como si las voces... como si salieran de una... Y lo peor de todo es cuando oyes... a la gente... como si salieran... como si las voces salieran de alguna hendidura y sin embargo tan claras... de alguna hendidura y sin embargo... Y lo peor de todo... como si salieran... las voces como si... como si... de alguna hendidura... tan... las reconoces, las reconoces y sin embargo... como si las voces... oyes a la gente... lo peor... lo peor de todo...

(Silencio.)

ISMAEL.—Basta por hoy. Mañana a la misma hora.

(Oscuro.)

13

LORENA.—¿Diga?... Sí, soy yo. ¿Quién llama?... No, no está. ¿Quién es usted? ¿Qué quiere?... No le escucho bien, ¿puede hablar más alto?... No, no estoy sola. ¿Por qué lo pregunta?... Pero, ¿quién es usted?... No, no le conozco, lo siento... ¿Y quiere hablar con él? Ya le he dicho que no está... ¿Conmigo? Pero si no le... Mire, lo siento, voy a colgar. No acostumbro a... ¿Qué?... ¿Y cómo lo sabe?... No, no quiero. Voy a colgar... ¿Cómo se atreve? Voy a... Eso es mentira... Eso es mentira: yo nunca le... Cállese, no tiene derecho a hablarme así. ¿Por qué cree que voy a seguir escuchándole? Ahora mismo cuelgo y... ¿Qué?... No, no... Eso no me lo... No tiene por qué humillarme... ¿Cómo se atreve a...? Es humillante, voy a... No, así no... Me hace daño, me está haciendo daño. Es usted un... Cállese, cállese, por favor, no siga, me está... No estoy sola, podría llegar alguien, qué vergüenza, rebajarme así... así... ¿Qué hace?... No, así no: es repugnante. Nunca me habían... Y sin conocernos, sin conocernos de nada, no sé cómo se atreve, cómo se atreve a seguir... a seguir... Podría haber colgado, podría colgar en cualquier momento... Y lo voy a hacer, lo voy a hacer si continúa con ese...

CELSO.—¿Eres tú, Lorena?

LORENA.—*(Tras una pausa.)* Sí. ¿No me ves?

CELSO.—Estaba apagada la luz... ¿Con quién hablabas?

LORENA.—Con nadie.

CELSO.—¿No ha venido Ismael?

LORENA.—No.

CELSO.—¿Qué hace aquí este espejo?

LORENA.—¿Dónde?

CELSO.—Aquí: en el suelo.

LORENA.—¿Un espejo?

CELSO.—Sí. ¿Qué hace aquí?

LORENA.—No sé.

CELSO.—¿No lo has traído tú?

LORENA.—¿Un espejo, yo? ¿Para qué?

CELSO.—*(Tras una pausa.)* Estoy envejeciendo...

LORENA.—Suele ocurrir.

CELSO.—A veces no me reconozco. Como si llevara puesta...

LORENA.—*(Tras una pausa.)* ¿Qué?

CELSO.—Las cosas no son tan fáciles como antes. Y no se puede confiar en nadie. De quien menos lo piensas...

LORENA.—Sírveme a mí también.

CELSO.—¿Cómo?

LORENA.—Que me sirvas. *(Pausa.)* ¿Lo has hecho alguna vez?

CELSO.—¿Hacer, qué?

LORENA.—Confiar, confiar en alguien.

CELSO.—¿Ha venido Ismael?

LORENA.—¿En mí, por ejemplo?

CELSO.—Hay asuntos en que no puedo figurar, sería demasiado... riesgo. Tendría que delegar en alguien, alguien de absoluta confianza... Toma.

LORENA.—Gracias.

CELSO.—Es una lucha a muerte, ¿sabes? A muerte. No puedes bajar la guardia ni un segundo. Todos están... al acecho. Si supieras... Y yo ya no soy joven. Ese espejo...

LORENA.—Yo sí lo soy.

CELSO.—*(Tras una pausa.)* ¿Quién lo habrá traído aquí?

LORENA.—Y no quiero envejecer como... como una planta de invernadero, viviendo lo que otros han imaginado. O al contrario: imaginando lo que otros...

CELSO.—¿No estás contenta con él? Podemos buscar otro lector. Mañana mismo, si quieres, le digo que...

LORENA.—¿Me estás escuchando? ¿Sabes de qué te estoy hablando?

CELSO.—O también puede que estés cansada, ¿no? Siempre la misma voz... Podemos buscar otro. No digo que sea fácil: tan bueno como él, quiero decir. Pero si estás cansada de...

LORENA.—Estoy cansada de este encierro.

CELSO.—¿Encierro? ¿Qué quieres decir? No estás encerrada, Lorena. Sales cuando quieres, vas y vienes como si...

LORENA.—*(Tras una pausa.)* Eso mismo: voy y vengo, voy y vengo, voy y... *(Pausa.)* Ayer, por ejemplo, fui a ver la exposición de Bacon [32], con Elisa y... Sírveme otro.

CELSO.—¿Qué? *(Pausa.)* ¿Adónde fuiste?

LORENA.—Le pedí a Elisa que me acompañara al M.A.C. para...

CELSO.—¿Adónde?

LORENA.—Al Museo de Arte Contem...

CELSO.—¿Fuiste a ver una exposición?

LORENA.—Ya sabes cuánto me gusta Bacon. *(Pausa.)* Y la mañana estaba preciosa. Fresca, pero preciosa. Ya se notaba casi la primavera. Las calles... Allí los ruidos son de verdad, y las voces. Aunque no las reconozcas, son de verdad. *(Pausa.)* En cambio, los colores... Cuando Elisa me dijo: «Es rojo vino»... no pude recordarlo. Las formas sí, y las figuras, las recordaba casi todas, pero los colores... Rojo vino: ahora mismo lo digo y... *(Pausa.)* Se refería a los fondos del Tríptico de...

---

[32] Francis Bacon (Dublín 1910-Madrid 1992) pintor representativo del movimiento llamado de la neofiguración. Destaca, entre otros rasgos, por su dominio del color y por el tratamiento que da al espacio —caracterizado por un fuerte sadismo— en el que ubica a sus figuras.

CELSO.—Escúchame una cosa, Lorena. Es importante que me escuches, es importante que entiendas lo que quiero decirte.

(Silencio.)

LORENA.—¿Sí?

CELSO.—¿Qué?

LORENA.—Te estoy escuchando.

CELSO.—*(Tras una pausa.)* Te pareces tanto a tu madre... Así, con esta luz...

LORENA.—¿Qué querías decirme?

CELSO.—Hasta en la postura, sí. Hasta en esa forma de... de inclinarte un poco, cuando estás erguida. Como si esquivaras... como si quisieras esquivar algo... No sé: un golpe... o una caricia...

LORENA.—No me toques. *(Pausa.)* ¿Qué ibas a decirme?

CELSO.—No te iba a tocar. ¿Por qué iba a hacerlo? *(Pausa.)* ¿Y por qué no? ¿Por qué no iba a tocarte? ¿Te he pegado alguna vez? Di, Lorena: ¿alguna vez te he...?

LORENA.—No. A mí no.

CELSO.—¿Entonces? *(Pausa.)* No funciona, tú lo sabes. Este teléfono no tiene línea desde hace un año. ¿Comprendes lo que quiero decirte? No funciona. Y es importante que... ¿Te das cuenta?... Ni línea tiene... Espera, no te vayas. ¿Adónde...? ¡Cuidado!... ¿Te has hecho daño?

LORENA.—No... Déjame.

CELSO.—¿Te has hecho daño?

LORENA.—¿Era eso lo que ibas a decirme, eso tan importante? ¿Que no funciona el teléfono? ¿Y cómo lo sabes? ¿Lo compruebas todos los días, a todas horas? ¿Era eso?

CELSO.—¿Has estado bebiendo?

LORENA.—¿O que una ciega no puede ir a ver una exposición? *(Pausa.)* Un puente sobre el abismo, ¿no decías eso?... Para salvarse de la destrucción... ¿Y si lo hubiera cruzado, papá? ¿Y si lo estuviera cruzando?

CELSO.—No te entiendo.

LORENA.—¿Te gustaría? Claro que sí, ¿verdad, papá? Di: ¿te gustaría que ya no os necesitara... absolutamente?

CELSO.—No bebas más, Lorena.

LORENA.—Es extraño... *(Pausa.)* O no: puede que sea normal... No sé... Pero últimamente me pasan cosas. Vuelvo a sentir rabia, dolor, miedo... incluso asco. Lo que ya no puedo es compadecerme. Tiene gracia, ¿no? Ya no me tengo lástima. Ni siquiera cuando me pones delante el rostro de una muerta, el cuerpo de una muerta...

CELSO.—¿Qué?

LORENA.—A lo mejor pensaste que, con eso, me ibas a retener en... ¿En dónde?

CELSO.—¿De qué estás hablando?

LORENA.—¿En mitad del puente? Recuerdo un cuento de Kafka... [33]. Me lo sabía casi de memoria... «Yo era rígido y frío, yo era un puente; tendido sobre un precipicio estaba yo...».

CELSO.—¿Qué has dicho de... de una muerta?

LORENA.—No te hagas el tonto, papá. El cadáver de la mujer, en esa novela...

CELSO.—¿De qué novela me...?

LORENA.—El rostro vacío, los pechos fláccidos... y la mano rígida que parecía apretar los dedos de...

CELSO.—No sé de qué me estás hablando, Lorena. ¿Qué novela? ¿Quién es esa... mujer muerta?

LORENA.—*(Tras una pausa.)* ¿No la escogiste tú?

CELSO.—Escoger, ¿qué?

LORENA.—*Relato soñado,* de Schnitzler...

CELSO.—¿De quién? *(Pausa.)* Ni lo conozco... *¿Relato soñado,* dices? *(Pausa.)* Hace tres semanas que no hablo con Ismael... ¿Y por qué no ha venido hoy? ¿Ha llamado, por lo menos? *(Pausa.)* Hace tres semanas que duermo mal. Algo... algo

---

[33] Se trata de un relato de Kafka titulado *El puente*. Puede leerse en *La muralla china*, Madrid, Alianza, 1999, pág. 97. La traducción es de Alejandro Ruiz Guiñazú.

no marcha como debiera. Las cosas se me van de las manos... Todo es cada día más complicado, no es como antes, y yo... no puedo estar en todo, ya no soy joven, me canso, las cosas... algunas cosas se me van de las manos. Si pudiera confiar en alguien... *(Pausa.)* Tú... *(Pausa.)* Lorena... Lorena...

LORENA.—¿Qué?

CELSO.—¿Me estás oyendo?

LORENA.—*(Tras una pausa.)* No, papá. ¿Me acercas el espejo?

(Oscuro.)

14

CELSO.—*(Lee.)* «... ya que los tres somos otras tantas ilusiones que él engendró; y tus ilusiones forman parte de ti, lo mismo que la carne, los huesos, los recuerdos... Estaremos reunidos en el tormento, ya no será necesario acordarse del amor y la impureza, y puede ser que en el tormento ya no se acuerde uno de por qué está allí. Y si no recordamos todo esto, el suplicio no ha de ser tan terrible». *(Pausa.)* Es un plagio. Un plagio descarado.

ISMAEL.—Hay coincidencias, sí...

CELSO.—Un vulgar plagio... que, además, ofende al original.

ISMAEL.—Yo no diría tanto...

CELSO.—Y no es que Faulkner [34] me guste especialmente, al contrario. Más de un libro suyo se me cayó de las manos. Pero...

ISMAEL.—Habría que distinguir el plagio, como tú lo llamas, de otras... de otras formas de influencia... La impronta que todo gran autor... Las huellas... inevitables, claro, de los maestros sobre... Y no sólo de los maestros. A veces, autores

---

[34] William Faulkner (1897-1962). Novelista americano, autor, como se dirá poco después, de títulos como *Mientras agonizo*, *Las palmeras salvajes* o *Absalón, Absalón*. Es notable la influencia de Joyce sobre su obra. De ahí que Ismael aduzca su nombre, y el de Dujardin, probablemente como defensa frente a la acusación de plagio formulada por el enigmático y puntilloso librero.

mediocres, obras de segunda o tercera categoría... ejercen una... Piensa, por ejemplo, en Dujardin...[35]. ¿Quién lo recuerda hoy... aparte de los críticos literarios, claro?... Sí: Édouard Dujardin, un autor de lo más mediocre. Nadie lo lee hoy... Y esa novela, *Les lauriers sont coupés,* ¿qué? Nada: una novelucha sin... Pero, ahí lo tienes... Inventó, por casualidad, el monólogo interior y... Sí, lo de menos es que Joyce[36] lo leyera... Hay otras formas de... Eso tiene un nombre... Quiero decir: esas huellas, esa... penetración de unos textos en otros, ¿comprendes? Tiene un nombre: intertextualidad. Es la vida misma de la literatura... En toda obra hay... otras obras. Los textos circulan... hay flujos, ¿comprendes?... Intertextualidad, sí... Es más que una influencia concreta... O menos... Penetraciones... involuntarias, inconscientes, si quieres... Pero, ¿plagios? Yo no diría tanto. *(Pausa.)* Las grandes obras, los maestros, dejan como... como estelas a su paso... Es inevitable que... No todo es inspiración, ni talento... Es inevitable que las lecturas dejen... un poso, un fermento. A veces son... texturas concretas... Quiero decir... paisajes, ritmos, configuraciones que... La originalidad no... O sea: absoluta. La originalidad absoluta es una quimera, nadie la... Siempre hay lecturas, texturas concretas que vienen de... Es inconsciente, claro... La inspiración muchas veces necesita... Todo escritor sabe lo que eso... Esos momentos... Años, a veces años enteros en que... *(Pausa.)* ¿Cómo lo encontraste?

CELSO.—Uno de mis asesores, librero de viejo...

ISMAEL.—Todo escritor conoce esos momentos, esos períodos de... Incluso los grandes, ¿eh? Incluso los genios. Perío-

---

[35] Édouard Dujardin (1861-1949) es, en efecto, un novelista francés a quien se atribuye el descubrimiento del monólogo interior como procedimiento narrativo. *Les lauriers sont coupés* es de 1888.

[36] James Joyce (1882-1941). Novelista irlandés, autor de títulos como *Dublineses, Retrato de un artista adolescente* y, sobre todo, del *Ulises* (1922), la magna novela en la que se explora el procedimiento del monólogo interior.

dos en que parece que ya la inspiración... o como quieras llamarla... Buscas, buscas dentro de ti... o fuera... Y sólo hay miedo... La gente cree que escribir es... Yo no comprendo a esos jóvenes novelistas... Bueno, tú dices que no los lees. Pero es increíble: sacan una novela por año... Y todas son magníficas, según la crítica... Una novela por año, ¿te lo imaginas? ¿Cómo pueden... ? Claro: el tiempo las barrerá, como si fueran... Pero las lees y... no están mal escritas, no: hay ingenio, imaginación, soltura... Nada más, desde luego. No pasarán a la historia. El tiempo las barrerá... Pero se editan, y se venden, sí, y se habla de ellas... Claro: rascas un poco y descubres que lo han leído todo, que han aprendido la lección, que están al día... Pero nadie habla de plagio. Es curioso, ¿no? *(Pausa.)* No es el famoso miedo a la página en blanco. O, entonces, todo es una página en blanco... La siniestra blancura de Melville... [37].

CELSO.—*(Tras una pausa.)* Le hablé de ti... Y resultó que recordaba tu nombre. Parece que el editor mandó recoger todos los libros, cuando se destapó el asunto. *(Pausa.)* Hay párrafos enteros casi calcados.

ISMAEL.—Yo no diría...

CELSO.—¿Y sabes por qué recordaba tu nombre? *(Ríe.)* Porque tus otras dos novelas, las primeras, se las ofrecían por kilos... ¿Es verdad eso?

ISMAEL.—Hubo problemas... con la distribución.

CELSO.—Perdona, pensarás que me burlo de ti, pero...

ISMAEL.—No me entiendes... Ese miedo lo vuelve a uno... Es como un pánico que dura y dura... Van pasando los años y... Sí: escribes, no paras de escribir, pero notas que aquello no...

---

[37] Herman Melville (1819-1891). Este novelista americano es un nombre imprescindible entre las lecturas del autor. Melville es uno de los maestros de la novela de aventuras, extraídas de su propia experiencia como marino y como cautivo durante muchos años. Su novela más famosa es *Moby Dick* (1851), en la que la ballena blanca que da título a la novela simboliza la fuerza del mal en el mundo. La inactividad literaria de Ismael recuerda también a la actitud de Bartleby, el protagonista de *Bartleby, el escribiente*, la novela carta de Melville.

no interesa a nadie. No te interesa ni a ti mismo. Nace ya como ceniza. Y te vas volviendo... no sé: ¿permeable? Lees como un loco, buscando no sabes qué, y dejas que todo aquello te... te penetre... Esa escritura vigorosa, lograda... Ya que lo tuyo no vale, ya que tú no eres nadie, déjate fecundar por...

CELSO.—Tuvo la paciencia de subrayarlos...

ISMAEL.—¿Qué?

CELSO.—Mi amigo el librero. Subrayó los párrafos calcados de Faulkner... Bueno: digamos, los que más le sonaban a plagio... Mira... Son casi la mitad de la novela... Lo ingenioso fue que te... dejaras penetrar por varias de Faulkner. ¿Para que se notara menos?... Ingenioso. Hay cosas de... según él, claro; yo no me he entretenido en comprobarlo... Cosas de... *Mientras agonizo, Las palmeras salvajes, Absalón, Absalón...* Una verdadera ensalada. A mí, la verdad, como profano en la materia, me parece que la cosa tiene su mérito... No, perdona... No me estoy burlando... Lo que ocurre es que yo no me rasgo las vestiduras por... por robos de esta clase, ¿comprendes? En mis negocios... Quiero decir que robar es una inclinación natural del ser humano. La disfrazamos con muchos nombres: incremento, beneficios, dividendos... Pero todos sabemos de qué se trata, ¿no?... ¿Por qué ha de tener aquél lo que yo no tengo?... O bien: ¿por qué conformarse con lo que tengo... si puedo aspirar a más?... Es una inclinación natural... Sí, ensalzamos la honradez porque... no sé: un mundo en el que todos robaran, no sería habitable... Quiero decir que... Lorena, hija... ¿Cuándo has llegado? Qué alegría...

LORENA.—¿Con quién hablas?

CELSO.—Con Ismael... Le dije que viniera un poco antes, para charlar... ¿Cómo te ha ido?

LORENA.—¿Hace mucho?

CELSO.—¿Qué?

ISMAEL.—Buenas tardes.

LORENA.—¿Cuánto hace que ha venido?

CELSO.—No sé... Un rato... ¿Te ha ido bien con el Tarot?

LORENA.—Sí.

CELSO.—Pues yo tengo una sorpresa que también te va a alegrar. ¿Sabes quién ha estado leyendo en esta casa, todos estos meses?

LORENA.—*(Tras una pausa.)* No.

CELSO.—Pues nada menos que un escritor... Sí, Lorena: nuestro amigo Ismael, además de un magnífico lector, es también un escritor... Un novelista. No te lo imaginabas, ¿verdad?

LORENA.—No.

CELSO.—Con tres novelas publicadas. Nada menos... Tres novelas, por cierto, hoy prácticamente inencontrables, ¿no es verdad, Ismael?

LORENA.—¿Escritor?

CELSO.—Qué sorpresa, ¿no? Un caso de modestia... extraordinario... Tanto tiempo con nosotros, hablando siempre de literatura... y ni una palabra sobre...

LORENA.—¿Eres escritor?

ISMAEL.—Lo fui.

CELSO.—Sí, es una lástima... Parece que Ismael está pasando uno de esos períodos... ¿Cómo llamarlo?... Que son normales en todo escritor, no creas... ¿Verdad, Ismael? Todo escritor sabe de esos períodos de... de sequía, ¿no? Incluso los grandes genios tuvieron momentos así... La inspiración es caprichosa, no siempre responde a...

ISMAEL.—No es eso. Dejé de escribir... hace años.

LORENA.—¿Por qué?

CELSO.—Te lo estoy diciendo: la inspiración se... También ocurre en el mundo de la empresa, ¿sabes, Ismael? Sí, sí: ahí también cuenta la inspiración, la creatividad... Hay épocas en que uno se siente... inspirado, iluminado, las ideas brotan como chispas, avanzas a mil por hora... Es fantástico. Sabes exactamente dónde y cuándo y cómo actuar... Y no te detiene nada: invertir ahora, competir con aquél, ampliar aquí, cerrar esta fábrica, comprar aquélla...

LORENA.—Papá, por favor...

CELSO.—Y luego, de pronto, sin ningún motivo... Nada. El fuego se apaga. No vienen las ideas. Te paras... sin saber por qué. Todo es inercia, rutina... y hasta miedo. Sí, sí: miedo, como tú. Ceniza dijiste, ¿verdad? El fuego sagrado se apaga... y sólo quedan cenizas. *(Pausa.)* Claro, que no es lo mismo. El dinero tiene... Afortunadamente el dinero tiene su propio impulso, su propia creatividad. En cierto modo, no te necesita. Una vez puesto en marcha... Quiero decir: una vez alcanza... cierta velocidad, ya no te necesita. Avanza solo, no es lo mismo... Tú, en cambio, tienes que estar siempre ahí, delante de la página en blanco, ¿no es verdad?

ISMAEL.—Sí.

LORENA.—*(Tras una pausa.)* Quiero que me las leas.

(Silencio.)

CELSO.—Viendo todos estos libros... siento una especie de orgullo... No por mí, por el hecho de tenerlos, no... Eso no es... ningún mérito... Por la raza humana, por el espíritu humano. *(Pausa.)* Tantos y tantos seres... a lo largo de los siglos... inclinados sobre el papel, uniendo palabras y palabras y palabras... ¿Por qué? ¿Para qué?... Orgullo, sí... Y también un poco de envidia. ¿No te pasa a ti, Lorena? *(Pausa.)* Por cierto, que has de contarme lo del Tarot. Yo no creo en esas cosas, ya sabes... Pero tengo curiosidad, no te lo voy a negar. Eso de asomarse al futuro, aunque sea un puro juego... ¿Me perdonáis si os dejo? He de verme con un par de... expertos, como ellos se titulan. No creo que venga a cenar. Mañana nos veremos.

(Oscuro.)

15

ISMAEL.—*(Lee.)* «Te vi mirarme como si me conocieras desde siempre. Yo no te conocía, aún no. Por eso desvié la vista pensando: Me toma por otro... Me equivoqué. Era a mí a quien buscaban tus ojos, no a otro. Y me encontraron y me reconocieron, tus ojos... De eso hace ya mucho tiempo: quince o veinte segundos. Cuando volví a mirarte, quizás por azar, quizás no, ya habías sacado el arma y me estabas apuntando. Sólo uno de tus ojos estaba abierto, el mismo que ahora, y me miraba fijo, y noté que era negro». *(Pausa.)* «En todo este tiempo no ha parpadeado: ni con el movimiento de tu dedo, ni con el estampido, ni con el breve sobresalto de tu mano. Ahora, mientras los ecos del disparo se expanden y la gente se vuelve a mirar con lentos gestos de alarma, veo el fugaz resplandor que envuelve la bala, como un pequeño anillo dorado. La bala que avanza, segura y rectilínea, hacia mi frente».

(Silencio.)

LORENA.—¿Qué pasa? ¿Por qué te paras? Sigue.

ISMAEL.—*(Lee.)* «Ahora ya te conozco. Tu cara no se borraría nunca de mi recuerdo si, en estas circunstancias, esa palabra, "nunca", tuviera algún sentido. Tampoco la mirada imperturbable de ese ojo único, que quizás no es tan negro, quizás castaño oscuro. Te conozco de siempre, sí...». *(Pausa.)* «Mientras la bala avanza hacia mi frente, recuerdo haberte visto mil veces vagando por las calles, mendigando, vendiendo cualquier cosa, rebuscando en la basura. Eras más niño, no tenías edad, ibas mucho más sucio, formabas un ejército disperso y numeroso, parpadeabas con frecuencia». *(Pausa.)* «Ahora no, no parpadeas nada, vistes bien, estás limpio, sin duda usas perfume, seguro que el dinero te abulta en el bolsillo y, además, eres único. Eres el rey del mundo. El dueño de la vida y de la muerte. Al menos, de las mías». *(Pausa.)* Lorena, por favor...

LORENA.—Sigue leyendo.

ISMAEL.—*(Tras una pausa, lee.)* «Mientras la bala avanza, me pregunto cuánto te habrán pagado. Quizás estés a sueldo fijo, como un oficinista, hagas los trabajos que hagas. Pero prefiero pensar que cobras por cada encargo, y que éste te lo han pagado bien. De todos modos, no voy a poder comprobarlo. No voy a poder comprobar nada, ni siquiera si eras realmente aquel niño husmeando en la basura, no lejos de mi casa, o aquel otro que me pidió limosna tantas veces, parpadeando mucho, o el que dormía envuelto en periódicos en la boca del metro, o el muchacho aquel que intentó abrirme el coche, hace un par de años». *(Pausa.)* «Maldigo mi desidia al...». Ya basta, Lorena. No tienes derecho a obligarme ni a...

LORENA.—Necesitas este trabajo, ¿verdad? *(Pausa.)* Entonces, continúa.

ISMAEL.—*(Tras una pausa, lee.)* «Maldigo mi desidia al dejarte crecer. Debí matarte la primera vez que tu mirada oscura se cruzó con la mía. Aunque también, sí, la puta de tu madre hubiera podido evitarme este trance, ahogándote al nacer en un balde de agua sucia. "Una boca menos", podía haber pensado. Y seguro que lo pensó, "una boca menos", viendo tu boca recién abierta, aullándole a la vida desde el primer momento, gritando ya su rabia contra todos, especialmente contra la dueña de ese vientre que acaba de escupirte, y que te mira también con rabia, y que está pensando en librarse de ti, y sin duda en librarte de sí, y quizás en librarme de ti, aunque no me conoce, ahogándote en un balde de agua sucia». *(Pausa.)* «Hubiera podido ahorrarme este trance, la puta de tu madre, esta muerte como de perro callejero, escandalosa, repentina, anónima, esta bala que noto cada vez más próxima, ansiosa por llegar hasta mi frente. Pero fue débil o cobarde o torpe, la puta de tu madre, quizás intentó hacerlo sin fortuna, quizás sus pocas luces la llevaron hasta hundirte en el agua, hasta anegar tus gritos». *(Pausa.)* «Pero entonces, quién sabe, quizás dejaste de gritar, de pronto, y la miraste con esos ojos que parecen negros, pero que son, sin duda ya, castaño oscuro. Y notó en tu mirada ese fulgor, ese destello seco de rabia vengativa, y tal vez su cerebro, estragado por el alcohol y el asco, te imaginó un momento convertido en ángel justiciero». *(Pausa.)* «O no, quién sabe, quizás sencillamente...» [38].

(Oscuro.)

---

[38] Los fragmentos leídos de esta novela están escritos por el propio autor de *El lector por horas* y constituyen una exploración sobre el problema de los niños de la calle en tantos países latinoamericanos, que tanto preocupa al dramaturgo y que tan bien conoce.

16

LORENA.—Ya está ahí. *(Pausa.)* ¿Me oyes? Ya está ahí.

CELSO.—¿Sí?

LORENA.—¿Qué hora es?

CELSO.—¿Estás segura?

LORENA.—¿No has oído? ¿Qué hora es?

CELSO.—Cálmate, por favor. Sobre todo, cálmate. Son las cuatro y veinte.

LORENA.—¿Crees que estoy nerviosa? ¿Por qué? *(Pausa.)* ¿Y por qué tendría que calmarme? Ha llegado, ¿no? ¿Qué hora dices? Y fíjate: se eterniza, ¿te das cuenta? Desde la puerta hasta aquí no hay ni quince... ni diez metros, no sé. Pero él tarda una eternidad. Anda despacio, sigiloso, husmeándolo todo, calculando lo que vale cada mueble, cada cuadro...

CELSO.—Cálmate, Lorena.

LORENA.—Algunos días tarda cuatro o cinco minutos en llegar aquí. Abre todas las puertas, mira en cada cuarto, toca los armarios... ¿Ha llegado, estás seguro?

CELSO.—No sé.

LORENA.—¿Quién se lo dice: tú o yo?

CELSO.—*(Tras una pausa.)* ¿Cómo lo sabes?

LORENA.—¿Qué?

CELSO.—Todo eso: que abre las puertas, que husmea en los cuartos...

LORENA.—¿Qué otra cosa puede hacer, en todo ese tiempo? *(Pausa.)* Mejor vete, papá. Yo hablaré con él.

CELSO.—¿Estás decidida?

LORENA.—¿A ti no te da miedo? Di: ¿a ti no te...?

CELSO.—Hola, Ismael... Adelante.

ISMAEL.—Buenas tardes.

LORENA.—Son las cuatro y media.

ISMAEL.—Lo siento. Me ha ocurrido algo... inesperado.

CELSO.—No importa. Hoy no va a haber lectura. Ni mañana, ni nunca. Nadie habló de un empleo vitalicio, ¿verdad? Lorena está... desolada. Y yo también, puedes creerme. Pero todo se acaba. No te vamos a negar que te hemos tomado aprecio. Tantos meses aquí, degustando buena literatura... Se nos hace difícil, sí. Pero todo llega a su fin. ¿No es verdad, Lor...?

LORENA.—Déjanos solos, papá.

CELSO.—Sí, tienes razón. He de revisar unas ofertas... Estoy en mi despacho, por si me necesitas. Y tú, Ismael, no te vayas sin despedirte de mí... Por cierto: ¿cómo se llama esa novela tuya? La que leíste a Lorena...

ISMAEL.—*Perdóname el futuro.*

CELSO.—¿Cómo?

LORENA.—Sí, papá: *Perdóname el futuro.* Vete ya.

CELSO.—Pues es un buen título. No comprendo por qué no se vendió nada...

(Silencio.)

LORENA.—¿Sabes? Aquí, en la oscuridad, todo se mueve. La gente se imagina que la ceguera es una especie de quietud, que el mundo se detiene, que todo... *(Pausa.)* Es al contrario: todo es movimiento. Se nota incluso cómo rueda el tiempo, cómo cruje y rechina... Sí: nada se está quieto, tú, por ejemplo... Cualquiera diría que estás ahí, inmóvil, petrificado como una estatua, ¿no? *(Pausa.)* Yo noto cómo tiemblas, oigo tu respiración alterada, los latidos de...

ISMAEL.—No tiemblo, Lorena. Lo que notas son mis ganas de reír. Sí: como una risa que quiere... Y no porque esté contento: No lo estoy, aunque tenga ganas de reír. Llevo un traje azul oscuro, es el más nuevo que tengo, a mi madre le gustaba mucho, y por eso... Sí: decía que era mejor no usarlo apenas, reservarlo para las ocasiones especiales. «Un traje así», decía, «es más para recordarlo que para verlo»... *(Pausa.)* La camisa, en cambio, es de lo más corriente. Lo mismo que los zapatos. No soy bueno para escoger zapatos. Es más: me duele gastar demasiado en algo que se arrastra por el suelo. Ando mucho, ¿sabes?, y por toda clase de suelos. Los de tierra acaban en poco tiempo con los zapatos caros. Cuando no es el polvo, es el barro. Hoy, por ejemplo, ha estado lloviendo todo el día. Si me llego a poner unos zapatos caros y delicados... no los tengo, es verdad... pero si los tuviera y los llevara puestos, ¿te imaginas? *(Pausa.)* Parece blanca la camisa, ¿verdad? Pero no es blanca, es color hueso, de tono un poco subido... Sin embargo, fíjate, nadie se ha dado cuenta. Será por el contraste con el traje oscuro, pero todos han pensado que era blanca. También por la anchura de la corbata... No, ahora no la llevo. Me la quité al salir. No es que no me guste llevar corbata, al contrario, me da... Pero, no sé: necesitaba respirar a fondo. *(Pausa.)* Y me gusta que lloviera, ¿sabes? No es que lloviera mucho, no, pero lo justo. Una llovizna fina que, al juntarse en la cara, formaba gotas resbalando de un modo muy... muy convincente. Casi nadie llevaba paraguas, pero no importaba: la ceremonia fue corta. Algunos pensaron que demasiado corta, pero yo creo que lo justo. Como la lluvia, sí. Todo estuvo de lo más ajustado. Si hubiera llovido más, todo habría tenido que hacerse deprisa y corriendo. Y si la ceremonia hubiera sido más larga, la llovizna habría acabado por empaparnos a todos. *(Pausa.)* Digo «todos», pero no creas que había mucha gente. Al contrario: éramos muy pocos, y casi todos viejos. «El club de la diálisis», les llamaba ella. Sí: muy pocos... y te confieso que eso me deprimió algo, al principio. Luego no, sólo al principio. Luego pensé que era mejor así. Lo pensé incluso con esas palabras: «Es mejor así. Es mejor así». Dos veces. Y creo que ya no pensé nada más. Me distraje notando cómo resbalaban las gotas por mis mejillas, de ese modo tan... *(Pausa.)* Lorena... ¿Estás ahí, Lorena?

LORENA.—Sí.

ISMAEL.—Te estoy hablando con los ojos cerrados, para que me entiendas mejor. ¿Te das cuenta? *(Pausa.)* Qué curioso: de pronto me ha venido... Esa palabra, diálisis... ¿Sabes cuál es su origen? Viene de un verbo griego que significa «separar», «soltar»... Me ha venido de pronto la raíz, no sé por qué... Tantos años usándola y...

LORENA.—¿Quieres hacer el favor de abrir los ojos?

ISMAEL.—¿Por qué? ¿Te da miedo? *(Pausa.)* No voy a invadir tu... tu jardín, no te preocupes. Y tampoco llevo ningún arma. Soy... totalmente inofensivo. Todos se han dado cuenta, ¿sabes? Al verme salir... e incluso antes, sí. Antes incluso de salir, todos se han dado cuenta de hasta qué punto era inofensivo. Nadie ha pensado que, bajo aquel traje oscuro, pudiera haber un asesino... ni siquiera una víctima. El mito de *Madame Bovary c'est moi...*[39] ni les pasó por la cabeza. En cambio tú, Lorena, tan leída... ¿Y quién piensas que soy, en mi novela? ¿El asesino... o la víctima? *(Pausa.)* Si me lo preguntaras, si te atrevieras a preguntármelo, te diría: ni uno ni otro, Lorena. Ni asesino ni víctima. En todo caso, podría ser la bala...

LORENA.—*(Tras una pausa.)* No sé qué quieres de mí. ¿No has oído a mi padre?

ISMAEL.—Sí... ¿Cómo ha dicho? «Hoy no va a haber lectura, ni mañana, ni nunca»... Algo así, ¿no? Me ha hecho tanta gracia... Era como caer en una novela. Sí: como cuando entras en una novela y sabes que todo está ya escrito, ¿me entiendes?

LORENA.—No.

ISMAEL.—Todo lo que ha de ocurrir, por muy inesperado que sea, ya está escrito, sí, en esas páginas que aún no has

---

[39] *Madame Bovary soy yo:* referencia a la relación entre el autor y su obra y al autobiografismo de los protagonistas. Ismael utiliza esta cita para cuestionar —otra vez figurada e irónicamente— su relación con su propia obra.

leído... Las cosas que han de ocurrir ya están ahí, y tú lo sabes... aunque no sepas cuáles son. De modo que cuando llegan... cuando aparecen en la página y las lees... es casi como si las recordaras. Esa sensación de...

LORENA.—¿Qué va a ocurrir aquí? *(Pausa.)* ¿Qué nos quieres hacer?

ISMAEL.—*(Tras una pausa.)* La sensación de leer algo que ya estaba escrito, de casi recordarlo... «Pero todo se acaba», decía, ¿no? «Todo llega a su fin»... La última página, los últimos párrafos... *(Pausa.)* Pero no es verdad, Lorena. Nada se acaba, nada llega a su fin. Ni siquiera con la muerte. Hasta un entierro, ya ves, puede ser el principio de... ¿De qué? *(Pausa.)* Esa lluvia cayendo, varias horas andando y respirando sin corbata, sin pensar en nada... ¿Y después? ¿Y mañana? *(Pausa.)* Porque habrás comprendido, por lo menos, que ya no necesito este trabajo.

(Silencio.)

LORENA.—Sí que estás temblando.

ISMAEL.—¿Tú crees? Será por la lluvia. El traje no es tan bueno, al fin y al cabo. Y el agua, poco a poco, ha ido calándolo.

LORENA.—Mi madre me decía: «Cuando tengas miedo, cierra los ojos. Quédate un rato así, con los ojos cerrados. Y luego, al abrirlos, el miedo se habrá ido».

ISMAEL.—¿Piensas que yo...?

LORENA.—Una vez tardé mucho en abrirlos. No quería verla allí, tan quieta, tan pálida, con la mirada vacía... *(Pausa.)* Sí: tardé demasiado.

ISMAEL.—Lo malo de la muerte es que no es el final de nada. Por eso da miedo.

LORENA.—¿Tú qué crees? ¿Podré volver a ver? *(Pausa.)* ¿Me devolverás la vista?

ISMAEL.—*(Tras una pausa.)* Yo sólo soy la bala.

(Oscuro.)

17

(Durante el oscuro se escuchan seis campanadas de un reloj de péndulo. Al hacerse la luz, los tres personajes están en escena.
CELSO, *con un aspecto muy descuidado, yace en un sillón.*
ISMAEL *está en pie, fumando ante el ventanal.*
LORENA, *subida en una escalerilla de mano, palpa uno a uno los libros de un estante alto de la biblioteca.*
Transcurre un minuto largo.
De pronto, suena el teléfono.
CELSO *tiene un leve sobresalto, cambia de postura y sigue durmiendo.*
ISMAEL *no se inmuta.*
LORENA *interrumpe su acción y queda inmóvil.*
El timbre del teléfono deja de sonar.
Unos segundos más tarde cae el TELÓN.)

GUÍA DE LECTURA

por Eduardo Pérez-Rasilla

José Sanchis Sinisterra. Foto archivo Espasa

CRONOLOGÍA

de José Sanchis Sinisterra

1940 José Sanchis Sinisterra nace en Valencia el 28 de junio.
1957 Dirige el TEU de Filosofía y Letras de la Universidad de Valencia.
1958 Director del TEU de distrito de la misma Universidad.
1960 Crea el Aula de Teatro de la Universidad de Valencia.
1961 Crea el Seminario de Teatro de la Universidad de Valencia.
1962 Obtiene la Licenciatura en Filosofía y Letras. Durante cinco años ejerce como Profesor Ayudante de Literatura en la Facultad de Filosofía y Letras de Valencia.
1962 Escribe *Tú, no importa quién.*
1963 Escribe *Midas.*
1964 Estreno de *Midas.*
1965 Escribe *Demasiado frío.*
1966 Obtiene plaza de Catedrático de Literatura española de Instituto de Bachillerato.
1967 Se traslada a Teruel para tomar posesión de esta cátedra.
1968 Obtiene el Premio Carlos Arniches por *Tú, no importa quién.*
1970 Forma parte del Jurado del Festival de Teatro Independiente celebrado en San Sebastián. Escribe *Algo así como Hamlet.*

1971 Desempeña su profesión docente en el Instituto Pau Vila de Sabadell. Desde 1971 ejerce, también como profesor, en el Instituto de Teatro de Barcelona.

1974 Escribe *Tendenciosa manipulación del texto de La Celestina de Fernando de Rojas.*

1975 Obtiene el premio de poesía Camp de l'Arpa con un poema titulado «La paulatina ciénaga».

1977 Funda y dirige el Teatro Fronterizo.

1978 Escribe *La leyenda de Gilgamesh.*

1979 Escribe *La noche de Molly Bloom* sobre el último capítulo del *Ulises* de Joyce. *Historias de tiempos revueltos,* basada en dos piezas teatrales brechtianas *El círculo de tiza caucasiano* y *La excepción y la regla. Terror y miseria en el primer franquismo.*

1980 Escribe, estrena y publica *Ñaque o de piojos y actores.*

1981 Adaptación de *La vida es sueño,* de Calderón de la Barca. Promueve y preside la Asociación Escena Alternativa hasta 1984.

1982 Estreno de *El gran teatro natural de Oklahoma,* basado en textos de Kafka, e *Informe sobre ciegos* (1982), de Ernesto Sábato (capítulo incluido en su novela *Sobre héroes y tumbas).*

1983 Escribe *Moby Dick,* sobre la novela homónima de Melville. Adaptación de *Los cabellos de Absalón,* de Calderón de la Barca.

1984 Escribe *El retablo de Eldorado.* Profesor de Teoría e Historia de la representación teatral en el departamento de Filología Hispánica en la Facultad de Letras en la Universidad Autónoma de Barcelona (hasta 1989).

1985 *Primer amor,* sobre el relato homónimo de Beckett.

1986 Escribe *Crímenes y locuras del traidor Lope de Aguirre* y *Pervertimento y otros Gestos para nada.* Termina de escribir *¡Ay, Carmela!*

1987 Estreno de *¡Ay, Carmela!* Escribe *Carta de la maga a Bebé Rocamadour,* sobre un pasaje de *Rayuela*, de Cortázar, y *El canto de la rana.*

1988 Director de la Sala Beckett, sede del Teatro Fronterizo. Escribe *Los figurantes.*

1989 Escribe *Bartleby, el escribiente,* sobre un relato de Melville. Estreno de *Los figurantes.* Primera edición de *¡Ay, Carmela!*

1990 Obtiene el Premio Nacional de Teatro. Escribe *Perdida en los Apalaches.*

1991 Obtiene el premio Lorca. Escribe *Naufragios de Álvar Núñez.*

1992 *Mísero Próspero. Valeria y los pájaros. Dos tristes tigres.* Estreno de *Lope de Aguirre, traidor.*

1993 Es nombrado director del Festival de Teatro Iberoamericano de Cádiz. Escribe *Bienvenidas* y *El cerco de Leningrado.* Publicación de *Los figurantes.*

1994 Escribe *Marsal Marsal.* Estreno de *El cerco de Leningrado.*

1995 Estreno de *Marsal Marsal.* Publicación de *Mísero Próspero y otras breverías,* de *Valeria y los pájaros* y de *Bienvenidas.*

1996 Escribe *El lector por horas.* Publicación de *El cerco de Leningrado* y *Marsal Marsal.*

1997 Se traslada a Madrid. Cursos, seminarios y talleres en diversas instituciones.

1998 Curso en la RESAD de Madrid. Coordina junto a Guillermo Heras, el ciclo *Perspectivas dramatúrgicas hacia el siglo XXI,* en el marco del Festival de Sitges. Escribe y publica *El año pasado en Toulouse.*

1999 Estreno de *El lector por horas.* Termina de escribir *La raya del pelo de William Holden.* Premio Max de las Artes Escénicas al mejor autor por la reposición de *¡Ay, Carmela!* y Premio Max a la Sala Beckett en la modalidad de Teatro Alternativo.

2000 Se estrena en el Teatro María Guerrero *La cruzada de los niños de la calle,* un trabajo colectivo escrito por varios autores latinoamericanos y coordinados por José Sanchis Sinisterra.

TEXTOS COMPLEMENTARIOS

Pese a que Sanchis ha pretendido siempre evitar el hermetismo y las actitudes elitistas, su teatro es de una notable densidad intelectual, abierto siempre a la experimentación y poco complaciente con soluciones previsibles. Tal vez por ello ha generado una relativamente amplia obra crítica en torno a su teatro, y él mismo ha expuesto en diversas ocasiones con precisión y brillantez los que él considera aspectos esenciales de su creación dramática. A continuación ofrecemos diversos fragmentos sobre los trabajos sobre Sanchis y del propio Sanchis.

1. Sobre la condición de autor de Sanchis Sinisterra

La actividad polifacética de Sanchis —director, dramaturgista, pedagogo teatral, gestor, etc.—, no deja dudas sobre su condición de hombre de teatro, pero sí plantea una reflexión sobre su proceso, que es semejante a otros procesos de hombres de teatro pertenecientes a su generación. Sobre ello se ha ocupado Fermín Cabal en un trabajo del que extraemos las líneas siguientes:

> Como la mayoría de los autores surgidos de las filas del teatro independiente de los setenta, Sanchis aparece como un

fruto tardío, tras muchos años de desempeño en otras tareas escénicas. A mediados de los ochenta era todavía, para los aficionados y para sus colegas de profesión, un director de escena, si acaso un director «dramaturgista», más que un escritor. [...]

Cuando se estrena la segunda pieza de la trilogía *Lope de Aguirre,* Sanchis Sinisterra ya ha dejado de ser un director: el éxito de *¡Ay, Carmela!* le ha convertido, de la noche a la mañana, en autor. Se ha burlado Sanchis en alguna ocasión de esa súbita transformación operada en su persona a los ojos del vulgo, pero, a mi juicio, no deja de tener razón el populacho. [...] Desde entonces, su producción literaria se va acercando en el tiempo al espectador de hoy día, en un proceso que se consolidará en piezas como *Perdida en los Apalaches* hasta llegar a la reciente *El cerco de Leningrado,* donde la inmediatez del referente real elimina los últimos vestigios del distanciamiento cronológico que le había resultado tan confortable a lo largo de toda su producción anterior. Y también inaugura un tratamiento argumental sin asideros en materiales previos, en el que reincidirá cada vez más habitualmente en los años posteriores.

(Fermín Cabal: «Mecanismos de la teatralidad», en Sanchis Sinisterra, José: *Valeria y los pájaros y Bienvenidas,* Madrid, ADE, 1995, págs. 7-9).

2. El concepto teatral de Sanchis Sinisterra

Hay en la obra de Sanchis una irreductible preocupación formal, una reflexión continua sobre los modos de expresión teatral, de construcción del texto dramático. La Estética de la Recepción, los procesos de eliminación de elementos prescindibles, la herencia de Pinter o el planteamiento de la pieza como juego con el espectador, son algunos rasgos de la dramaturgia de Sanchis sobre los que él mismo o sus estudiosos hablan en los fragmentos que ofrecemos a continuación.

La necesidad de una implicación activa del espectador en la representación teatral ya está presente en la dramaturgia de Sanchis Sinisterra [...] desde *Ñaque*. En sus textos el dramaturgo *propone* y el espectador *dispone*, es decir, el dramaturgo busca su participación a través del imaginario e intenta modificar los códigos de percepción y de recepción del espectador a través de este dispositivo ficcional que es el teatro [...] Se trata de conseguir que el espectador abandone esa actitud de pasividad que le caracteriza, una actitud puramente contemplativa, para implicar al público en la propia teatralidad [...] Además, para Sanchis Sinisterra el espectador debe ser coautor y cómplice de esa propuesta dramatúrgica para que la interacción entre escena y público —que constituye a su juicio la esencia del teatro—, se realice aquí y ahora, en vivo y en directo, durante el tiempo de la representación.

(Manuel Aznar Soler: «La dramaturgia de José Sanchis Sinisterra», *Estreno*, vol. XXIV, núm. 1, pág. 31).

Hablaría de un proceso de desnudamiento, de sustracción de los componentes de la teatralidad. Frente a un fenómeno general del teatro contemporáneo que podríamos definir como una evolución acumulativa, aditiva, de elementos de la teatralidad, creo que convendría investigar una tendencia sustractiva, que fuera despojando al teatro de elementos indispensables hasta llegar a esos límites posibles de la teatralidad —que no son fijos sino que cambian según las épocas y el tipo de público—, manteniendo por nuestra parte un componente de juego, en el sentido de ver qué pasa si prescindimos de tal o cual cosa, qué emerge o qué se refuerza en contrapartida.

(José Monleón: «Entrevista con José Sanchis», *Primer Acto*, núm. 186, octubre-noviembre 1980, pág. 94).

Pinter ha afirmado siempre no saber gran cosa sobre sus personajes. Ni quiénes son realmente, ni qué quieren, ni por qué hacen y dicen lo que hacen y dicen, ni qué grado de verdad hay en sus palabras. ¿Frivolidad, coquetería autoral, excentricidad?

¿Cómo puede un dramaturgo «serio» construir una obra pretendiendo desconocer a sus personajes, a los hijos de su fantasía?

Pues así es. Y no sólo reivindica este «no saber» para sus obras, sino que rechaza como falacia la pretensión opuesta: la forma explícita, tan a menudo empleada en el teatro del siglo XX, es un engaño. El autor afirma disponer de abundantes informaciones sobre sus personajes, y los vuelve comprensibles para el público. De hecho, lo que hacen generalmente es configurarse según la ideología personal del autor. No se crean progresivamente en el curso de la acción, sino que han sido definidos de una vez por todas en escena para expresar en ella el punto de vista del autor.

(José Sanchis Sinisterra: «Pinter y "El teatro de verdad"». Inédito).

Para poder convertir su visión del espectáculo en un hecho artístico, ¿necesita el espectador de su teatro conocer los fundamentos de la dramaturgia de la recepción, ser un espectador ilustrado?

No creo que el espectador deba tener un libro de bitácora de las estrategias del autor, al contrario, hay que pillarlo desprevenido. Deseo que simplemente participe en el juego que le propongo, no en la fundamentación teórica, ni en la exploración técnica que yo he hecho, eso espero que no se note. Me fastidia mucho determinado teatro experimental que está llamando al espectador tonto si no entiende, o que dice «mira qué listo eres», si ocurre lo contrario. Mi ideal es que mi espectador entre en mi mundo ficcional y sea éste el que mueva en él lo intelectual, lo emocional, lo ideológico, lo mágico si es preciso, con la mayor inocencia posible. Esa percepción de alguna de mis obras por el espectador desprevenido —como está ocurriendo con *El lector por horas,* que le gustará o no—, pero que es activado, cuestionado y hasta emocionado, es mi ambición máxima. No escribo para intelectuales. No tengo por qué pedir un título universitario a mis espectadores, no me interesa.

(«Treinta años de experimentación teatral. Juan Manuel Joya entrevista a José Sanchis Sinisterra», *Nueva Revista*, núm. 66, diciembre 1999, pág. 151).

Iser separa claramente texto (lo que hace el autor) y obra (lo que hace el lector). El autor produce un texto; y el lector, en el acto de lectura, convierte ese texto en obra de arte, puesto que es en el acto de lectura, y éste es el cambio fundamental de paradigma que propone la Estética de la Recepción, donde se produce realmente la naturaleza estética. Otra distinción que establecen los teóricos de la Estética de la Recepción es entre lo artístico y lo estético: el autor produce un objeto artístico; y el lector, en esa interacción creativa, en esa cooperación con el texto, produce un fenómeno estético.[...]

El receptor implícito se constituye a partir de lo que se conoce como una estructura de efectos [...]. Yo diferenciaba cinco planos de efectos. En primer lugar, un *plano referencial,* que tiene que ver con el reconocimiento del mundo por parte del futuro espectador. En segundo lugar, un *plano ficcional-generativo,* que tiene que ver con la acción dramática, con los personajes, con sus antecedentes, con las circunstancias en las que se desarrolla su acción. En tercer lugar, un *plano identificatorio,* factor fundamental, pues supone la organización de las hipotéticas adhesiones o rechazos que queremos que se produzcan a lo largo de la acción (y aquí yo abriría un paréntesis para decir, sin renegar de mi herencia brechtiana, que Brecht simplificó de manera esquemática la noción de identificación; en mi opinión, se trata de una noción que requiere una profunda revisión a la que puede contribuir notablemente la Estética de la Recepción).

En cuarto lugar, un *plano sistémico,* que tendría que ver con el proceso de interacción, con lo que el espectador tiene que poner de sí mismo y aportar a las estructuras indeterminadas del texto para completar el sentido, para rellenar los huecos. Esta noción de hueco es sumamente interesante, en la medida en que apela directamente a la capacidad creativa del receptor, lo que podría conectar quizá, aunque con otras implicaciones, con el concepto de «obra abierta» que ya Eco planteó en los años 60. Se ha podido afirmar que la lectura es un rellenado de huecos, una proyección de la experiencia, de la «enciclopedia» de receptor, sobre los esquemas abiertos del texto, que van siendo así completados. Por lo tanto, llevando la idea un poco más allá, podríamos afirmar que el acto de lectura es un acto de escritura, que leer es «escribir con» o «escribir sobre». De ahí que cada lectura sea distinta a las demás; que los textos no tengan un único sentido, ni siquiera para un mismo lector; que un mismo texto, leído con dos o cinco años de distancia, sea «otro texto», pues la experiencia lectora será completamente distinta, ya que la enciclopedia vital habrá variado y lo que el lector «escribirá» encima de esos espacios indeterminados será otra cosa.

Y en último lugar, distingo un *plano estético,* que tiene que ver con la noción de artisticidad y con la noción de gusto. Y con el hecho de que el receptor acepte esa naturaleza estética del producto que le estamos ofreciendo y diga: «sí, considero que es arte». Esto puede parecer una tontería, pero lo cierto es que toda la problemática del arte contemporáneo se basa justamente en el desafío de los artistas —especialmente de los artistas plásticos y los músicos— para lograr la aquiescencia del público sobre la naturaleza artística de un objeto que, desde un determinado horizonte de expectativas, no es considerado como arte. Esta aquiescencia sobre la artisticidad es un factor indispensable que todos nosotros hemos vivido y sufrido a través de experiencias más o menos arriesgadas que daban lugar entre los espectadores a rechazos del tipo: «esto no es teatro». Es decir, no acepto la artisticidad dramatúrgica y/o escénica de este producto, le niego su razón de existir.

(José Sanchis Sinisterra: «Por una dramaturgia de la recepción», en *ADE-Teatro,* núms. 41-42, 1995, págs. 67-68).

3. EL TEATRO POLÍTICO

Sanchis ha reivindicado la función política del teatro como consustancial a esta forma estética y de comunicación. Lejos del panfleto o del mitin político, su producción aparece impregnada por una intención política clara aunque expresada con la habitual sutileza y con el humor que caracteriza a su producción dramática. En el siguiente texto el autor expone sus ideas acerca de esa dimensión política del teatro.

> *Los figurantes*[1] es el triunfo de una revolución y está basada en *¿Qué hacer?*, de Lenin. Comencé *El cerco de Leningrado* antes de la caída del muro y mientras la escribía empezó a ocurrir todo. En ella intentaba mostrar cómo a pesar de que esa supuesta utopía comunista hubiera fracasado, a pesar de esa deserción generalizada que se estaba produciendo en las izquierdas españolas y europeas, no quedaba invalidada la vigencia de la utopía revolucionaria, la utopía que dio origen a ese sistema que fracasó no sólo en los llamados países comunistas, que de comunistas no tenían nada. Yo nunca fui del partido Comunista, nunca me entusiasmó la traducción de las ideas de Marx y Engels a lo que llegó a ser el comunismo soviético.
>
> *El cerco de Leningrado* —que en el montaje de Nuria Espert[2] fue muy tergiversado, no literalmente sino en la interpretación de la puesta en escena— reivindica la utopía como delirio, pero eso para mí no le quita validez. Es una obra elegíaca que cuando la terminé tenía la sensación de haber estado cantando al crepúsculo de algo que me producía desconsuelo. Y tuve necesidad de escribir *Marsal Marsal* para inventarme una nueva utopía. En *Marsal Marsal,* a través de una fábula disparatada, se observa cómo se está produciendo un «desenchufe» generalizado de gente que se sale de este sistema y empieza a agruparse para intentar otra cosa. Cuando terminé de escribirla, me dije: esta utopía ya existe, son las redes, los grupos de acción civil que se están formando en todas partes al margen de sindicatos, de partidos, de instituciones, para solucionar problemas concretos. Ésa, para mí, es la utopía del siglo XXI.

---

[1] La pieza está dedicada al pueblo sandinista de Nicaragua.

[2] El autor se refiere aquí al montaje de *El cerco de Leningrado* para el Centro Dramático Nacional, dirigido por Omar Grasso e interpretado por María Jesús Valdés y Nuria Espert, estrenado primeramente en el Teatro Barakaldo (1994).

Repasando otras obras mías se encontrarán inequívoca —aunque no unívocamente— contenidos políticos. *El retablo de Eldorado* plantea la conquista, los genocidios, la relación del teatro con lo social y lo político. *Lope de Aguirre, traidor* reflexiona sobre las revoluciones que se convierten en máquinas asesinas, y está escrita pensando muy directamente en ETA y en Sendero Luminoso, como paradigmas de impulsos revolucionarios que terminan en una paranoia mortífera. *Naufragios de Álvar Nuñez,* que es mi obra preferida y que todavía no se ha estrenado, trata de la dificultad del ser humano para entender al otro como sujeto, que es, para mí, el enclave donde la opresión y la injusticia son posibles. *Valeria y los pájaros* recoge en parte el conflicto de las víctimas de las muchas desapariciones de América Central y América del Sur. Hasta en *El lector por horas* está presente lo político en el concepto de cultura del padre de Lorena o en las relaciones de poder que se establecen entre los personajes.

(«Treinta años de experimentación teatral. Juan Manuel Joya entrevista a José Sanchis Sinisterra», *Nueva Revista,* núm. 66, diciembre 1999, págs. 152-153).

4. La crítica de *¡Ay, Carmela!*

Curiosamente las críticas de los diarios madrileños más influyentes fueron muy poco favorables a *¡Ay, Carmela!,* pese a lo cual, la obra obtuvo un éxito notable, como sabemos. Recogemos aquí fragmentos de las críticas que publicaron *ABC* y *EL PAÍS* a raíz del estreno de *¡Ay, Carmela!* en Madrid.

Dos personajes de sainete. Que el fondo sea un episodio tremendamente dramático, la guerra civil, no altera la sustancia esencial de lo sainetesco. El desarrollo, curiosamente, degrada ese fondo real y potencia la sustancia dramática del suceso.

¡Ay, Carmela! pasa de sainete tragicómico, divierte, cansa un poquito a veces, no emociona. Es ya muy tarde para convocar las encendidas pasiones de los años treinta. Tan lejos

de la guerra civil, la actitud maniquea es irrelevante y poco comprometida.

Como espectáculo *¡Ay, Carmela!* no es gran cosa. Ni el drama personal de Paulino, ni el sacrificio, desvaído en el tratamiento escénico, de Carmela, nos parte ya el corazón [...] Ni la escenografía ni el vestuario van más allá de lo anecdótico y visual. Todo está como un poco pasado.

(Lorenzo López Sancho: «*¡Ay, Carmela!*, sainete tragicómico de Sanchis Sinisterra», *ABC*, 5-X-1988, pág. 93).

[...] El problema es que Sanchis Sinisterra, autor, y José Luis Gómez, director, creen que no se trata de una obra sobre la guerra civil, o dicen que no lo creen. La verdad es que no se ve otra cosa. Pero la acción está abordada con esa timidez, con la personalidad de Paulino, sobre la situación límite de los personajes en una situación de alta presión; incluso sobre un momento de teatro dentro del teatro. Todo eso no cuadra. Se hurta al final, en el momento del asesinato de Carmela y su acto de heroísmo incontenible, cuando la actriz no se atreve claramente a blandir la bandera y a mostrar su desnudez, como una de las diosas de la revolución de la iconografía clásica. Sin embargo, la obra sólo existe para ese instante: es un cuento corto, agudo, con esa naturaleza propia del cuento que apunta directamente a su final.

AUTOR DE CORTA OBRA[3]

Todo lo demás es un relleno. Hecho con la finura de este autor de tan corta obra propia estrenada, centrado sólo en el diálogo de dos personajes, bien escrito, incluso con la aparición inicial del fantasma de Carmela para dar tiempo y previsiones, antecedentes, al acto heroico en que tiene que culminar y para el que está montada y escrita. Las razones artísticas

[3] Llama la atención el empleo de este titulillo para referirse a la producción dramática de Sanchis. El crítico no considera como obra propia los trabajos de dramaturgia sobre textos narrativos o desconoce los estrenos llevados a cabo por el Fronterizo.

de querer estar por encima de la situación real y hasta realista, a pesar del fantasma y su desolador retrato de lo que es la muerte, fracasan; las razones de una supuesta delicadeza o un miedo a algo, no se justifican.

(Eduardo Haro Tecglen: «Un acto de heroísmo cívico», *El PAÍS*, 5-X-1988, pág. 44).

5. Opiniones sobre *El lector por horas*

Aunque la pieza está llamada a suscitar un importante debate crítico, contamos todavía con pocos materiales de interés al respecto. A continuación ofrecemos tres fragmentos que apuntan interpretaciones sobre el texto.

El lector por horas [...] es una reflexión madura sobra la novela, sobre la creación de otros mundos y la imposibilidad de escapar a las referencias intertextuales, sobre la esencia del lector, en un ejercicio que remite a un universo kafkiano con personajes y giros no lejanos del surrealismo extraño de Javier Tomeo.

(Pablo Ley, *EL PAÍS*, 16-VI-97, pág. 40)

El teatro sucede en el espectador, no en el papel que escribe el autor. Tampoco en la escena que ocupan los intérpretes. El teatro sucede en la imaginación, en la memoria, en la experiencia del espectador. Aunque muchos autores conocen esa máxima, pocos son capaces de guardarle fidelidad. Pocos consiguen tejer el texto en el espectador y no ante él.

Pocos han llegado tan lejos como José Sanchis Sinisterra. En *El lector por horas*, Sanchis hace de cada espectador un autor. [...]

Sanchis nos presenta a tres personajes a los que ningún afecto parece vincular. Hay algo que, sin embargo, va a unirlos: unos cuantos libros. Libros que dan alegría y hacen daño. Libros que atraviesan vidas.

Pero los personajes de *El lector por horas* no sólo leen libros. Cada uno de ellos trata a los otros como textos. Cada uno se sitúa ante el mundo como ante un texto.

(Juan Mayorga: «El espectador como autor», *Primer Acto*, núm. 278, 1999, pág. 122).

De todas formas, la paternidad de la selección no es sino la imagen más evidente del juego de poder. Las situaciones han sido concebidas desde el principio como pequeños combates con indicación provisional de ganador. Sin embargo, tras las primeras escenas asistimos a un lento e imparable proceso en el que el poder cambia de manos: de Celso a Ismael, de Ismael a Celso y otra vez a Ismael; de Lorena a Ismael, de Ismael a Lorena y otra vez a Ismael. Los elementos de poder van asociados al desvelo del *enigma* que envuelve al Lector, *the servant*. [...]

En última instancia, un esmerado trabajo con el enigma (informaciones incompletas, deducciones sin confirmación, preguntas abiertas) completa la construcción del receptor implícito («plano generativo»). Pongo algunos ejemplos —pocos— del mismo. En la primera escena, Celso no quiere saber nada del Lector, pero al expresar ese deseo consigue cargar a Ismael de misterio. Más: ¿qué accidente padeció Lorena? ¿Celso está realmente satisfecho de la utilidad que le ha reportado el accidente? ¿Cuál es la verdadera ocupación de Celso?

(Carles Batlle i Jordá: «El lector por horas: una lectura», en Sanchis Sinisterra: *El lector por horas*, Barcelona, Teatre Nacional del Catalunya, 1999, págs. 178-179).

Yo siempre intento que mis personajes no representen nada. A duras penas se representan a sí mismos. Pedirles que ya representen algo superior a ellos es pedirles mucho. Él (Ismael) es el personaje más enigmático, ha enterrado zonas esenciales de su vida y especialmente en este mundo en que lo vemos, el mundo de Lorena. Para mí él es el portador del enigma, por eso mismo genera en Lorena esa obsesión descifradora que le lleva a escuchar no sólo los textos, sino las oscilaciones de su voz que le permiten hacer una especie de radiografía de su vida. Yo no sé si eso que dice Lorena haber descubierto [...] es verdad o es mentira. Pero es posible que eso sea percibido por Lorena en la medida en que Ismael es enigmático. La paradoja está en que esa condición de enigma, que quizá tiene que ver con el estar enterrado en una tumba de secretos inconfesables, como descubren en *El corazón de las tinieblas,* es la condición que le ha pedido Celso. No le contrata como persona, sólo le interesa su facultad lectora. Celso le instala en su condición de no persona, de órgano. Lo que ocurre es que, paradójicamente, son Celso y Lorena los que inmediatamente comienzan a transgredir esa norma. Como hace siempre el poder: el poder impone normas que deben cumplir los demás, pero no él. Es otro de los aspectos subrepticiamente políticos de la obra. El poder se guarda cláusula de ruptura de todas las normas.

(José Sanchis Sinisterra, en Itziar Pascual: «Algunas premisas sobre la creación de José Sanchis Sinisterra», *Acotaciones,* núm. 2, 1999, págs. 75-76).

TALLER DE LECTURA

Nos encontramos ante dos textos de factura formal muy diferente, aunque en ambas piezas el dramaturgo haya experimentado diversos recursos constructivos que conviene tener en cuenta a la hora de afrontar su lectura. Comencemos con *¡Ay, Carmela!*

¡AY, CARMELA!

1. *¡AY, CARMELA!* Y LOS JUEGOS CON EL TIEMPO

La lectura del primero de los textos incluidos en la presente edición resulta sencilla, casi transparente, al menos en lo que atañe a la comprensión de la trama. Entendemos por trama la organización de los episodios que componen la fábula, la historia que se cuenta en la obra teatral. Sin embargo, y pese a esa aparente simplicidad, los episodios están organizados de una manera compleja.

— Proponemos el ejercicio de ordenar cronológicamente estos episodios y comparar esta ordenación con la que se emplea en la trama de la pieza.

Para ello, pueden ser útiles las siguientes consideraciones. Como punto de partida puede observarse un hecho que no deja de ser paradójico: al comienzo de la función la protagonista está ya muerta. ¿Cómo puede entonces reaparecer en escena?

El primer signo empleado es la sorpresa de Paulino, mediante la cual se comunica al espectador que la aparición de Carmela es extraña, tanto, que Paulino la atribuye a los efectos del vino. Carmela lo tranquiliza: es ella realmente. Pero pronto sabemos que, en efecto, su aparición es extraña, pues Carmela está muerta. Esa situación justifica su marcha, poco tiempo después, aunque los motivos que tuvo para irse sean de momento tan difusos como los que la trajeron. Sin embargo, la separación entre la muerte y la vida, y sus respectivos planos temporales, sigue siendo borrosa. Apenas ha salido por un lateral, Carmela vuelve a entrar vestida de andaluza, como para comenzar una actuación. Se trata de una vuelta al pasado inmediato, cuando Carmela aún vivía, pero podemos preguntarnos: ¿Suceden estos hechos en la memoria de Paulino? ¿Se los hace revivir Carmela, y con él a los espectadores, para demostrarle su cobardía? ¿Se trata del conocido recurso del *flashback,* tan frecuentemente empleado en el cine? Cada espectador tiene su respuesta, porque el dramaturgo prefiere dejar la solución abierta. En cualquier caso, esta fragmentación temporal sugiere la necesidad de ahondar en la memoria histórica, de hurgar en las heridas de la sociedad española. Más adelante volveremos sobre ello.

Pero los preparativos de la actuación se interrumpen y, tras el oscuro, Carmela vuelve a aparecer, recién llegada del ámbito de la muerte. Se ha producido un nuevo cambio temporal, pero no será el último. A partir de ahora el solapamiento entre los planos se hace más sutil, más difícil de distinguir para el espectador.

— Proponemos al lector que observe cómo se plantea esta cuestión al término del primer acto y al comienzo del segundo.

No hace falta insistir en el valor dramático que adquiere la asociación entre el presente y el pasado en lo que se refiere al fusilamiento de los brigadistas, recordado por Carmela como si fuera un hecho repetible. El segundo acto comienza con otra confusión deliberada entre presente y pasado, que adquiere ribetes cómicos a partir del equívoco, atribuido otra vez a los excesos de la comida, en este caso al conejo que ha tomado Paulino.

El epílogo sitúa la acción en un período posterior a las anteriores apariciones de Carmela, lo cual quiere decir que ha transcurrido ya algún tiempo desde la infortunada actuación de Carmela y Paulino. El encuentro produce una cierta tensión entre la pareja. ¿A qué se debe ese enfrentamiento?

— Tras considerar estas cuestiones, puede procederse a establecer la cronología a la que nos referíamos en líneas anteriores y también a esbozar un breve ensayo sobre el tratamiento del tiempo en *¡Ay, Carmela!* A partir de ahí puede reflexionarse sobre la intención que parece mover al autor: recuperar la memoria histórica.

2. *¡AY, CARMELA!* Y LA GUERRA CIVIL

La obra está escrita en torno al cincuentenario de la guerra civil. El dramaturgo pretende, entre otros objetivos, propiciar una reflexión sobre la naturaleza y las consecuencias de dicho conflicto. La conmemoración oficial y pública del cincuentenario procuró contribuir a cerrar las heridas que la guerra había abierto en la sociedad española, siguiendo el criterio que se había adoptado durante la transición política desde 1975. Implícita o explícitamente, se había acordado entre las fuerzas políticas y sociales del país un cierto olvido de las diferencias entre los españoles para contribuir así a una convivencia que había resultado difícil durante muchas décadas. El dramaturgo ha comentado en alguna ocasión que no pretendía abrir heridas, pero sí afrontar la incómoda cuestión de la memoria histórica e impedir que el olvido borrase las circunstancias de uno de los eventos más trágicos que ha conocido la historia de España.

De ahí que la pieza se plantee estructuralmente como un recuerdo, como una recuperación de unos hechos que no pueden quedar ignorados. Por supuesto, los personajes y los sucesos que se cuentan en la pieza no son reales, pero sí lo son las circunstancias en las que transcurren: lugares y batallas aludidas, canciones, poemas, algunos personajes mencionados, símbolos, etc. Y, sobre todo, la fábula pretende convertirse en una explicación metafórica, pero acerada, del sentido que tuvo para tantas gentes esa guerra civil en la que pudieron transcurrir hechos como los que se cuentan.

Teniendo en cuenta todo esto, proponemos los siguientes ejercicios o actividades:

— Realizar un seminario interdisciplinar consistente en la localización de todos aquellos elementos históricos, o directamente relacionados con la historia, que aparecen en la pieza e investigar sobre las circunstancias en las que surgieron los hechos o desarrollaron su actividad los personajes mencionados. Sugerimos prestar especial atención a los signos y símbolos (prendas, banderas, terminología, palabras que constituían un tabú, himnos y canciones, gestos, etc.), sin olvidar las referencias a las operaciones militares o a los criterios de formación que sirvieron para configurar los ejércitos en liza. Desde el conocimiento y la interpretación de estos datos pueden valorarse mejor, sin duda, algunas cuestiones relacionadas con la guerra civil y también comprender el sentido de la escritura de este texto. Finalmente, habrá de extraerse una conclusión acerca del grado de implicación con la historia que el autor pretende.

— Proceder a un análisis literario y lingüístico del texto en busca de los indicios que nos remitan a la cuestión de la memoria histórica: palabras o imágenes relacionadas con el recuerdo, o la necesidad de aprender, etc., personajes que simbolicen esa memoria, momentos de la acción o rasgos compositivos y estructurales que apunten hacia la superación del olvido, etc.

— Comparar *¡Ay, Carmela!* con algún otro texto literario reciente sobre la guerra civil, que haya sido escrito, por ejemplo, en los últimos veinte años. No importa que se trate de una pieza teatral o de una novela. Interesa, sin embargo, analizar el punto de vista desde el que se aborda, el tratamiento del conflicto bélico, la creación de personajes representativos, el estilo, etc.

3. *¡AY, CARMELA!* Y EL TEATRO DENTRO DEL TEATRO

Carmela y Paulino son dos artistas de variedades. Su actividad parece ser itinerante, lo que justifica tanto el error cometido al cruzar la línea del frente, como la modestia —por no decir la miseria— de su bagaje estético y cultural. Los cómicos ambulantes cuentan en España con una amplia tradición [1] que se remonta a los cómicos de la legua. Al dramaturgo le ha interesado especialmente esta cuestión y la ha abordado en otras piezas, sobre todo en *Ñaque o de piojos y actores,* una obra sobre dos cómicos ambulantes del XVII con la que sugerimos al lector una comparación de *¡Ay, Carmela!* Las concomitancias entre ellas son importantes, aunque la época, el lenguaje y las circunstancias históricas son radicalmente distintas.

Pero las posibilidades de comparación pueden extenderse. En primer lugar hay otra significativa pieza de Sanchis, *Los figurantes,* en la que los personajes son también cómicos mo-

[1] Sobre esta cuestión remitimos al lector al célebre testimonio de Agustín Rojas Villandrando en su *Viaje entretenido.* Puede consultarse la edición hecha en Madrid, Espasa Calpe, 1977. Como ha quedado dicho, Sanchis se inspiró en esta obra para su *Ñaque.*

destos. El planteamiento y la factura de la pieza son diferentes de los modelos empleados en *¡Ay, Carmela!*, pero tal vez por ello resulte útil establecer dicha comparación.

— Se sugiere el estudio de la relación entre el texto aquí editado y las piezas de otros dramaturgos pertenecientes a la misma generación de Sanchis que abordan un tema similar. Propongo, por ejemplo, textos como *¡Viva el duque nuestro dueño!*[2], de Alonso de Santos, o *Yo fui actor cuando Franco*[3], de Ignacio Amestoy.

El nivel de calidad de los espectáculos de Carmela y Paulino, a juzgar por lo que comentan y por los números que ofrecen en la triste velada, es escaso. Canciones pseudofolclóricas o casticistas, o la presencia de los trucos previsibles y rancios forman parte de su repertorio. El tono de su espectáculo parece dominado por el tópico casticista, la escasez de imaginación e incluso la grosería. En algunas ocasiones han tenido que recurrir incluso a la nada artística habilidad pedómana de Paulino para provocar la risa de un auditorio que no nos parece muy exigente en materia estética.

— Se sugiere la elaboración de una lista que incluya los números desarrollados, acompañada de una breve descripción, e investigar y reflexionar acerca de cuestiones como las siguientes: ¿Dentro de qué género o géneros podrían clasificarse? ¿En qué tipo de locales podrían actuar o ante qué públicos? ¿Se encuentran satisfechos como artistas?

El lector ha de tener en cuenta que Paulino tiene alguna formación como cantante y una cierta conciencia de su dignidad

---

[2] Madrid, Alhambra, 1988 (ed. de María Teresa Olivera Santos).

[3] Madrid, Fundamentos, 1993.

artística. A pesar de ello, el tono general del espectáculo (y, por lo que sabemos, de los demás espectáculos de la pareja) parece un tanto burdo. Este contraste es uno de los elementos caracterizadores no sólo del teatro de Sanchis, sino también del teatro de su generación. Ese gusto por la mezcla de elementos disonantes o hasta contrarios se extiende a otras facetas del texto, por ejemplo, al recurso de la tragicomedia como género. La historia de una muerte brutal y absurda, motivada por la generosidad de la víctima, se cuenta de una manera ligera, humorística y hasta burlesca en ocasiones. Da la sensación de que quiere evitarse cualquier solemnidad al abordar tan doloroso asunto. Se prefieren el humor y la ironía.

— El lector podrá espigar los momentos cómicos y los momentos serios a lo largo de la historia y analizar el resultado dramático de ese juego de paradojas.

Los números que componen la Velada que se ven obligados a ofrecer constituyen además parte, y parte importante, del espectáculo que ve el público asistente a la representación de *¡Ay, Carmela!* Se trata, por tanto, de un ejercicio de teatro dentro del teatro, lo que se denomina habitualmente metateatro. En consecuencia, el lector habrá de valorar, más allá de la dimensión textual, las posibilidades escénicas de tales números.

— ¿Cómo podrían escenificarse?
— ¿Qué características tendrían el vestuario y el *atrezzo,* dadas las circunstancias en las que se lleva a cabo la representación?
— ¿Cómo afrontarían la representación los actores teniendo en cuenta que el supuesto público está constituido por los soldados del ejército nacionalista, pero considerando que también nosotros, los espectadores reales, asistimos a esa función?
— Además y a partir de estas consideraciones, puede reflexionarse acerca de la cuestión del receptor implí-

cito, de la que tanto ha hablado el dramaturgo y sobre la que en otras páginas del presente volumen se ofrece alguna información.

El teatro constituía uno de los espectáculos más populares, pero, desde luego, no era el único. Por otro lado, el concepto de teatro no es unívoco, puesto que no se limita en modo alguno a la representación de los grandes textos, sino que, sobre todo en el período al que nos referimos, reviste formas muy distintas: el llamado género chico, la zarzuela, la revista, etc. son algunas de ellas. El lector interesado podrá informarse en la bibliografía indicada y en aquella a la que estas obras de conjunto remiten. De este modo podrá entender mejor la naturaleza del espectáculo que exhiben Carmela y Paulino.

— Se propone, por último, un trabajo de investigación acerca de las formas que reviste el espectáculo en España durante los años próximos a la guerra civil[4].

EL LECTOR POR HORAS

1. UNA COMPOSICIÓN FRAGMENTARIA

El lector por horas es, como hemos visto, una pieza compleja. Son muchos los planos que la configuran, pero el que nos presenta de manera inmediata es el de la lectura. Ismael lee pasajes de diferentes novelas a Lorena y, por extensión, al

[4] Puede verse para ello Amorós, Andrés: *Luces de candilejas*, Madrid, Espasa Calpe, 1991. Además de la sugestiva información ofrecida, cuenta con una amplia bibliografía sobre los distintos tipos de espectáculos. Puede consultarse también la reciente AA.VV.: *Historia de los espectáculos en España*, Madrid, Castalia, 1999 (coordinadores: Andrés Amorós y José María Díez Borque).

espectador. Como en *¡Ay, Carmela!*, el acto de la lectura tiene un doble destinatario: Lorena en primer término y el espectador en segundo. Pero existe una diferencia: y es que en *El lector por horas* Ismael lee la novela entera para Lorena y sólo algunos fragmentos para el espectador.

El dramaturgo emplea el recurso de elipsis, es decir la supresión de aquellos momentos que no parecen imprescindibles (resultaría impensable leer las obras enteras ante el espectador). La pieza adquiere así un carácter fragmentario y está llena de saltos en el tiempo, de huecos, que proporcionan una singular estructura.

A este tipo de composición se suman con frecuencia los diálogos interrumpidos, las respuestas que no corresponden a las preguntas, los equívocos en la comunicación. Dramaturgos como Harold Pinter o David Mamet han explorado también esta fórmula de construcción del diálogo.

— El lector podrá señalar algunos de los ejemplos más significativos de estas fracturas en la pieza de Sanchis.

Evidentemente, este estilo de composición se relaciona con los numerosos enigmas que presenta la trama, e incluso con las indicaciones sobre los oscuros que separan las diferentes secuencias.

El lector por horas es una pieza de difícil acceso para el espectador, en cuanto que se le permite conocer tan sólo una parcela de la historia, mientras las restantes permanecen en la penumbra. Para comprender su sentido, el lector (o el espectador) ha de tener en cuenta esta concepción del texto y ha de considerar que el dramaturgo, además de contar una historia, pretende realizar un ejercicio de experimentación formal, basado sobre todo en la supresión de determinados elementos, no sólo de los superfluos, sino incluso de algunos que parecen necesarios. Dada la dificultad de la historia, puede resultar útil redactar una sinopsis de la trama y observar en ella esos huecos deliberados, esos enigmas. A partir de este trabajo propondremos algunas actividades en el epígrafe destinado al taller de creación.

2. Las lecturas

Como ha quedado dicho en líneas anteriores, el plano más inmediato de *El lector por horas* está constituido por los fragmentos de los libros que Ismael lee para Lorena. Con ayuda de las notas y de las referencias que aparecen en el propio texto, el lector podrá identificar los textos leídos y reflexionar sobre su papel en la acción dramática, es decir, sobre la influencia que estos textos ejercen en la evolución de Lorena y también en la de Ismael y Celso.

Es importante advertir las notas comunes entre textos tan, aparentemente, diversos. Para ello podemos plantearnos las preguntas siguientes:

— ¿A qué género literario pertenecen todos los textos elegidos? ¿Qué razones puede haber para escoger ese género? ¿A qué época corresponden los textos escogidos? ¿En qué períodos literarios podrían encuadrarse? ¿En qué lengua están escritos originariamente? ¿Cuáles pueden ser los motivos para estas decisiones?

En un segundo momento podemos plantearnos cuestiones como éstas:

— ¿Hay afinidades temáticas o estilísticas entre los textos leídos? ¿Y entre sus personajes? ¿Cuáles? ¿Por qué? ¿Existe relación entre el conjunto de la obra de los escritores escogidos con la temática desarrollada en la pieza?

En tercer lugar pueden pensarse otras cuestiones, por ejemplo, el valor significativo de los títulos en el contexto de *El lector por horas*. Es muy claro en el caso de *El corazón de las tinieblas*.

— ¿Hay algún otro ejemplo? ¿Cuál?

Pero, además de leer obras literarias, los personajes hablan de algunas de ellas.

— ¿Cuáles son las que aparecen expresamente comentadas en el texto? ¿Qué opinión merecen a los personajes?

Finalmente, en *El lector por horas* se habla de algunos autores, obras o personajes que no se corresponden con las obras leídas (o, al menos, leídas ante el espectador).

— ¿Cuáles son esos autores, obras y personajes? ¿Pueden establecerse relaciones entre ellas y las obras leídas? ¿Qué relaciones?

Todas estas cuestiones podrían llevar, por ejemplo, a un debate sobre los gustos literarios del dramaturgo, o también a plantearse posibles «ausencias», es decir, textos que, según el criterio del lector, hubieran encajado en la trama.

3. Espacio, tiempo y personajes: presencias y ausencias

La construcción de este texto, como ya se ha dicho, recurre a las omisiones deliberadas, a las ausencias, a las zonas sólo vislumbradas. Antes nos hemos referido a los aspectos de la trama afectados por este recurso a la elipsis. Pero cabría extender este concepto, por ejemplo, al espacio y a los personajes.

El espacio visible de *El lector por horas* está configurado exclusivamente por la biblioteca en la que Ismael lee a Lorena. Es decir, se observa lo que en teatro se conoce como unidad de lugar, según la fórmula que proviene de la tradición clásica, aunque no se guarde la unidad de tiempo, como ha quedado dicho. Sin embargo, se habla de otros espacios que constituyen la casa de Celso (presumiblemente amplia, a juzgar por su nivel de vida y por las referencias que a ella se hacen en el texto) y también de espacios externos. Los espacios de la casa se vinculan fundamentalmente a Celso. Los espacios externos se relacionan con Lorena y con Ismael.

— Se propone una actividad consistente en enumerar y clasificar los espacios mencionados en el texto. Una vez confeccionada la relación, el lector reflexionará sobre la función dramática que adquieren esos espacios, es decir, su valor como elemento compositivo de la historia y no como mera localización.

— Es especialmente interesante lo que se dice de la casa de Celso al comienzo de la escena 16. Ismael atraviesa pasillos y tal vez habitaciones, y Lorena imagina su relación con esos lugares ¿Qué impresiones sugiere lo que relata Lorena?

El espacio se reduce a una sola estancia, pero el tiempo de la acción se prolonga durante muchos días. Aunque no se hagan referencias precisas al tiempo transcurrido, a lo largo del texto contamos con algunos datos que nos permiten hacernos una idea del tiempo en el que se desarrolla. Por ejemplo, el número de libros leídos. Curiosamente la mayoría de ellos son breves, pero no falta alguno más voluminoso. ¿Cuánto tiempo podría tardarse en leer los libros que se mencionan en *El lector por horas?* Sin embargo, ni siquiera ese dato sería definitivo, porque no sabemos con seguridad si se han leído otros libros, además de aquellos de los que escuchamos algún fragmento.

— En la escena 16 Celso habla de *tantos meses aquí, degustando buena literatura...* ¿Cuánto tiempo ha podido transcurrir? ¿Qué sensación nos produce el paso del tiempo? ¿Cómo se emplea la elipsis?

Tres son los personajes que intervienen en la acción de *El lector por horas,* pero a lo largo de la pieza nos llegan los ecos de otros seres, cuya importancia en la acción de la pieza es diversa. Así podemos hablar de dos personajes latentes, es decir, personajes que no participan directamente en la acción, pero cuya existencia condiciona radicalmente la historia, como son la madre de Ismael y, sobre todo, la madre de Lorena.

— ¿Qué se dice de ellas? ¿Qué importancia tiene su muerte en el desarrollo de la acción?

Pero se menciona también a otros personajes, cuya influencia sobre la acción de la obra es muy escasa.

— ¿Cuáles son esos personajes? ¿Dónde y por qué se les menciona?

SUGERENCIAS PARA UN TALLER DE CREACIÓN

1. *¡Ay, Carmela!*

1.1. *Sobre el espacio y la puesta en escena*

—¿Qué espacio parecería adecuado para un montaje de *¡Ay, Carmela!?* Puede pensarse en un espacio ideal, existente o imaginario, y puede pensarse también en un espacio del que el lector pudiera disponer para llevar a la escena la pieza de Sanchis.

—Al hablar de espacio nos referimos, al menos, a dos realidades distintas: al local (teatro y escenario) y a la configuración escenográfica de ese espacio. ¿Qué criterios seguiría el lector para su elección? ¿Qué tipos de locales consideraría adecuados para este espectáculo? ¿Cómo podría configurarse la escenografía, teniendo en cuenta las peculiaridades del espectáculo desde el punto de vista del espacio (teatro dentro del teatro, un local en una ciudad en la que se acaba de desarrollar una dura batalla, etc.) y del tiempo (acción situada en la guerra civil con el deseo de despertar la memoria histórica)?

1.2. *Sobre los bailes, canciones y poemas*

¡Ay, Carmela! se ha construido, como es lógico, con un repertorio de poemas, canciones y bailes representativos de la época en la que transcurre la acción. Aunque forman parte intrínseca del texto, podríamos proponer, como juego, las siguientes actividades:

—Imaginar otras canciones y otros números de variedades propios de la época que pudieran sustituir parcial, o totalmente, a las utilizadas en *¡Ay, Carmela!* Valorar y discutir los resultados.

—¿Cabría «modernizar» el repertorio y jugar con las posibilidades que ofreciese el anacronismo resultante? Podrían utilizarse canciones o poemas contemporáneos, pero también materiales procedentes de la publicidad, el espectáculo, los medios de comunicación o cualesquiera otros que parezcan sugerentes al lector. Puede valorarse después el resultado de la transformación.

—Crear otras letras de canciones o posibles números adecuados a la situación que viven los personajes. Para ello, el lector puede inspirarse en otros materiales o componerlas a partir de su propia invención.

1.3. *Sobre el elenco actoral*

—*¡Ay, Carmela!* ha conocido numerosas puestas en escena y una versión cinematográfica. Los repartos, en consecuencia, han sido muy diversos. El lector podría sugerir su reparto ideal para una puesta en escena o para una hipotética segunda versión cinematográfica.

—*¡Ay, Carmela!* contiene abundantes escenas de gran eficacia dramática y espectacular. No resulta difícil escoger alguna de ellas (con o sin elementos musicales) para su representación en el aula o en el grupo.

2. EL LECTOR POR HORAS

2.1. *Sobre la escenografía*

—Uno de los elementos más sugestivos de la puesta en escena de *El lector por horas* ha sido la escenografía. Quim Roy ha imaginado un espacio repleto de libros, asfixiante, en cierto sentido, aunque grandioso, en el que se advierte la influencia de Gaudí, y que sugiere también el vientre de una ballena. La funcionalidad, la metáfora y un estilo propio se combinaban en esta escenografía. ¿Cómo imagina el lector su espacio ideal para la puesta en escena de la pieza?

Cabe pensar en un espacio que reproduzca una biblioteca, siguiendo criterios naturalistas, pero cabrían también otras soluciones imaginativas, por ejemplo de tipo onírico o expresionista, o, como se ha hecho en la puesta en escena a que nos hemos referido, combinar criterios diferentes. Una vez imaginado ese posible espacio escenográfico, se puede reflexionar sobre la dimensión que adquiriría el texto en él y si resalta zonas que de otro modo quedarían oscuras o, incluso, si ese espacio propicia una determinada lectura del texto.

2.2. *Sobre los textos elegidos*

—Sustituir total o parcialmente los textos que se leen en *El lector por horas* por otros textos literarios que se consideren adecuados para la situación dramática. Pueden ser textos pertenecientes a las mismas novelas elegidas por el autor o bien textos procedentes de otras obras literarias. Comentar, valorar y debatir los resultados de la experiencia.

—Cabe preguntarse también: ¿qué ocurriría si en vez de novelas el autor hubiese escogido libros de poemas? ¿Y si hubiese escogido teatro, o ensayo? Puede hacerse la prueba no sólo por escrito, sino mediante la escenificación de una persona que lea unos textos a otra que permanezca con los ojos vendados. Esta prueba podría practicarse también con los textos seleccionados por el autor de *El lector por horas* y, como conclusión, comparar las impresiones que produce la lectura de los textos. Cotejarlas después con las que ha producido en Lorena.

2.3. *Sobre las historias que se cuentan en el texto*

Dado el carácter abierto de las distintas historias que componen el texto, *El lector por horas* ofrece una excelente ocasión para realizar diversos ejercicios de creación literaria. Por ejemplo:

—Contar brevemente la historia de Ismael, Celso y Lorena, según haya sido recibida e interpretada por el lector (o espectador) de la obra.

— Redactar la historia desde el punto de vista de cada uno de los personajes, de manera que se componga un breve relato en el que se confronten las perspectivas de los tres narradores.

— Completar los hechos que ocurren entre el final de la penúltima escena y el principio de la última.

— Imaginar la historia que sucede después de que la función termine.

COLECCIÓN AUSTRAL

EDICIONES DIDÁCTICAS

Leopoldo Alas «Clarín»
43 **El señor, y lo demás son cuentos**
Edición de Gonzalo Sobejano
Guía de lectura de Rafael Rodríguez Marín

José Zorrilla
51 **Don Juan Tenorio**
Prólogo e introducción de Francisco Nieva
Edición y guía de lectura de Juan Francisco Peña

Juan Ramón Jiménez
58 **Platero y yo**
Edición y guía de lectura de Richard A. Cardwell

Miguel Mihura
63 **Tres sombreros de copa**
Edición y guía de lectura de Antonio Tordera

Leandro Fernández de Moratín
69 **El sí de las niñas / La comedia nueva**
Edición de René Andioc
Guía de lectura de M.ª J. Alcalde

Enrique Jardiel Poncela
71 **Eloísa está debajo de un almendro / Las cinco advertencias de Satanás**
Edición de M.ª J. Conde Guerri
Guía de lectura de J. M. Ocaña Iglesias

Federico García Lorca
77 **La casa de Bernarda Alba**
Edición y guía de lectura de Joaquín Forradellas

Antonio Buero Vallejo
82 **El concierto de San Ovidio**
Introducción de David Johnston
Guía de lectura de Juan Francisco Peña

Voltaire
83 **Tratado sobre la tolerancia**
Edición y traducción de Mauro Armiño
Guía de lectura de Francisco Alonso

José Cadalso
94 **Cartas marruecas**
Edición de José Miguel Caso González
Guía de lectura de Antonio Cerrada

Garcilaso de la Vega
96 **Poesía completa**
Edición y guía de lectura de Juan Francisco Alcina

Mariano José de Larra
99 **Artículos de costumbres**
Edición y guía de lectura de L. F. Díaz Larios

Fernando Fernán-Gómez
109 **Las bicicletas son para el verano**
Introducción de Eduardo Haro Tecglen
Guía de lectura de Luis Fernández

Miguel de Unamuno
110 **San Manuel Bueno, mártir**
Edición de Víctor García de la Concha
Guía de lectura de Óscar Barrero

Antonio Buero Vallejo
114 **La fundación**
Edición y Guía de lectura de Fco. Javier Diez de Revenga

Miguel de Unamuno
115 **Niebla**
Edición de Germán Gullón
Guía de lectura de Heilette van Ree

Antonio Buero Vallejo
124 **En la ardiente oscuridad**
Edición y guía de lectura de Mariano de Paco

Wenceslao Fernández Flórez
128 **El bosque animado**
Edición de José Carlos Mainer
Guía de lectura de Ana Isabel Gaspar Díaz

Camilo José Cela
131 **Viaje a la Alcarria**
Introducción de José María Pozuelo Yvancos
Guía de lectura de Mª Paz Díaz Taboada

Jacinto Benavente
133 **Los intereses creados**
Edición de Francisco Javier Díaz de Castro
Guía de lectura de Almudena del Olmo

Dámaso Alonso
134 **Hijos de la ira**
Edición y guía de lectura de Fanny Rubio

Jorge Manrique
152 **Poesías completas**
Edición y guía de lectura de Miguel Ángel Pérez Priego

Federico García Lorca
156 **Romancero gitano**
Edición de Christian de Paepe
Introducción y guía de lectura de Esperanza Ortega

Duque de Rivas
162 **Don Álvaro o la fuerza del sino**
Edición de Carlos Ruiz Silva
Guía de lectura de Juan Francisco Peña

Francisco de Quevedo
186 **Antología poética**
Edición de Pablo Jauralde Pou
Guía de lectura de Pablo Jauralde García

Max Weber
192 **La ciencia como profesión / La política como profesión**
Edición y traducción de Joaquín Abellán
Guía de lectura de Luis Castro Nogueira

Pedro Antonio de Alarcón
228 **El sombrero de tres picos / El Capitán Veneno**
Edición y guía de lectura de Jesús Rubio Jiménez

Juan Ramón Jiménez
243 **Segunda antolojía poética (1898-1918)**
Edición y guía de lectura de Javier Blasco

Azorín
254 **Castilla**
Edición de Inman Fox
Guía de lectura de Seve Calleja

José Luis Alonso de Santos
260 **El álbum familiar / Bajarse al moro**
Edición y guía de lectura de Andrés Amorós

Rubén Darío
269 **Antología poética**
Prólogo de Octavio Paz
Edición y guía de lectura de Carmen Ruiz Barrionuevo

Aristóteles
270 **Moral, a Nicómaco**
Introducción y guía de lectura de Luis Castro Nogueira

Rubén Darío
276 **Azul/Cantos de vida y esperanza**
Edición de Álvaro Salvador
Guía de lectura de Antonio Cerrada

Rafael Alberti
278 **Antología poética**
Edición de Jaime Siles
Guía de lectura de Juan Francisco Peña

Fernando de Rojas
282 **Celestina**
Edición de Pedro M. Piñero Ramírez
Guía de lectura de Fernando Rayo y Gala Blasco

Francisco de Quevedo
300 **Historia de la vida del Buscón**
Edición y guía de lectura de Ignacio Arellano

Antonio Buero Vallejo
302 **El tragaluz**
Edición de Luis Iglesias Feijoo
Guía de lectura de Ana M.ª Platas

William Shakesperare
317 **Romeo y Julieta**
Edición y traducción de Ángel-Luis Pujante
Guía de lectura de Clara Calvo

Carlos Arniches
322 **El amigo Melquiades / La señorita de Trevélez**
Edición de Manuel Seco
Guía de lectura de Mariano de Paco

José Ortega y Gasset
341 **¿Qué es filosofía?**
Introducción de Ignacio Sánchez Cámara
Guía de lectura de José Lasaga Medina

William Shakespeare
350 **Hamlet**
Edición y traducción de Ángel-Luis Pujante
Guía de lectura de Clara Calvo

Molière
353 **El Tartufo o El impostor**
Edición y traducción de Mauro Armiño
Guía de lectura de Francisco Alonso

Lope de Vega
359 **Fuente Ovejuna**
Edición de Rinaldo Froldi
Guía de lectura de Abraham Madroñal Durán

Pablo Neruda
400 **Veinte poemas de amor y una canción desesperada**
Edición y guía de lectura de José Carlos Rovira

Miguel de Cervantes
402 **Novelas ejemplares. Selección**
CONTIENE: **La gitanilla / Rinconete y Cortadillo / El casamiento engañoso / El coloquio de los perros**
Edición y guía de lectura de Florencio Sevilla y Antonio Rey

Gustavo Adolfo Bécquer
403 **Rimas y leyendas**
Edición y guía de lectura de F. López Estrada y M.ª Teresa López García-Berdoy

Antonio Buero Vallejo
404 **Historia de una escalera**
Edición y guía de lectura de Virtudes Serrano

Rosalía de Castro
406 **En las orillas del Sar**
Edición y guía de lectura de Mauro Armiño

José de Espronceda
417 **Prosa literária y política / Poesía lírica / El estudiante de Salamanca / El diablo mundo**
Edición y guía de lectura de Guillermo Carnero

Lope de Vega
418 **El caballero de Olmedo**
Edición y guía de lectura de Ignacio Arellano y José Manuel Escudero

Camilo José Cela
421 **La colmena**
Edición y guía de lectura de Eduardo Alonso

Francisco de Quevedo
436 **Los sueños**
Edición y guía de lectura de Ignacio Arellano y M.ª Carmen Pinillos

Miguel de Cervantes
451 **Entremeses**
Edición y guía de lectura de Jacobo Sanz Elmira

Rosalía de Castro
462 **Cantares gallegos**
Edición y guía de lectura de Mauro Armiño

Voltaire
464 **El ingenuo y otros cuentos**
Edición y traducción Mauro Armiño
Guía de lectura de Francisco Alonso

Benito Pérez Galdós
470 **Miau**
Edición de Germán Gullón
Guía de lectura de Heilette van Ree

AA. VV.
472 **Antología de la poesía española del Siglo de Oro**
Edición de Pablo Jauralde Pou
Guía de lectura de Mercedes Sánchez Sánchez

Antonio Buero Vallejo
473 **Las meninas**
Edición y guía de lectura de Virtudes Serrano

Carmen Martín Gaite
475 **Cuéntame**
Edición y guía de lectura de Emma Martinell

Enrique Jardiel Poncela
478 **Angelina o El honor de un brigadier / Un marido de ida y vuelta**
Edición de Francisco J. Díaz de Castro
Guía de lectura de Almudena del Olmo Iturriante

Gustavo Adolfo Bécquer
482 **Desde mi celda. Cartas literarias**
Edición y guía de lectura de M.ª Paz Díez-Taboada

Miguel Hernández
487 **Antología poética**
Edición y guía de lectura de José Luis V. Ferris

Friedrich Nietzsche
493 **El gay saber**
Edición y guía de lectura de José Luis Jiménez Moreno

José Sanchis Sinisterra
495 **Ay, Carmela / El lector por horas**
Edición y guía de lectura de Eduardo Pérez Rasilla

Enrique Jardiel Poncela
497 **Cuatro corazones con freno y marcha atrás / Los ladrones somos gente honrada**
Edición y guía de lectura de Fernando Valls y David Roas

Boccaccio
511 **Decamerón**
Traducción de Pilar Gómez Bedate
Edición y guía de lectura de Anna Girardi